# 神々と戦士たち

## III

## ケフティウの呪文

GODS AND WARRIORS

THE EYE OF THE FALCON

MICHELLE PAVER

TRANSLATION BY YUKIKO NAKATANI

ミシェル・ペイヴァー＝著

中谷友紀子＝訳

あすなろ書房

GODS AND WARRIORS BOOK III

by Michelle Paver


Map by Fred Van Deelen

First published in Great Britain in the English language by Penguin Books Ltd.

Japanese translation rights arranged with
PENGUIN BOOKS LTD.
through Japan UNI Agency, Inc., Tokyo

# 神々と戦士たちの世界

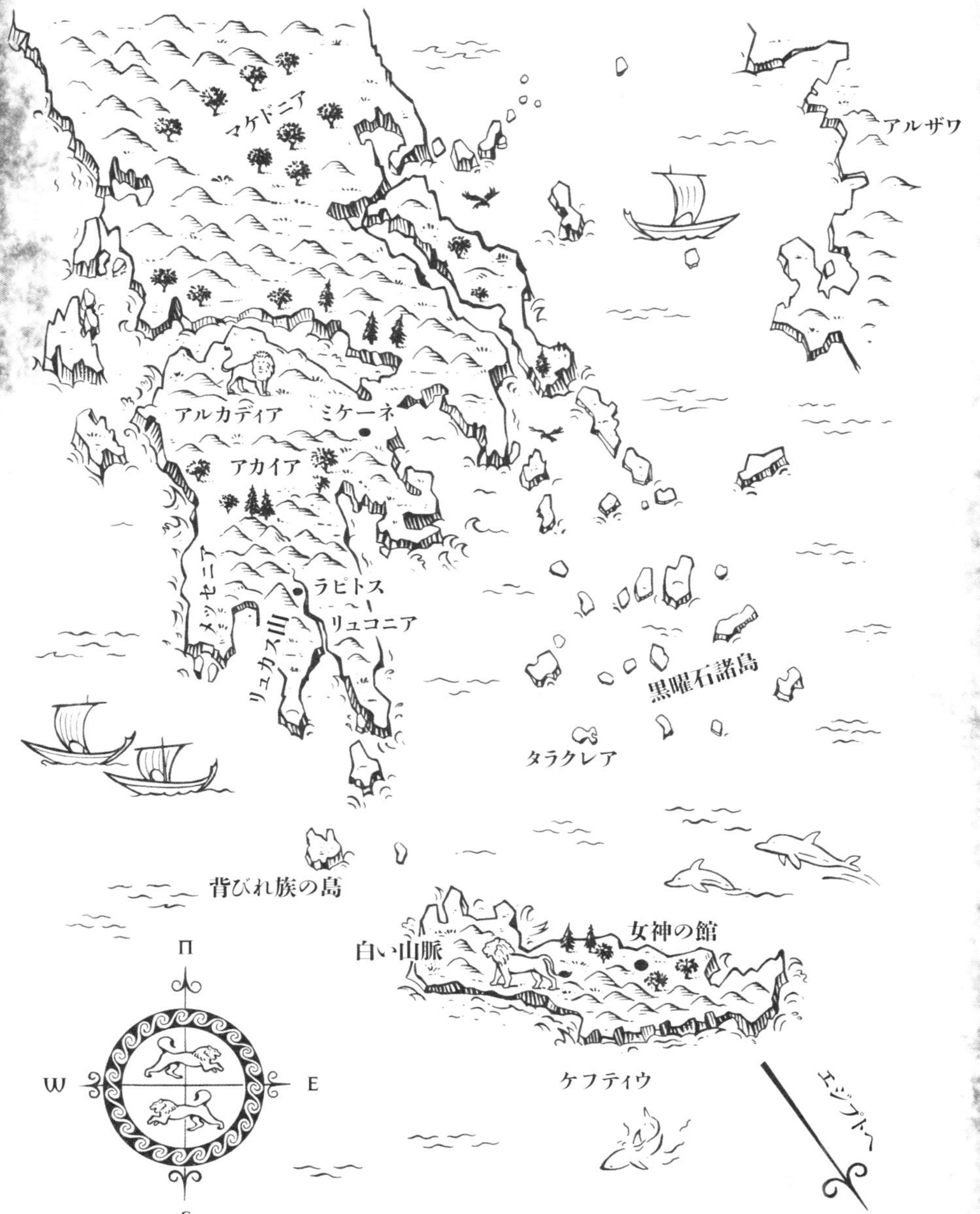

マケドニア
アルザワ
アルカディア
ミケーネ
アカイア
ラピトス
リュコニア
メッセニア
リュカス川
黒曜石諸島
タラクレア
背びれ族の島
女神の館
白い山脈
ケフティウ
エジプトへ
W
E
S

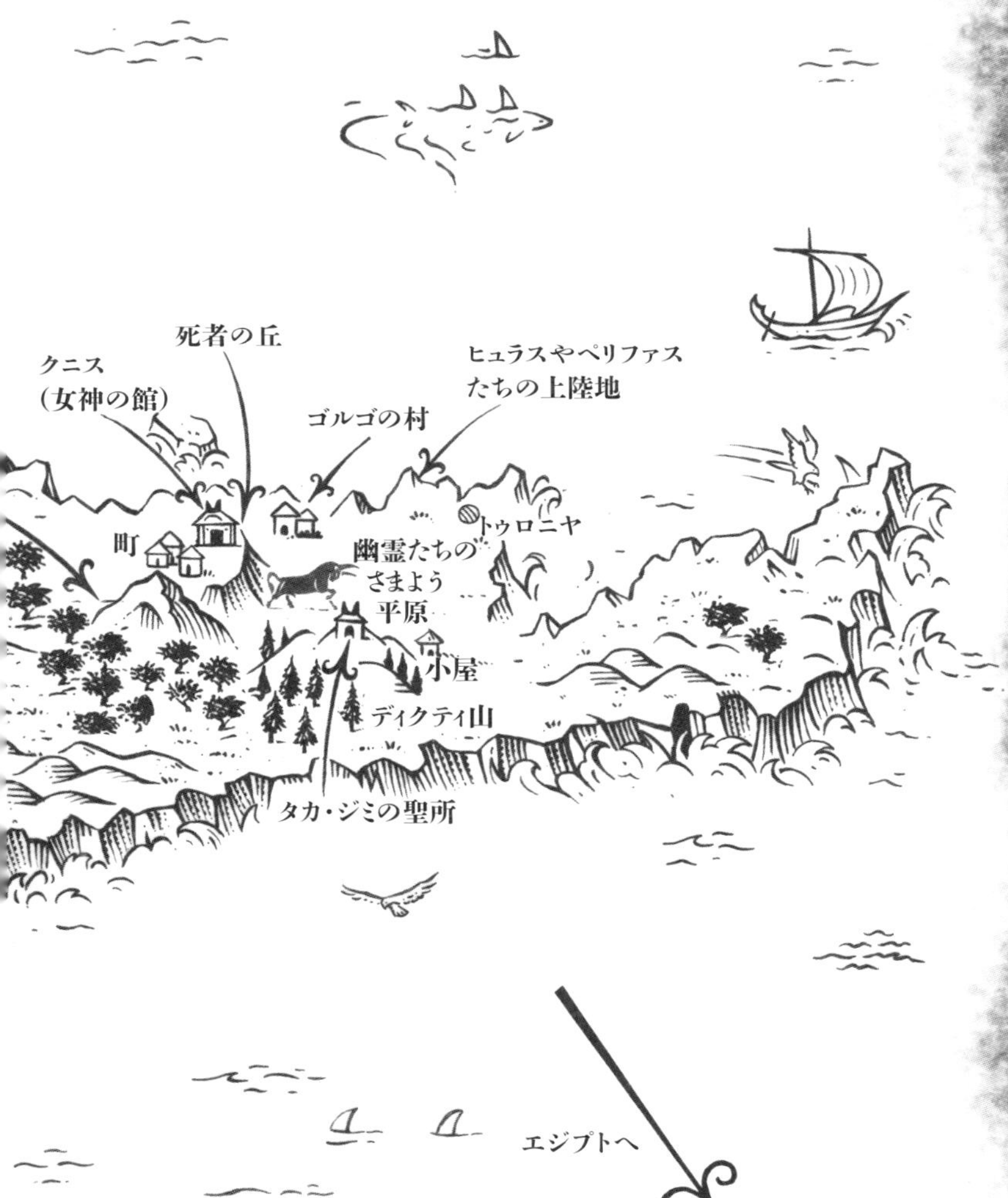
死者の丘
クニス
（女神の館）
ヒュラスやペリファス
たちの上陸地
ゴルゴの村
トゥロニヤ
町
幽霊たちの
さまよう
平原
小屋
ディクティ山
タカ・ジミの聖所
エジプトへ

# ケフティウ

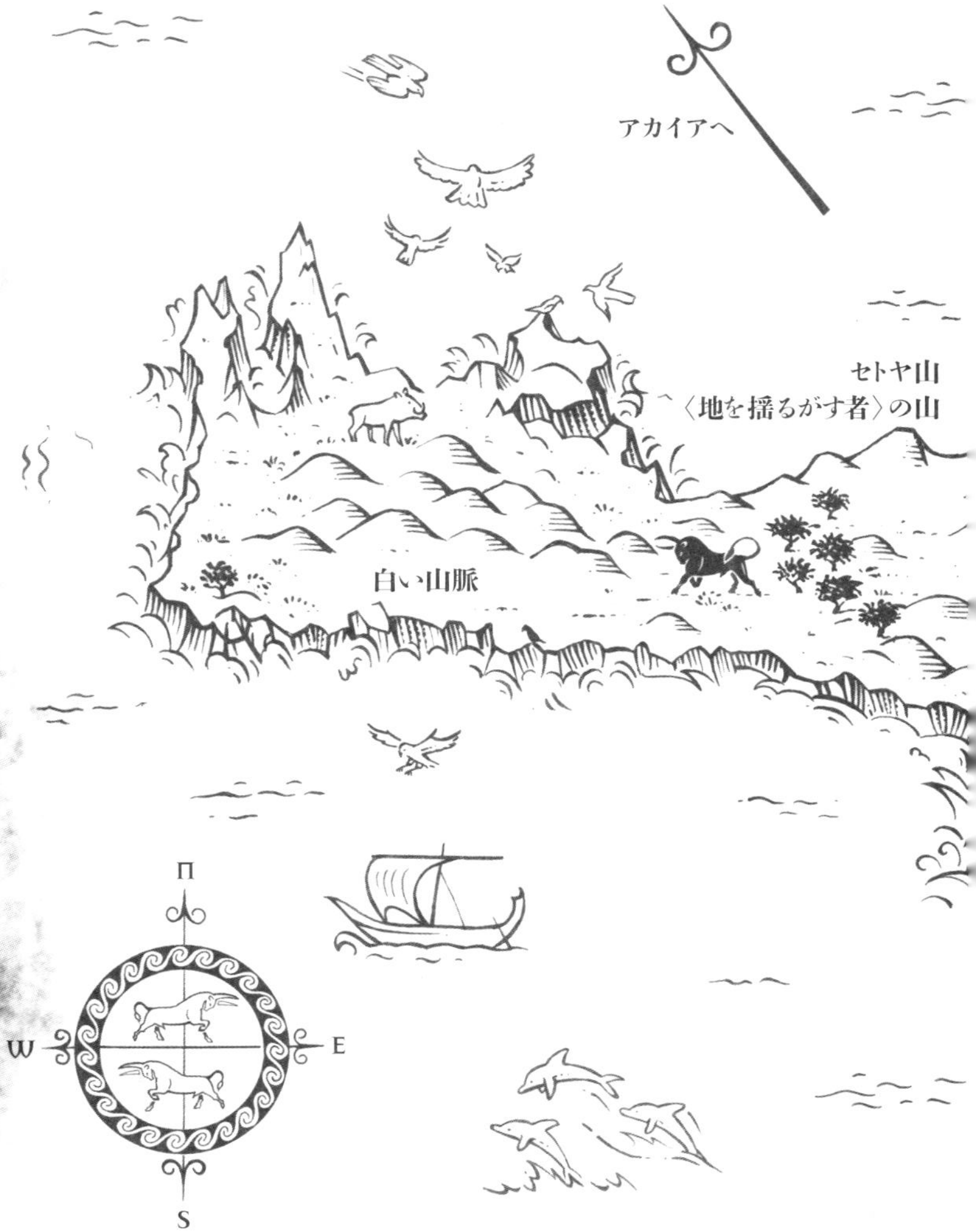

# 目次

# おもな登場人物

ヒュラス　よそ者と呼《よ》ばれるヤギ飼《か》いの少年

ピラ　ケフティウの大巫女《おおみこ》の娘《むすめ》

イシ　ヒュラスの妹

ユセレフ　エジプト人の奴隷《どれい》。ピラの世話係

ヤササラ　ケフティウの大巫女。ピラの母親

ゴルゴ　ケフティウの染め屋《そや》

シレア　奴隷の少女

ペリファス　**タラクレアの奴隷**

アカストス　**謎《なぞ》の男**

テラモン　**ヒュラスの親友。コロノスの孫《まご》**

コロノス　**ミケーネの大族長**

クレオン　**タラクレアを治めるテラモンのおじ**

イラルコス　**クレオンの副官**

テストール　**テラモンの父**

ファラクス　**テラモンのおじ**

アレクト　**テラモンのおば**

# 神々《かみがみ》と戦士たち

# GODS AND WARRIORS

## THE EYE OF THE FALCON

## III ケフティウの呪文

# 01
# 死の島

「ここでなにがあったんだろう。みんな、どこに行っちゃったんだ？」ヒュラスは言った。

「あそこにひとりいる。でも教えちゃくれないだろうな」ペリファスがそう言って、丘《おか》の中腹《ちゅうふく》に打ちあげられた船を指さした。帆布《ほぬの》には人間の骸骨《がいこつ》がからまっている。ぼろぼろのチュニック（ひざ上まである上衣）が風にはためき、骨《ほね》だけになった片腕《かたうで》が不気味に揺《ゆ》れている。

「どうやら、神々《かみがみ》はケフティウにとんでもない罰《ばつ》をあたえなさったらしい」グラウコスが言った。

「においをかいだだけでわかるな」メドンが答えた。ほかの者たちは、ぶつぶつとなにかとなえながら、お守りをにぎりしめた。

ヒュラスは肝《きも》をつぶしていた。冬のあいだずっと、恐《おそ》ろしいものばかり見てきたけれど、これほどひどいのは初めてだ。おしよせた大波が、小屋も舟《ふね》も木も動物も、そして人間たちも、すっかり無残な姿《すがた》に変えてしまったのだ。浜辺《はまべ》はうす気味悪く静まりかえり、どちらを向いても、めちゃめちゃにこわれ、くさりかけたものが山をなしている。灰色《はいいろ》ににごった波が足元に打ちつけ、死のにおいがのどの奥《おく》までしのびこんでくる。こんなところで、ピラとハボックは生きていられるだろうか。

ペリファスは雄牛《おうし》の頭蓋骨《ずがいこつ》をナイフの先でひっくりかえした。「こうなってから、何か月もたってるな。どこもかしこも灰《はい》が積もってる」

「でも、生き残った人もいるはずでしょ。なんでもどってきて、元どおりにしないんだろう」

ヒュラスが問いかけても、だれも答えない。

「こんなのケフティウじゃない！　ピラから聞いたんだ、ケフティウはすごく豊《ゆた》かで広い島で、数えきれないほど大勢《おおぜい》の人が住んでるんだって！」

「気の毒だがな、友だちをさがしてる余裕《よゆう》はない。目ぼしいものだけいただいたら、すぐに出発だ」

ペリファスが言った。

仲間たちが食料をあさるあいだ、ヒュラスは浜辺《はまべ》のはずれにある小屋を見つけてそちらへ歩きはじめた。だれか生き残っているかもしれない。

こごえるような風が羊皮の胴着《どうぎ》を打ち、ヒュラスに驚《おどろ》いたハゲワシが一羽、灰をまきあげながら飛びたった。ヒュラスはそれに気づきもしないほど、ぼうぜんとしていた。冬のあいだじゅう大雲が太陽をかくし、薄闇《うすやみ》につつまれたままの下界には、たえず灰が降《ふ》りそそいでいた。うす暗さにも、髪《かみ》や服や食べ物にこびりつく黒いかけらにも、ずいぶんなれてきた。でも、これは……。

七か月前のタラクレアでの別れがよみがえった。山は火を噴《ふ》き、海岸は大混乱《だいこんらん》で、だれもかれもが必死で小舟《こぶね》をさがして乗りこみ、逃《に》げだそうとしていた。どうにかハボックとピラを船におしこんだものの……ハボックは檻《おり》のなかでもがきながら、「どうしてわたしを見捨《みす》てるの？」と悲しげにうったえていた。ピラの顔は怒《いか》りで青ざめていた。その船がケフティウのものだったからだ。「もどらないって言ったのに！　大っきらいよ、ヒュラス！　一生許《ゆる》さないから！」

命を救おうと思ってやったことだ。でも、そのせいで、こんなめにあわせることになってしまった。

小屋は日干《ひぼ》しレンガとわらぶき屋根でできている。大波がおしよせたあと、間に合わせの修理《しゅうり》がほどこされたように見える。壁《かべ》には真っ白な手形がおしてある。意味はわからないが、なにかを警告《けいこく》しているようだ。少しはなれたところでヒュラスは足を止めた。

風がまた顔に灰を吹《ふ》きつける。それをぬぐっていると、こめかみがズキンと痛《いた》み、みすぼらしい身なりの子どもがふたり、目の端《はし》をちらりとかすめた。すぐに小屋のなかに消えてしまったが、ふたりとも少女で、ひとりは十歳《さい》ほど、もうひとりはもっと幼《おさな》いようだ。奇妙《きみょう》なことに、どちらも片方《かたほう》のこめかみの横の髪をひとふさだけ残し、頭をそりあげていた。首にはハトの卵《たまご》ほどもあるひどい出来物がいくつもできていた。

「なんにもしないよ！」ヒュラスは声をかけた。

答えはないが、耳をすましているのがわかった。それに、怒りと、とほうに暮《く》れたような気配が伝わってくる。

安心させようと、ヒュラスは背《せ》を向けた。

目の端に、ふたりの姿《すがた》がまたあらわれた。

「お父さんとお母さんをさがしてるのかい」ふりかえらずに、そうきいてみる。「ぼくも人をさがしてるんだ。友だちを。生き残った人たちはいないかい」

やはり答えはない。怒りと当惑《とうわく》が波のように伝わってくる。

そういえば、自分はよその国の人間なんだった、とヒュラスは気づいた。言葉が通じていないのだろう。「ぼくはアカイア人だよ。ケフティウ語は話せないんだ！」

ちらりとようすをうかがうと、ふたりは小屋のなかに消えていた。一瞬《いっしゅん》迷《まよ》ったあと、ヒュラスもあとを追った。

小屋は空っぽだった。

そう、空っぽ——でも戸口以外に、出入り口はない。うなじの毛がぞわりとさかだち、思わず胸《むね》にさげたライオンのかぎ爪《づめ》のお守りに手をやった。

ほの暗い光が屋根のわらのあいだからさしこみ、死のにおいが立ちこめている。そのとき、奥《おく》の壁《かべ》ぎわにある寝床《ねどこ》の上に、ふたりの少女のなきがらが横たわっているのが見えた。

心臓《しんぞう》が早鐘《はやがね》を打つ。

ひとりは十歳《さい》くらいで、もうひとりはもっと幼《おさな》い。ふたりともこめかみの横に髪《かみ》をひとふさだけ残して頭をそりあげていて、首にはひどい出来物がある。ふたりのまわりで、黒っぽいぼんやりとしたものが渦巻《うずま》いている。灰《はい》みたいだけれど……せわしなくうごめいている。

ヒュラスは悲鳴をあげて小屋を飛びだした。

浜辺《はまべ》の先では、仲間たちが船に乗りこもうと浅瀬《あさせ》に入り、ペリファスが大岩に結んだともづなをほどこうとしていた。「どこに行ってたんだ！　引きあげるぞ、死体が見つかったんだ！」

「ぼくも見つけました！」ヒュラスは息を切らして言った。

「さわったりしてないだろうな！」ペリファスが声を張《は》りあげる。

「し、してません」少女たちのことはだまっていた。あれがなんなのか、考えたくはなかった。

幽霊《ゆうれい》は目に見えないはずだ。なのに、自分は見た。あれはたしかに幽霊だった。

「避難《ひなん》小屋のなかに三人いた。死んだばかりらしい」ペリファスがぼそっと言った。「顔は真っ黒で、出来物だらけだ」

「いったい、なんなんです？」ヒュラスはきいた。

「疫病《えきびょう》だ」

そばで聞いていた男たちは青くなっている。

ヒュラスは頭がくらくらした。「で、でも、この浜辺のまわりだけかもしれないでしょ。ほかの海岸にまわってみたら――」

「危険《きけん》すぎる」

「島の奥なら？　山があるから、きっと――」

「疫病ってのはな」ペリファスがさえぎった。「埋《う》められていない死体からうつるんだ。ここでもそれが起きた。最初は熱が出る。疫病が体のなかに巣を張るからだ。その巣がじきにふくらみ、大きな出来物になって痛《いた》みだす。そりゃもう、わめき苦しむくらいの痛みだが、疫病はおかまいなしに、体のなかで育ちつづける。そのうち出来物がはじけて、そうなりゃ、いかれちまうほどの苦しみさ」ペリファスはともづなを船に投げこんだ。「あとは死ぬしかない」

まわりの男たちは手を動かすのも忘《わす》れ、声もなくリーダーを見つめている。

ヒュラスはペリファスから目をそらし、荒《あ》れほうだいの浜辺と、ぼんやりとしたはるかな山影《やまかげ》を見やった。「ぼ、ぼくは残る」

「おや、もういかれちまったか」ペリファスがピシャリと言った。「てっきり、なにがなんでもメッセニアに行って、妹をさがすつもりだと思ってたがな」

「ええ、でも……神々《かみがみ》はメッセニアには行かせてくれなかった。かわりにここに追いやられたんです。このケフティウに」

「まわりを見てみろ、ヒュラス！　こんなところじゃ、おまえの友だちだって無事なわけがない！」

「でも、もし生きのびていたら――」

「娘《むすめ》っ子とライオンの子がか？　ここには、死人しかいやしない。残ったら、おまえもその仲間入りだ！」

ヒュラスはくちびるをなめた。「ピラとハボックはぼくの友だちです。ぼくがここに来させたんだ。見捨《みす》てるわけにはいかない」

「おれたちはどうなんだ？　友だちじゃないってのか」

ヒュラスは船の上の一同に目をやった。みんなヒュラス同様に逃《に》げだしてきた奴隷《どれい》で、とてつもない困難《こんなん》にもへこたれない、たくましい男たちだ。荒《あら》っぽくはあるけれど、十四にもなっていないひよっ子のヒュラスにも親切にしてくれた。この七か月というもの、いっしょにアカイアへもどろうとしてきたが、大海原《おおうなばら》にあらわれるのは軽石の浮島《うきしま》ばかりで、進む方角さえわからずにいた。一度は座《ざ》礁《しょう》してしまい、そのときは船を修理《しゅうり》するのに二か月もかかった。あげくのはてに、たどりついたのはこのケフティウだった。

ヒュラスはペリファスの顔を見た。ゆがんだ鼻に、悪いことを見すぎてきたみたいな茶色い目。タラクレアをはなれるとき、ヒュラスを船に引きあげて助けてくれたのはペリファスだった。昔は戦士だったそうで、冬のあいだ、ときどき戦いかたを教えてくれもした。たしかに、友だちと呼《よ》べるかもしれない。

でも、ピラは特別だ――それにハボックも。

「ぼくが行ってあげなきゃだめなんだ、ペリファス。ピラとハボックがここに来たのは、ぼくのせいだから。生きてる望みが少しでもあるなら……」

ペリファスは怒《おこ》ったような奇妙《きみょう》な表情《ひょうじょう》を浮《う》かべた。やがて、垢《あか》だらけの手であごひげをこすると、低く言った。「勝手にしろ。残念だがな。おまえのことは気に入っていたのに」

そこから先はあわただしかった。自分用の斧《おの》とナイフと投石器、それに火打ち石は持っていたが、ペリファスはさらに水袋《みずぶくろ》と食料袋《しょくりょうぶくろ》をひとつずつに、縄《なわ》もひと巻《ま》きわたしてくれた。「なにかと役に立つからな」しかめっ面《つら》でそう言った。

まもなく、ヒュラスは灰色《はいいろ》の海にこぎだしていく船を見送った。船影《ふなかげ》が消えてしまうと、ハゲワシたちと冷えびえとした風とともに残された。疫病《えきびょう》に襲《おそ》われ、幽霊《ゆうれい》に取りつかれた見知らぬ島にひとりきり。

これでよかったんだろうか。

やがてヒュラスは荷物を背負《せお》い、友だちをさがしに出発した。

## 02

# 染《そ》め屋《や》

山は雪でおおわれ、浜風《はまかぜ》はこごえるように冷たいが、ヒュラスの前にうずくまるずんぐりした小さな人形《ひとがた》は、寒さなど平気なようだった。背丈《せたけ》はヒュラスのひざくらい。うす汚《よご》れた蜜《みつ》ろうでこしらえられ、髪《かみ》はぼろぼろのわら、目は真っ赤な小石だ。

別れぎわに、ペリファスからは用心しろと聞かされていた。「あれは、疫病寄《えきびょうよ》せのわなだ。人間たちから疫病を遠ざけるための。〈膿《うみ》食らい〉って呼《よ》ばれてる。さわるんじゃないぞ」

〈膿食らい〉の横を通りすぎるとき、ヒュラスはこめかみに痛《いた》みを感じ、タラクレアでつけられたやけどのあとをさすった。痛みはおさまったが、暗い色をした細かいちりのようなものが〈膿食らい〉にむらがっているのがちらっと見えた。少女の幽霊《ゆうれい》たちのまわりに渦巻《うずま》いていた黒いものと同じだ。これが疫病なんだろうか。疫病が目に見えるだなんてペリファスは言っていなかったのに、いったいどういうことだろう？

それに、幽霊が見えるのだって、おかしいじゃないか。

たずねる相手はだれもいない。一日じゅう、生きた人間も死体も、どちらも見かけなかった。右側にある浜辺《はまべ》には灰色《はいいろ》の波が打ちよせ、左側には灰色の低い丘《おか》がつらなっていて、島の奥《おく》へ入ろうとするヒュラスをこばんでいる。中腹《ちゅうふく》には打ちあげられたがれきが黒い筋《すじ》をなしていて、大波のすさまじさを物語っている。

ペリファスの話では、海岸ぞいに西へ一日か二日歩いてから島の奥に進むと、ピラの母親が君臨《くんりん》する女神《めがみ》の館《やかた》にたどりつくということだった。「といっても、なにが待ってるかわかったもんじゃないがな。この浜辺一帯には、もともと村や船小屋がたくさんあったんだ。いまいるここは町だったしな」

「町って?」

「村に似《に》てるが、もっと大きい。何千もの人間が住んでたんだ」

「え、何千人も?」

「ケフティウはとてつもなく広いんだ。端《はし》から端まで船で行くのに、二日はかかる。おまえの友だちが生きのびていたとして、どうやって見つけるつもりだ?」

ペリファスとそう話したのは今朝のことなのに、なんだか別れてからずいぶんたつような気がした。さびしいし、心細いし、おまけに寒い。袖《そで》がほとんどない羊皮の胴着《どうぎ》と、ひざに穴《あな》のあいたレギンス(脚衣《きゃくい》)だけでは足りず、もっと暖《あたた》かい服がほしかった。

前方にある丘のひだの後ろから、煙《けむり》が立ちのぼっている。ヒュラスはナイフをぬくと、斜面《しゃめん》を這《は》いあがり、大岩にかくれて向こうをのぞいた。

と、びっくりして、目をぱちくりさせた。

眼下《がんか》にある湾《わん》の奥には、急ごしらえの小屋がひしめきあい、天変地異《てんぺんちい》のことなど忘《わす》れたかのように、せわしなく人々《ひとびと》が動きまわっている。湯気をあげる大鍋《おおなべ》をかきまわす者、丘の斜面にならんだ石《いし》桶《おけ》の上にかがみこんでいる者、浅瀬《あさせ》に浮《う》かんだ小舟《こぶね》からポタポタと水のたれたかごを運びだしている者。もっとふしぎなのは、色とりどりのぬれた布《ぬの》をかかえて、物干《ものほ》し竿《ざお》に干《ほ》している女たちだ。赤や黄、青、紫《むらさき》。目もさめるような色のかたまりが、一面の灰色《はいいろ》のなかで輝《かがや》きを放っている。

風が顔に吹《ふ》きよせ、小便とくさった魚がまじったつんとするにおいのせいで、目に涙《なみだ》がにじんだ。そうか、とヒュラスは気づいた。この人たちは染《そ》め屋《や》にちがいない。でも、疫病《えきびょう》に見まわれているというのに、羊毛なんて染めている場合なんだろうか。

おりていって助けを求めるべきか、近よらずにいるべきか。迷《まよ》っていると、石が飛んできて頭のそばの大岩に当たった。ふりむきざま、それが目くらましだと気づき、ヒュラスは飛びすさった。が、おそすぎた。首に縄《なわ》が食いこみ、ナイフは蹴《け》りとばされ、前後から銛《もり》がつきつけられた。

＊

「だから、ぼくは泥棒《どろぼう》なんかじゃない！」ヒュラスは叫《さけ》んだ。

まわりを取りかこんでいる者たちはケフティウ語でわめきたて、銛や色あせた青銅製《せいどうせい》の大きな両刃《りょうば》の斧《おの》をふりかざしている。数は十人ほど。ずんぐりとしたひげのない男たちで、みすぼらしい羊皮のチュニックをまとっている。むきだしのたくましい手足には奇妙《きみょう》な紫色のしみがこびりついている。顔も紫に染まり、おまけに小便とくさった魚のにおいをぷんぷんさせている。こんな姿《すがた》の人間を見るのは初めてだ。

男のひとりにベルトに差した斧を取りあげられ、小屋が集まっているほうへと連れていかれた。みんな疫病がこわいのか、銛をつきつけるだけで、体にはふれようとしない。

あいかわらず鳥の鳴き声のようなへんてこな声をあげながら、男たちはいちばん大きな小屋の前で足を止めた。戸口に年寄《としよ》りの女があらわれた。どうやら村の長《おさ》らしい。でっぷりと太った体に、うす汚《よご》れた灰色の布《ぬの》を幾重《いくえ》にも巻《ま》きつけている。紫に染まったぶよぶよの顔に、べたついた髪《かみ》が数本たれている。片方《かたほう》の目はくぼんでいるだけで目玉がなく、もう一方の目は灰色ににごっている。ひとつきりの目はさっとあたりを見まわしてから、ヒュラスにすえられた。

男のひとりがヒュラスの腕《うで》の入《い》れ墨《ずみ》を指さした。ジグザグの黒い線で、カラス族の奴隷《どれい》であることを示《しめ》すものだ。冬のあいだに、下の部分に線を描《か》き入れて長弓の形に見えるようにしてあった。でも、年寄り女の目はごまかせなかったらしい。

「カラス族のまわし者が、ここでなにしてるんだい」女はしゃがれた声でアカイア語を口にした。

「ぼくはカラス族なんかじゃない。それにまわし者でもない――」

「カラス族のまわし者は海に沈《しず》めてやる。巻貝《まきがい》のえさにしてやるよ」

「カラス族なんて大きらいだ！　ぼくはただ、友だちをさがしてるんです！　ピラっていう、大巫女《おおみこ》のヤササラの娘《むすめ》を」

女はフンと鼻で笑った。「おまえなんかが友だちになれるもんかね」それからケフティウ語でなにやら言いつけ、あごをしゃくった。男たちがヒュラスを海のほうへ引きずりはじめる。

「証拠《しょうこ》だってあります！　ピラが育った女神《めがみ》の館《やかた》はものすごく広くて……襲《おそ》ってくる雄牛《おうし》を男たちが飛びこす儀式《ぎしき》をやるんだって聞きました――」

「そんなの、だれだって知ってるさ」女はせせら笑った。

いやなにおいのするつぶれた貝殻《かいがら》の山の上を引きずられ、くさった魚が入った円錐形《えんすいけい》のかごのあいだを通りすぎる。こんな死にかたをするのか？　貝のえさにされて。

「ピラは女神の館をきらっていて、石の牢屋《ろうや》って呼《よ》んでました！」ヒュラスはふりむいて叫んだ。

「それから、母親がカラス族と取引するために、ピラを花嫁《はなよめ》としてさしだそうとした。でもピラは縁《えん》談《だん》をだいなしにしようと、顔にやけどをこしらえたんだ。だから、ほおに三日月みたいな傷《きず》あとがある——」

「それも、だれだって知ってる」

「こんなのひどすぎる！　ぼくは旅人だ。旅人を殺すのは、神々《かみがみ》の掟《おきて》にそむくことじゃないか！」

「神々はケフティウを見捨《みす》てなさったんだ」女はピシャリと言った。「ここじゃ、掟を決めるのはあたしなんだよ！」

身を切るように冷たい浅瀬《あさせ》に引きずりこまれて足蹴《あしげ》にされ、ヒュラスはひざをついた。氷のような波が顔を刺《さ》す。銛《もり》の先を首につきつけられ、水のなかに沈《しず》められて……。

そのとき、ピラの言葉を思いだした。「ピラはケフティウ独特《どくとく》の紫色《むらさきいろ》のチュニックを着てました！その紫色は、巻貝《まきがい》を何千個《こ》もくだいてつくるものだから、金《きん》より貴重《きちょう》なんだって！」

女がひと声発すると、おさえつけられていた首が自由になった。ヒュラスはあえぎながら立ちあがった。

「それを知ってる者だって大勢《おおぜい》いる」女は冷ややかに言った。「命乞《いのちご》いしたけりゃ、もっとましな話を聞かせてみな」

「ピラは……えぇっと……その服はケフティウにも二着しかないんだって言ってました。もう一着のほうはヤササラのものだから、だれも見たことがない。つくりかたも秘密《ひみつ》だし、ヤササラがそれを着るのも、秘密の儀式《ぎしき》のときだけだって」

沈黙《ちんもく》。灰色《はいいろ》の波がなめるように太ももにからみつく。

「あの羊毛を染《そ》めたのはあたしだよ。月明かりの下で。だれにも見られずに。なんだってあの服のことを知ってるんだい」

「だから、ピラから聞いたんです！」

女がもうひと声放つと、ヒュラスは浜辺《はまべ》に連れもどされた。縄《なわ》ははずされ、銛も引っこめられる。だれかが斧《おの》とナイフを投げてよこした。

年寄《としょ》り女はせきばらいをして、砂利《じゃり》の上に紫の痰《たん》を吐《は》きだした。そして背《せ》を向けると、体を揺《ゆ》すりながら小屋へともどりかけ、ふりむいて言った。「ヤササラさまは亡《な》くなったよ」

ヒュラスはたじろいだ。「ピラは？」

「まあ、なかへお入り」

# 03

# 子ライオン

尾《お》根《ね》の上で鳴くカラスたちの声を聞きつけた子ライオンは、足を速めた。カラスがいるということは、死骸《しがい》があるにちがいない。おなかがぺこぺこだ。

〈まぶしくてやわらかくて冷たいもの〉が山全体に積もっているせいで、尾根にたどりつくころには、カラスの食べ残しは骨《ほね》だけになっていた。バリバリとそれを噛《か》んで飲みこんではみたけれど、空腹《くうふく》はちっともおさまらない。

子ライオンはずっと腹《はら》ぺこだった。人間たちの手で、この影《かげ》と幽霊《ゆうれい》だらけの恐《おそ》ろしい場所に連れてこられたのは、もうずいぶん前のことだ。〈大きな灰色《はいいろ》の獣《けもの》〉がうなり声をあげながら浜辺《はまべ》を襲《おそ》い、こわくて逃《に》げまどったのをおぼえている。そのあとは、あちこちに死骸が転がっていた。犬にヒツジ、ヤギ、魚、人間──ハゲワシたちがそれにむらがっていた。自分もまねしてあさろうとしてみたけれど、ギラギラ光る爪《つめ》をつけた人間たちに追いはらわれてしまった。

山ならなじみがあると思ってこちらへ逃げてきたものの、ここは群《む》れといっしょに暮《く》らしていた火の山とはまるでちがっていた。ライオンなんて一頭もいないし、見つかるものといえば凍《こお》りついた木々《きぎ》と、〈まぶしくてやわらかくて冷たいもの〉と、飢《う》えた動物たちと、うす汚《よご》れた人間たちと、幽霊たちだけだ。

あたりは一面、影におおわれている。お尻《しり》をついて〈上〉を見あげても、〈大ライオン〉の姿《すがた》は見あたらない。〈光〉のあいだは金色に、〈闇《やみ》〉のあいだは銀色にたてがみを輝《かがや》かせているはずなのに。それに、いつまでたっても本物の〈光〉はあらわれず、〈闇〉のあいだに灰色の〈暗い光〉がやってくるだけだ。

人間たちからかくれるのには都合がいいので、〈暗い光〉にはなれてきた。でも、〈闇〉と〈暗い光〉が何度もすぎるうちに、寒さがきびしくなってきた。息は白くくもるし、飲み水も見あたらないので、〈まぶしくてやわらかくて冷たいもの〉を食べるしかない。真っ白な風がピューピュー吹き荒《ふ》《あ》れるときは、洞穴《ほらあな》にもぐりこむことにした。そのうち毛皮はぶあつくなって、あちこちに汚れがこびりついた。寒さはましになったけれど、空腹と恐ろしさのせいで、体をなめてきれいにすることもできずにいた。

そうこうするうち、驚《おどろ》いたことに、歯がぬけ落ちはじめた。びっくり仰天《ぎょうてん》したが、じきにそこがズキズキして、新しい歯が生えてきた。古い歯よりも大きくてがんじょうなので、凍りついた動物の死骸でも、ひと噛みで食いちぎれるようになった。体も大きくなった。いまでは、後ろ足で立って木の幹《みき》を引っかくときも、前足をずっと高いところまでとどかせることができる。

山のなかには浜辺ほど死んだ動物がたくさん見つからないので、死骸をあさるだけでなく、狩《か》りもやってみることにした。たいていは飛びかかるのが早すぎたり、ねらいをさだめる相手をまちがえたりで失敗ばかりだったが、ようやくまぐれでリスを一匹《ぴき》しとめることができた。初めての獲物《えもの》だ。だれかといっしょなら、見せびらかせたのに。

ひとりぼっち。それがなによりつらかった。ときどき、地面にすわりこみ、〈上〉に向かってあわれっぽく遠吠《とおぼ》えしてみることがあった。だれかのぬくもりを感じ、鼻先をこすりつけたかった。だれかが耳と鼻をとぎすまして見張《みは》りをしてくれている横で、安心して眠《ねむ》りたかった。

　カケスがつがいの相手を呼《よ》ぶ声がし、尾根《おね》の上ではハゲワシたちの鳴き声が聞こえている。子ライオンはそちらに近づこうと、〈まぶしくてやわらかくて冷たいもの〉のなかを進んだ。

　ハゲワシたちは、争うようにノロジカの死骸《しがい》にむらがっていた。たけだけしい咆哮《ほうこう》はまだあげられないので、子ライオンはそこに飛びこみ、なるべく大きな声でうなりながら、かぎ爪《づめ》をつきだした。うれしいことに、ハゲワシたちは羽音を立てて飛び去った。ノロジカはまだ温かい。その腹《はら》を引きさくと、子ライオンはしゃがみこんで肉にかぶりついた。

　ひと口飲みこんだとたん、人間がふたり、木立のなかからあらわれた。わめき声をあげ、大きな光る爪をふりかざしている。

　子ライオンは逃《に》げだした。谷あいの道をくだり、岩の上に飛びのり、やみくもに走りつづけた。人間たちのぞっとするようなにおいがしなくなってから、ようやく足を止めた。

　人間はおっかなくて大きらいだ。幼《おさな》いころに父さんと母さんを殺したのも、獰猛《どうもう》な犬たちを連れ、気味の悪いぺらぺらの毛皮を生やした人間だった。〈大きな灰色《はいいろ》の獣《けもの》〉の上をわたって、自分を幽霊《ゆうれい》だらけの凍《い》てついたこの場所に連れてきたのも人間だった。

　でも、ずっときらいだったわけじゃない。いまより小さかったころ、少年がいっしょだった。その子は肉球に刺《さ》さったとげを細い前足で器用にぬいてくれ、傷《きず》の痛《いた》みがなくなるように、どろどろしたものをこすりつけてくれた。面倒《めんどう》を見てくれ、肉もくれた。おだやかで力強い声も、毛皮の生えていないすべすべのおなかのぬくもりも忘《わす》れてはいない。少年があきれるくらいに長く眠りつづけることも、起こそうとして胸《むね》の上に飛びのって怒《おこ》られたことも。

それに少女もいた。その子もやさしくしてくれた(足をすくおうと飛びついたときは別だけれど)。〈光〉と〈闇《やみ》〉が何度かすぎるあいだ、少年と少女と子ライオンは群《む》れの仲間だった。いっしょにいて幸せだった。追いかけっこをしてはしゃぎまわったときは、自分が飛びかかると、ふたりともキャッキャッと声をあげて笑っていた。それにあの、草の茎《くき》でできたふしぎな球。翼《つばさ》もないのに宙《ちゅう》を舞《ま》うし、足もないのに、坂を転がり落ちていったっけ。肉をたっぷり食べて、鼻をおしつけて、ぬくもりを感じて……。

〈まぶしくてやわらかくて冷たいもの〉のかたまりが枝《えだ》から落っこちてきて、体に命中した。子ライオンはうんざりしてそれをはらい落とした。

少年を思いだすのはつらかった。恐《おそ》ろしいこの場所に自分を追いやったのは、その少年だからだ。自分は見捨《みす》てられてしまった。

子ライオンはあたりのにおいをかぎ、冷たく凍てついた木立のなかをとぼとぼと歩きはじめた。もう人間なんて信用しない。なにがあっても。

# 04

# 罪《つみ》とつぐない

「アカイア語が話せるんですね」ふるえながら暗がりに立ったまま、ヒュラスは思いきって口を開いた。

「そりゃそうさ」と年寄《としよ》り女はぶっきらぼうに答えた。「あたしはアカイア人だからね。名前はゴルゴ。あんたは？」

「ノミ」ヒュラスはごまかした。

「本物の名前さ」

「……ヒュラス」

ゴルゴはあかあかと燃《も》えるたき火の前の長椅子《ながいす》に腰《こし》をおろし、ひざの上にでっぷりとした腹《はら》をのせた。老いぼれた牧羊犬が起きあがり、よろよろとそのそばまで行くと、尻尾《しっぽ》をふった。ゴルゴは桶《おけ》からミルクをすくうと瓶《かめ》のかけらに注いでやり、犬がピチャピチャと飲むのを見守った。「いつまでそこにつっ立ってるつもりだい」

ちょっとのあいだ、ヒュラスは自分が話しかけられたことに気づかなかった。

「火を強めたら、そこにおかけ。疫病《えきびょう》にかかってはいないようだが、ぬれたままでいたら、どのみち死んじまうよ」

ヒュラスは干《ほ》した牛糞《ぎゅうふん》を火にくべると、ブーツにたまった海水を捨《す》て、やけどしないように気をつけながら、できるだけ火に近づいた。小屋のなかは暗くてせまくるしい。小便とくさった魚のにおいは気にしないようにするしかない。

ゴルゴは紫《むらさき》のしみだらけの手で、濃《こ》いうぶ毛におおわれたあごを引っかいた。にごった灰色《はいいろ》の目で小屋のなかをぐるっと見まわすと、ヒュラスをするどく見すえる。「それで、あんたはカラス族の奴《ど》隷《れい》だったんだね」

ヒュラスはうなずいた。「タラクレアの鉱山《こうざん》で」

ゴルゴは低くうなった。「そもそものはじまりは、そのタラクレアだったそうじゃないか。カラス族の連中が地面を深く掘《ほ》りすぎたせいで、神々《かみがみ》がお怒《いか》りになったんだろう？　そのせいで太陽がかくれちまって、とんでもなく寒い冬がやってきたまんま、いつまでたっても春になりゃしない」

ヒュラスはピラのことをたずねたい気持ちをおさえた。その気になったら話してくれるだろう。それまではだめだ。「ここでなにが起きたんです？」寒さで歯を鳴らしながら、そうたずねた。「ケフティウに来たのは初めてで――」

「そりゃ、間の悪いこったね」ゴルゴはそう言いながら、くぼみだけの目を指でごしごしとこすった。「最初は、ばかでかい雲が太陽をおおいかくして、灰《はい》が降《ふ》りだしたんだよ。それから大波が来たのさ」そう言って顔をしかめる。「つっ立ったまま、見ているだけの者たちもいた。逃《に》げようとした者たちも。どっちみち、大波が丸ごとのみこんじまった。つっ走る馬より速く。この目で見たわけじゃないがね。あたしたちは羊毛の目方を量りに、島の奥《おく》へ出かけていたから。運が悪けりゃ、おぼれ死んでたはずさ」

ゴルゴは棒切《ぼうき》れで火をかきたてた。「息子《むすこ》たちは、あのときの死体くらいひどいにおいはかいだことがないと言ってるが、どんなもんだろうね」しゃがれた笑い声とともに、山のような体がふるえる。「あたしは鼻がきかないんだ。生まれつきね」ゴルゴの飛ばした痰《たん》が犬に命中しそうになった。「灰《はい》は一度きりじゃなく、どんどん降《ふ》りつづけた。おまけにひと月ほど前、疫病《えきびょう》がやってきたのさ。やられたのは、ケフティウの真んなかだった。ヤササラさまは、女神《めがみ》の館《やかた》の住人たちと、馬の足で一日以内に館に来られる場所に住んでる者たちみんなに、逃《に》げるようにとおふれを出された。村も畑も空っぽになった。全員、西の集落へうつったのさ。疫病が去ったと神官たちがみとめるまで、だれももどってはならぬと言われてる」

ヒュラスは息をのんだ。「ぼく、女神の館に行きたいんです」

「聞いてなかったのかい。行ってもむださ、人っ子ひとりいないんだから！　大巫女《おおみこ》さまは秘術《ひじゅつ》で疫病を退治《たいじ》して、太陽を呼《よ》びもどすとおおせだったんだ。フン！」また体をふるわせて笑う。「それが逆《ぎゃく》に、疫病にやられちまったのさ」

ヒュラスは信じられない思いだった。ヤササラを見たのは一度きりだけれど、まるでおき火の熱みたいな、体から放たれるパワーを感じた。なのに、疫病に負けただって？

「びっくりしただろう？」ゴルゴは冷ややかに言った。「みんなそうさ。大巫女さまご自身だって驚《おどろ》いたこったろうね。聞いた話じゃ、まだ息があるうちに、自分を墓《はか》に運ばせなさったらしい。神官たちに言いつけて、硫黄《いおう》で女神の館を清めさせ、それから封印《ふういん》させたんだ。だから、いまあそこにはだれもいない。ま、ケフティウじゅう、どこも似《に》たようなありさまだがね。海辺の住民はほとんど大波にさらわれて、残りの半分は疫病にやられた。神官たちがせっせと雄《お》ヒツジだの雄牛《おうし》だのを生《い》け贄《にえ》にしちゃいるけどね、効《き》き目《め》はさっぱりさ。生き残った者たちはまだ西にうつったきりで、あとは山にかくれている者がいくらかいるくらいかね」ゴルゴはフンと鼻を鳴らした。「だれも死体を埋《う》めようとしないから、どこもかしこも幽霊《ゆうれい》だらけさ。とむらいの儀式《ぎしき》もしてもらえず、先祖《せんぞ》の墓にも埋めてもらえないから、幽霊たちは怒《おこ》ってる」

ヒュラスははっとした。「幽霊が……見えるんですか」

ゴルゴがぎろりとにらむ。「ばかばかしい！　なんだってそんなことを思いつくんだい」

ヒュラスは答えをはぐらかした。「疫病がこわくはないんですか。その、なんでここから逃げないんです？」

笑い声があがり、またしみだらけの巨体《きょたい》が揺《ゆ》れた。「あたしたちはひどいにおいがするから、疫病だってよけて通るのさ。だれも染《そ》め屋《や》には近づかない。ずっと人里はなれて暮《く》らしてきたんだ。それに、せっかくこうして海にくさった肉がごろごろしてるってのに、なんで逃げなきゃならない？　こんなに巻貝《まきがい》がとれることなんてないくらいなんだよ！　羊毛だって手に入れほうだいさ。逃げたヒッジが、つかまえてくださいとばかりにうろついているんだから」ゴルゴはピシャリと腹《はら》をたたいた。「だからあたしもこんなに太っちまったのさ」

「でも、羊毛なんて買う人がいるんですか」

「いいかい、もしも太陽がもどらなかったら、作物が育たないから、どうせみんな死ぬ。もしかしてもどったら、暮らし向きもよくなって、あたしたちは大もうけさ。どっちにしろ、染め屋はつづける」

ヒュラスはたき火に両手をかざし、チュニックから立ちのぼる湯気を見つめた。「ケフティウがどこよりもひどい被害《ひがい》を受けたのは、なぜなんだろう」

「ヤササラさまのせいさ！」ゴルゴの怒鳴《どな》り声を聞いて犬は耳をぺたんと倒《たお》し、息子のひとりが戸口から顔をのぞかせた。

ヒュラスはじっとすわったまま、ゴルゴが落ち着くのを待った。

「自分でもさっき言ったじゃないかね」ゴルゴはうなるように言うと、息子《むすこ》を追いはらった。「ヤササラさまがカラス族なんかと取引しようとしたせいさ。神々《かみがみ》は、タラクレアを吹《ふ》き飛ばしてやつらを罰《ばっ》し、ついでにこの国にも罰をくだされた。そう、大巫女《おおみこ》さまだって知っていたはずさ。だからこそ、つぐないに秘術《ひじゅつ》を行おうとしたんだ」

ヒュラスは勇気をかき集めた。「それで、ピラはどこにいるんです？」

ゴルゴは脱皮《だっぴ》前のヘビのように目から光を消した。口にはしないだけで、もっとたくさんのことを知っていそうに見える。「あたしが知ってるもんかね。さあ、もうあれこれたずねるのはやめて、話したらどうだい。リュコニアから来たよそ者がケフティウでなにをしてるのか」

ヒュラスは体をこわばらせた。「なんでぼくがよそ者だと？」

ほんの一瞬《いっしゅん》、ゴルゴはためらった。「知ってるかぎりじゃ、金色の髪《かみ》をしてるのはよそ者だけだからさ」

どこまで話すべきだろう。「ぼくはヤギ飼《か》いでした。カラス族が野営地《やえいち》を襲《おそ》って、犬を殺したんです。妹ともはなればなれになった。もう……二年近くになります」

ゴルゴは目つきをするどくした。「なんでやつらに襲われたんだい」

「わからない」本当は知っている。よそ者がカラス族の――コロノス一族の――短剣《たんけん》をふるうとき、一族はほろびるだろうとお告げがあったからだ。だから自分は命をねらわれている。でも、赤の他人にそこまで教えるつもりはない。

「妹の名前は？」ゴルゴがだしぬけにきいた。

「え？　イシです」

ゴルゴはまた濃《こ》いうぶ毛が生えたあごを引っかいた。「見つかったのかい」

「いいえ。たぶんメッセニアにいるはずなんです。もし……もし生きていたら」

「メッセニアね」なにかを思いだそうとするように、ゴルゴは片方《かたほう》だけの目を内側に寄《よ》せた。「ひさしぶりにその名前を聞いたよ」犬が鼻面《はなづら》をひざにのせたが、ゴルゴはかまおうともしない。「じきに暗くなる」たき火のほうを向いたまま、急にそう言った。「夜までにこの村を出るんだ。矢を放ってもとどかないところまでお行き。二度ともどってくるんじゃないよ」

ヒュラスはきょとんとした。「それは……逃《に》がしてくれるってことですか」

ゴルゴは長椅子《ながいす》の下に手をのばすと、草で編《あ》んだ小袋《こぶくろ》を取りだし、ヒュラスにほうった。「ノミよけ草と硫黄《いおう》だよ。ちょっとのあいだなら、疫病《えきびょう》よけになるだろ」

「ありがとう」ヒュラスはとまどいながら言った。

ぎろりとゴルゴがにらむ。「お礼なんか言わないでおくれ！　さっさとお行き、もどってきたら承知《しょうち》しないよ！」

足早に村を立ち去ろうとしていると、ゴルゴの大声が後ろから追いかけてきた。「ヤササラさまの娘《むすめ》のことだけどね、山奥《やまおく》に連れていかれたって話だよ――タカ・ジミにね！　でも、大波が来てすぐのことだから、もう何か月も前のことさ。あそこも疫病にやられたそうだし、森には怪物《かいぶつ》がうろついてるらしい。もう生きちゃいないだろう」

# 05

# ハヤブサの羽根

ピラは船の甲板《かんぱん》に立ち、ヒュラスに向かって叫《さけ》んでいた。「大っきらいよ！　一生許《ゆる》さないから！」船が岸をはなれ、ヒュラスの姿《すがた》が見えなくなるまで、叫ぶのをやめなかった。

いつしか船旅は終わり、ケフティウに到着《とうちゃく》したピラは、船乗りたちがハボックの檻《おり》を運びだすところをながめていた。かわいそうに、子ライオンはおびえきっている。船酔《ふなよ》いをしどおしだったうえ、格子《こうし》にこすりつけっぱなしだった額《ひたい》は赤むけになっている。それでも、船の外に飛びだしてしまってはいけないので、出してやることもできなかった。

岸にあがったとたん、恐《おそ》ろしいことが起こった。潮《しお》がぐんぐん引きはじめたのだ。てらてら光る海草の山と、砂《すな》の上ではねまわる魚たちを、ピラはぼうぜんとながめていた。やがて、船長が古い言い伝えを思いだし、警告《けいこく》を発した。「大波が来るぞ！　高いところにあがれ！　早く！」

船乗りたちはあわてふためいて逃《に》げだし、ピラは崖《がけ》の上へとユセレフに引きずられていった。でも、ハボックが檻に入れられたまま岩場に置きざりにされている。外に出してやってほしいと声を張《は》りあげて男たちにたのんだが、ユセレフはつかんだ手をはなしてくれない。やがて、大波が巨大《きょだい》な白いかぎ爪《づめ》をふりかざしながらおしよせ……。

ピラははっと目をさました。

そこはタカ・ジミの寝室《しんしつ》だった。部屋《へや》のなかは暖《あたた》かい。火鉢《ひばち》の火がパチパチと音を立て、寝台《しんだい》にはヒツジの毛皮が何枚《なんまい》も重ねられている。疫病《えきびょう》を防《ふせ》ぐためにユセレフがいぶしているヨモギの香《かお》りが立ちこめ、遠くの滝《たき》の音と、聖所《せいしょ》の地下にしつらえられた水ために注ぐ水音が聞こえている。けれど、まだ夢《ゆめ》がまとわりついている。大波が去ったあとの、ぞっとするような静けさはいまも忘《わす》れられない。

ピラは目を閉《と》じた。ハボックが波にさらわれたところをこの目で見たわけじゃない。もしかすると、だれかに檻から出してもらって、うまく逃げられたかも……。

頭のなかで、いくつもの思いがかけめぐる。ハボックを失った悲しみ、母親の死という受け入れがたいほどのショック、そしてヒュラスへの心配と、圧倒的《あっとうてき》な怒《いか》り。

胸《むね》のたかぶりがおさまってから、ようやくピラは、お守りの入った小袋《こぶくろ》をにぎりしめていたことに気づいた。二度前の夏にヒュラスからもらったハヤブサの羽根が入っている。ピラはハヤブサが大好きだった。女神《めがみ》のしもべだからではなくて、自分にはない自由を持っているから。ヒュラスからこの羽根をもらったときは、本当にうれしかった。

でも、なにもかもが変わってしまった。冬のあいだじゅう、ピラは頭のなかでヒュラスとけんかをしていた。「ケフティウに連れもどされたら死んでやるって言ったでしょ……なのにわざわざそうしむけるなんて！」

「命を救うためじゃないか」と頭のなかのヒュラスは答えるのだった。

「勝手に決めないでよ！　無理やり乗せられたりしなかったら、自分で別の船を見つけられてたわ。たぶん、あなたと同じ船を。そしたら自由になれたのに！　あなたのせいで、ここからずっと出られなくなったじゃない！」

「でもぼくのほうは、大波でおぼれ死んだかもしれない。きみが話してるのは幽霊《ゆうれい》かもしれないぜ」

そんなぐあいにけんかはつづいた。

もううんざり、とふいにピラは思った。小袋《こぶくろ》をひっつかんで開けると、ぼろぼろになった小さな羽根を取りだした。噴火《ふんか》のときも、大波のときも、なくさないようにしてきた。でも、もういらない。ヒュラスのことなんて、忘《わす》れてしまおう。

ピラは手早く羊毛のレギンスとカワウソの毛皮でできた長そでのチュニックを着こみ、羊毛の裏地《うらじ》のついた子牛皮のブーツをはくと、キツネの毛皮のマントをまとった。髪《かみ》をくくっていた毛糸をほどいて、ヒュラスからもらった羽根に小さな石のランプを結《ゆ》わえつけ、重しにする。それから足音をしのばせて部屋《へや》をぬけだした。

祭壇《さいだん》には小さな明かりがともされ、そばには青銅製《せいどうせい》の〈祈《いの》り手《て》〉たちがはべり、人々《ひとびと》が眠《ねむ》っているあいだも声なき祈りを女神《めがみ》に捧《ささ》げている。ピラはこぶしを額《ひたい》におしあてておじぎをすると、そっと正面階段《かいだん》に出た。

いつものように、空を見て気持ちが沈《しず》んだ。夜なのに、月も星も見えない。大雲が世界をすっぽりとおおってしまっているせいだ。まるで、お墓《はか》のなかにいるみたい。

タカ・ジミの聖所《せいしょ》は、ディクティ山の山頂《さんちょう》近くの斜面《しゃめん》にあり、ワシの巣そっくりに崖《がけ》にへばりついて建っている。建物は横に長いつくりで、内部は四つの部屋に分けられている。端《はし》っこがピラの部屋、そのとなりに祭壇の部屋があり、残りの部屋はユセレフと、シレアという大きらいな奴隷《どれい》の少女が使っている。シレアの部屋の地下には貯蔵庫《ちょぞうこ》と水ためがある。

聖所の前には、雪におおわれたせまい庭があり、まわりには二十キュービット（一キュービットはひじから指先までの長さ）もの高さの石壁《いしかべ》が張《は》りめぐらされている。庭の端には番人小屋と、太い柵《さく》がはめられた門がこしらえられ、反対側の端には壁《かべ》に石の杭《くい》が打たれていて、それが吹《ふ》きさらしの見張《みは》り台までつづいている。見張り台のそばの崖のふちには、ネズの古木がしがみつくように生えている。

壁の上にならんだ石の雄牛《おうし》の角《つの》のあいだには、いくつものかがり火がたかれているが、番人小屋は真っ暗だ。聞こえてくるのは、滝《たき》の音と、雪まじりの風のうなり声だけ。

どうにかして逃《に》げられないかと、何度この庭を調べてまわったことか。シレアの目を盗《ぬす》んで部屋に入り、地下室への下り口をおおっている床《ゆか》の敷物《しきもの》を足でどけて、凍《い》てつく寒さの貯蔵庫にしのびこんでは、壁の穴掘《あなほ》りにも精《せい》を出してきた。そこには管が通されていて、外の小川から水ために水が引きこまれている。冬のあいだ掘りつづけたあげく、なんとかはずすことができたのは石ころひとつで、自分のこぶしほどの大きさの穴をあけられただけだった。

「あなたのせいよ、ヒュラス」ピラはつぶやいた。「こんなところに閉《と》じこめられてるのは」

庭をつっ切ると、杭に足をかけて見張り台にあがった。吹きすさぶ風にあおられ、体を支《ささ》えようと、ネズの木をつかむ。もう片方《かたほう》の手には、羽根を結びつけたランプをにぎっている。それを投げれば、羽根とはお別れだ。

どこかでカラスが鳴き、タラクレアで会ったカラス族の戦士たちのことが頭をよぎった。あの連中も生きのびたはずだ。ピラが一族の宝《たから》の短剣《たんけん》を持ち去ったことに、気づいているだろうか。

ヒュラスは打ち明けるチャンスさえくれなかった。ピラを船に乗せるのにかかりきりだったからだ。短剣がいまもカラス族の手にあるとヒュラスが思っていたって、別にかまわない。自業自得《じごうじとく》だ。

「頭から出ていって、ヒュラス」ピラはまたつぶやくと、崖からせいいっぱい身を乗りだした。

「ピラさま、なにをなさってるんです?!」ユセレフの叫《さけ》び声《ごえ》がした。正面階段の上で、ぞっとしたように立ちつくしている。

「捨《す》てたいものがあるのよ！」叫《さけ》びかえすと、ピラは腕《うで》をふりかぶり、ランプを投げた。渦巻《うずま》く風がそれを虚空《こくう》に運び去った。「さあ、これでおしまいよ！」

＊

「あそこにはのぼらないと約束したでしょう」騒《さわ》ぎを聞きつけて起きてきた番人たちを返し、部屋《へや》にもどったあと、ユセレフのお説教がはじまった。

「約束なんてしてないわ」ピラは言いかえした。

「おじょうさま、どうしてあんなことを？」シレアもたしなめるように言った。感心しないというように、丸いほおをすぼめている。本当はピラが困《こま》るのがうれしくてしかたがないくせに。

「出ていって、シレア」ピラは声を張《は》りあげた。

「そうできればねえ」シレアがぶつくさ言う。うそだ。シレアはタカ・ジミでの暮《く》らしを楽しんでいる。疫病《えきびょう》にかかる心配はないし、番人たちとおしゃべりするほかには、仕事だってほとんどない。

「出ていきなさい」ピラは命じた。

シレアは眉《まゆ》をひそめると、立ち去った。

ユセレフがようすをうかがうように見ている。「さっき捨てていたあれは、ヒュラスにもらったものですか」

ピラは食ってかかった。「その名前、二度と口にしないでって言ったでしょ！　命令したはずよ。忘《わす》れてるかもしれないけど、あなたもわたしの奴隷《どれい》なのよ、シレアと同じに！」

痛《いた》いような沈黙《ちんもく》。ユセレフは腕組《うでぐ》みをして、火鉢《ひばち》をにらみつけている。ピラは青銅《せいどう》の鏡を取りあげると、自分の顔を見つめた。寒さのせいで、ほおの傷《きず》あとが目立つ。十二歳《さい》のとき、結婚《けっこん》しなくてすむように、自分でつけたものだけれど、十四歳になろうとするいまでは、その傷がいやでたまらなかった。あとがうすくなるようにと、あれこれためしてみたものの、なにをしてもむだだった。

ユセレフは悲しそうだ。腹《はら》を立てるのがいやでたまらないのだろう。ピラの胸《むね》に愛《いと》しさがこみあげた。ユセレフは、持つことができなかった兄さんのような存在《そんざい》なのだ。

こんなに寒いのに、ユセレフは愛する故郷《こきょう》のエジプトを思って頭をそりあげ、太陽がふたたびもどるようにと、両目に黒いくまどりを入れている。太陽が消えてしまったことを、ユセレフはケフティウの人間以上に悲しんでいる。日に一度再生《さいせい》する太陽こそが、心のよりどころだからだ。

「ごめんなさい」ピラはぽつりと言った。

ユセレフは端正《たんせい》な顔に笑《え》みを浮《う》かべた。「いいんです、わかっていますよ。このひどい場所のせいです」

ユセレフは、雪に閉《と》ざされた山にすっかり恐《おそ》れをなしている。「なんです、この雪とかいうものは」タカ・ジミに着いた最初の日に、こう叫んだくらいだ。「そこらじゅうにある！　それに、吐《は》く息が煙《けむり》に変わってしまうなんて、悪魔《あくま》に呪《のろ》いをかけられたにちがいない！」

おまけに、ヒツジをけがれたものだと思っていて、羊毛にはさわろうともしないので、暖《あたた》かい服を着せるのもひと苦労だった。さんざん説得して、ようやく亜麻布《あまぬの》のチュニックと、ガンの羽毛をつめたレギンスと、ウサギの毛皮のマントと、わらをしきつめた子牛皮のブーツを身につけさせることができた。

ふと見ると、ユセレフは肩《かた》から袋《ふくろ》をさげている。「出かけるのね」

「ヨモギをもらいに、村へおりようと」

「わたしも連れてって」ピラはせがんだ。

ユセレフはため息をついた。「だめです、おわかりでしょう。ヤササラさまとお約束したんですから」

ピラはひるんだ。母の名前を聞くのはたえられない。「大巫女《おおみこ》は死んだのよ」そっけなくそう言った。

「だからこそ、母上のご意向は神聖《しんせい》なのです」

「いったいいつまで？　永遠《えいえん》にここにいろっていうの」

「答えはごぞんじのはずです。太陽がおもどりになり、疫病《えきびょう》を遠ざけてくださるまでです」

「ずっとそうならなかったら？」

「母上は、あなたの身を守るためにここにかくされたのです。亡《な》くなられたいまは、神官たちが――」

「神官たちが、わたしのことなんて気にしてるもんですか、母だってそうよ！」ピラは声を張《は》りあげた。「みんな、そのうちまた花嫁《はなよめ》としてさしだすために、わたしを生かしておこうとしてるだけなんだから！」

ユセレフは背中《せなか》を向けて出ていこうとしたが、ピラは追いすがった。「ユセレフ、お願い！　わたしも連れていって。門の外まででいいから！　逃《に》げたりしないわ、行く場所なんてないし。山と雪ばかりなんだから！」

「ピラさま――」

「冬のあいだじゅう、庭を行ったり来たりするばっかりだったのよ！　これ以上じっとしてたら、おかしくなっちゃうわ！」

「ピラさま、だめです。母上にお誓《ちか》いしたのですから！」

「母は死んだの、死んだのよ！」

はっとしたような沈黙《ちんもく》が落ちた。ピラは腕組《うでぐ》みをすると、ユセレフに背を向けた。母のことは大きらいだったけれど、死んでしまったショックは大きく、最後に交《か》わした言葉が頭をはなれなかった。

「あなたは逃げたのです」と母は冷ややかに言ったのだ。「ケフティウに対するつとめをはたそうともせずに」

タラクレアの地で、わたしは命をかけてケフティウを守ろうとしたの。母にそう話したかったけれど、そのチャンスはなかった。その日のうちにタカ・ジミに送られて、二度と会うことはなかったからだ。母に見直してもらうことはできない。いまはもう。

ふりかえると、ユセレフが感慨深《かんがいぶか》げに見つめていた。「ご自分で思っていらっしゃるより、あなたはずっと母上に似《に》ておられる。勇敢《ゆうかん》で、意志《いし》がかたいところが」

ピラはたじろいだ。前に、ヒュラスにも同じようなことを言われたっけ。きみは勇気があるし、へこたれない、と。

ピラはひと声うなると、壁《かべ》にこぶしをおしつけた。ヒュラスのことを考えちゃだめ。

「それと、ピラさま」ユセレフが部屋《へや》の入り口に立ってつづけた。「あの羽根ですが。あれはヘルさまの象徴《しょうちょう》です。わたしが信仰《しんこう》するハヤブサの頭を持つ神の。あんなふうに、かんたんに捨《す》ててしまうことなどできませんよ」

「どういうことよ」ピラはしかめっ面《つら》でたずねた。

「風が運んでいったでしょう。その風に乗って、なにが返ってくることやら」

# 06

# エコー

ヒナは、卵《たまご》のなかにいたときのことをおぼえていた。足はあごの下におしつけられ、丸まった体のままおしこめられていた。かぎ爪《づめ》を動かすことさえできなくて、ひどくきゅうくつだった。

それでも、なんとか身動きしようともがいた。首をもたげて、くちばしでつつき、ひと息ついて、またつつく——すると、ようやく殻《から》が割《わ》れ、自由になった！

なにも見えなかったけれど、ふわふわのヒナたちがほかにもいるのはわかった。自分をつつみこんでくれる母さんの温かい翼《つばさ》も。まわりは糞《ふん》と、木の枝《えだ》と、岩のにおいがした。父さんと母さんのするどい鳴き声や、吹《ふ》きすさぶ風の音も聞こえていた。

それに、おなかがぺこぺこだった。きょうだいたちとおし合いへし合いしながら、父さんと母さんが口におしこんでくれる肉をせっせと飲みこんだ。

だんだん体がたくましくなってきた。いまはもう目も見えるし、巣から這《は》いだして、岩棚《いわだな》の上を探《たん》検《けん》することもできる。きょうだいたちの尻尾《しっぽ》をくちばしでつつきながら、はるか下の森にいる、のろまで飛べない生き物たちを見物することだってできる。

ものがよく見えるように、首を上げ下げすることもおぼえた。じきに、三つの雪のかけらを同時に目で追えるようになった。それに、あざやかな色をしたものが大好きになった。赤と金の色をしたワシも、色とりどりに輝《かがや》くハエたちも。でも、つややかな緑と紫《むらさき》と黒の羽色をしたカラスが飛んできたときは、かぎ爪をぎゅっとちぢめてしまう。カラスたちは卵を盗《ぬす》むし、ハヤブサの敵《てき》だからだ。〈光〉と〈闇《やみ》〉が何度かすぎたころ、体じゅうにむずむずする変なふくらみができはじめた。ヒナはびっくりした。やがて、ふわふわの綿毛《わたげ》がぬけ落ちて、むずむずするふくらみから羽がのびだした。ヒナはすっかり羽が気に入った。白に茶、ピンク、灰色《はいいろ》、それに青。まだら模様《もよう》のものもあって、どれもつやつやとして美しい。いい気分でのどを鳴らしながら、くちばしで羽づくろいをすることもおぼえ、父さんたちが風に乗って舞《ま》いあがるのがうらやましくなってきた。自分も空を飛びまわってみたかった。空はいつもちがって見える。暗いときもあれば、明るいときもある。〈光〉のあいだは、雲の上になにかとても大きくて力強いものがかくれているように感じられた。見てみたいと思っても、それはけっして顔を見せてくれなかった。

ああ、わたしも飛べたら、とヒナは思った。くたくたになるまで羽ばたきをしてみたけれど、なにも起こらない。

やがて何度目かの〈光〉が来て、せっせと翼を動かしていたとき、風にあおられた体が岩棚から浮《う》かびあがり——ほんの一瞬《いっしゅん》、飛べそうになった！

と、とつぜん風がやみ、ヒナは岩棚から落っこちた。びっくりして声も出ないまま、ぐんぐん落ちていき、ようやく雪の上に着地した。ぷんぷん腹《はら》を立て、ばつの悪い思いをしながら、ヒナはなんとか立ちあがり、父さんと母さんを呼《よ》んだ。でも、どちらも狩《か》りに出かけていて、声を聞きつけてはくれなかった。

ヒナはおびえきって、口を開けたままとほうに暮《く》れた。飛べない生き物たちみたいに、地べたの上で身動きが取れなくなってしまうなんて。岩棚《いわだな》はぞっとするほど高いところにあって、とてももどれそうにない。

もう一度風が持ちあげてくれないかと、雪の上でもがいてみた。けれど、足がすべって、転んでばかりだった。

地面がむきだしになった場所を見つけて、休むことにした。そこに小さな穴《あな》があって、アリたちがひしめきあっている。一匹《ぴき》を口に入れてみた。すっぱい。吐《は》きだしたけれど、ほかのアリたちが怒《おこ》りだし、いっせいにヒナの足を噛《か》みはじめた。すごい数だ。足をよじのぼってきて、羽の根元にかじりつく。パニックになり、ヒナは悲鳴をあげながら羽ばたきをした。

ずんと地面が揺《ゆ》れ、とんでもなく大きい二本足の怪物《かいぶつ》が空をおおった。怪物はヒナを拾いあげ、アリをつまんで取りのぞきはじめた。遠くの川の音みたいな、低くて重々《おもおも》しい声で語りかけてくる。それを聞くと、ふしぎに気持ちが落ち着いた。人間だ、とヒナは思った。これが人間なんだわ。

アリを取ってもらい、暖《あたた》かくて暗い巣のようなものに入れられると、ほっとしたヒナは眠《ねむ》りに落ちた。

目がさめてみると、風の吹《ふ》いていない場所にいて、人間がふたりになっていた。アリから助けてくれた男の人間と、まだ子どもの女の人間がいる。その少女は男と同じで翼《つばさ》やくちばしはないけれど、目にもあざやかな姿《すがた》をしていて、ヒナは見とれてしまった。羽のかわりに着ている奇妙《きみょう》なぶかぶかの皮は、橙色《だいだいいろ》や黄色や緑色をしている。背中《せなか》にはキツネみたいな赤い毛皮をまとい、頭に生えている長い黒髪《くろかみ》には、紫《むらさき》と青の筋《すじ》が入っている。

少女がゆっくりと近づいてきて、大きくてやわらかそうなかぎ爪《づめ》でつかんだ肉をさしだした。

びっくりしたヒナは、せいいっぱいのびあがり、翼を広げて、かっと口を開けた。それからくちばしで肉を引ったくると、ばかにしたように脇《わき》に捨《す》てた。

少女はまた肉をさしだした。じろじろ見たりも、無理やり近づいたりもせず、おだやかな低い声で語りかけてきた。青白いへんてこな顔には羽も綿毛《わたげ》も生えていないけれど、ハヤブサと同じ黒い目をしている。その目には、ヒナと同じように、閉《と》じこめられ、自由をうばわれた魂《たましい》が宿っているのがわかった。

ヒナは首をのばすと、肉を受けとった。

＊

ピラは、大きなくちばしでネズミの肉のかけらを受けとるヒナを見守りながら、半信半疑《はんしんはんぎ》できいた。「ほんとにこれ、ハヤブサなの？」

ユセレフは心外そうに口をゆがめた。「もちろんですとも」

ピラはふーんとうなった。「いままで見たハヤブサと、ちっとも似《に》てないわ」

袋《ふくろ》のなかにうずくまったその生き物は、ハトくらいの大きさで、茶色と白のみすぼらしいかたまりにしか見えなかった。大部分は羽におおわれているが、頭にはところどころ白い綿毛のふさが残っていて不格好《ぶかっこう》だし、足はもっと綿毛だらけで、ふわふわの白いレギンスをはいているみたいに見える。黄緑色をした大きな足の先には、長くて黒いかぎ爪が生えている。黒い大きな目で、ピラをにらみつけている。

「どこで見つけたの？」

「崖《がけ》の下の地面です。しきりに鳴いていたので、きっと巣から落ちたんでしょう。ヒナがかえるには時期が早いですが、いまはこんなときなので、野の生き物たちも、冬と春の区別がつかないにちがいありません。この雌《めす》ハヤブサがあらわれたのは、いい兆《きざ》しですよ。太陽を連れもどしてくれるかもしれない」

「どうやって雌だと見分けるの」

「見分けはつきません、でも感じるのです」ユセレフは言葉を切った。「もし無事に育ったら」と慎《しん》重《ちょう》につづける。「そのうち飛びたがるでしょう。飛べるかどうかは、ピラさましだいですよ」

「どうして？」ピラはけげんに思ってきいた。

「あなたが世話をするのです」そこでまたひと呼《こ》吸《きゅう》おく。「無事に育てば、この世でいちばんすばやい生き物になるはずです。雌のハヤブサは雄《おす》よりも強くてたくましく、速く飛べるのですよ」

「へえ、そうは見えないけど」ピラはつぶやいた。

「ハヤブサは誇《ほこ》りたかくて、気が短いんです。侮《ぶ》辱《じょく》されると、けっして忘《わす》れません。飼《か》いならすことも、罰《ばつ》をあたえてしたがわせることもできません。こちらが信《しん》頼《らい》されるようにつとめて、どこにも行かないでとお願いするしかないんです」ユセレフがちらりとピラを見た。「それに、愛想をふりまいたりもしない。だから、きっとあなたと気が合いますよ」

ピラはプッと噴《ふ》きだした。

「いまこの子は、あなたと同じとらわれの身です。でも世話をしてやって、飛びかたを教えてやれば、自由にしてやれるでしょう」

ピラはこみあげる興《こう》奮《ふん》をおし殺し、そっけなく言った。「最初からこうするつもりだったんでしょ、ちがう？」

ユセレフはにっこりすると、首を横にふった。「わたしじゃありません、ピラさま。これはヘルさまの思《おぼ》し召《め》しです。でないと、このハヤブサがあなたのもとにあらわれるはずがないでしょう?」

ピラはそのハヤブサにこだまと名前《エコー》をつけた。キィーッ、キィーッ、キィーッとこだまのように鳴き声をひびかせるからだ。エコーは利口で、気分屋で、気性《きしょう》が荒《あら》く、好ききらいがとてもはっきりしていた。

＊

うれしいことに、ピラは気に入られた。ユセレフも好きなようだけれど、シレアのことは大きらいで、なによりもアリをひどくこわがっていた。一匹《ぴき》でも見つけようものなら大騒《おおさわ》ぎで、部屋《へや》じゅうをさがしてアリがいなくなったのをたしかめさせるまで、落ち着こうとしなかった。

日々《ひび》は飛ぶようにすぎていき、ピラはエコーのことで頭がいっぱいだった。エコーを安心させようと部屋を暗くしてやり、ユセレフもそのすみに丸太で止まり木をしつらえて、子ヒツジの革《かわ》でつくったひもで木とエコーの足を結《ゆ》わえつけた。

最初のうち、エコーはぴりぴりしたようすで、せいいっぱいのびあがり、くちばしを半開きにしてにらみつけてきた。ピラが話しかけてやると、緊張《きんちょう》がほぐれてきたのか、あごの下の羽毛をふくらませ、片足《かたあし》をおなかの下にしまいこんで、もう片方《かたほう》の足でおとなしく止まり木に止まるようになった。

エコーは驚《おどろ》くほど目がよかった。三十歩はなれたところにいるアリでさえ見つけだし、首をまわしながらそれを目で追うこともできた。それに、ピラの服がすっかり気に入ったようだった。「人間よりも、正確《せいかく》に色を見分けられるようですね」とユセレフは言った。「カラスの羽の緑や紫《むらさき》の色も、ハヤブサには虹《にじ》のようにあざやかに見えるそうですよ」

ピラがえさをくれることをじきにおぼえたエコーは、キィーッ、キィーッ、キィーッとさかんに鳴いてせがむようになった。好物はハトで、くちばしで羽をむしり、はらわたは脇《わき》に捨《す》て、片足《かたあし》で残りの肉をつかむと、ずたずたに引きさいた。しばらくすると、部屋《へや》のすみに糞《ふん》をして、羽と骨《ほね》のかけらを吐《は》きだすのだった。

エコーはあっというまに不格好《ぶかっこう》なヒナから美しいハヤブサへと成長し、背丈《せたけ》もピラの肘《ひじ》から手首までの長さと同じくらいになった。頭と翼《つばさ》はきれいな濃《こ》い灰色《はいいろ》、のどと胸《むね》はあわい黄褐色《おうかっしょく》で、茶色い斑点《はんてん》がある。かぎ形に曲がった大きなくちばしは、ハトの背骨《せぼね》でも嚙《か》みくだけるし、ピラの指だって、その気になれば食いちぎれそうだ。大きな黒い目の下には、涙《なみだ》の跡《あと》のような黒っぽい縦縞《たてじま》が入っている。ハヤブサ特有の模様《もよう》だ。

きゅうくつな思いをさせるのはいやなので、ピラはエコーが部屋じゅうを自由に動きまわれるようにしてやった。ただしユセレフにすすめられて、足のひもだけはつけたままにしておいた。

「飛びかたを教えるには、信頼《しんらい》を得なければなりません。そばにいて話しかけたり、たいくつさせないように、リスの肉をあたえたりして。ふれられることになれてもらうんです」とユセレフは言った。

エコーはすっかり自分の名前をおぼえ、ピラが呼《よ》ぶと、ときには止まり木から床《ゆか》に飛びおりて、爪《つめ》の音をひびかせながらかけよってくるようになった。一度など、ピラが部屋を出ようとすると、キィーッ、キィーッ、キィーッと呼びとめるように鳴きかけさえした。

手はじめに、ピラは一本の羽根の先で軽くエコーにふれるようにした。それから今度は手の甲《こう》で、冷んやりとしたやわらかい胸から黄緑色のうろこにおおわれた足までを、順になでてみた。エコーは足をなでられるのがいちばん好きなようだった。

ある日、足首をなでてやっていると、エコーがピラの手首にそっと飛びのった。おそれ多いような気持ちがこみあげた。見た目はかわいらしいけれど、エコーは女神《めがみ》さまのしもべなのだ。

「ひじを脇腹《わきばら》につけて、腕《うで》を平行にするんです」部屋の入り口に立ったユセレフが静かに言った。「止まりやすくなりますから。ひもはほどかないように」

エコーは見た目よりも重たく、かぎ爪が細いイバラのとげのようにピラの腕に食いこんだ。

「手首を守れるように、革《かわ》で籠手《こて》をこしらえましょう」とユセレフが言った。「これからは、袋《ふくろ》にごほうびの肉切れを入れて持っておくといいでしょう」

「どうしてハヤブサのことにそんなにくわしいの？」エコーから目をはなさないようにしながらピラはたずねた。

「エジプト人ならだれでもハヤブサのことは知っています。わたしは兄のネベツクから教わりました。だれよりもくわしかったので」

「お兄さんが飼《か》っていたハヤブサは、おとなしかった？」

「言ったでしょう、ハヤブサを飼いならすことなどできないと！　お願いをして、しばらくのあいだそばにいてもらうだけです」

しばらくってどのくらい、とたずねたかったけれど、ユセレフは自分の部屋にもどってしまった。兄さんのことを話すと悲しくなるのだ。ユセレフが奴隷《どれい》として連れてこられるまでは、仲のいい兄弟だったと聞いている。

その夜、エコーはピラの寝台《しんだい》の柱に止まって休み、ピラは横になってエコーの羽づくろいの音を聞いていた。翼がこすれるかすかな音と、カチカチとくちばしの鳴る音。やがて、ぬけた羽をぱっとはらい落とすと、エコーは眠《ねむ》りについた。タカ・ジミに来て初めて、ピラは心がなごむのを感じた。

次の日、ピラは初めてエコーを庭に連れだした。シレアと番人たちは建物のなかに追いやっておいて、ユセレフとふたりでハヤブサがちょこちょことあちこちを見てまわる姿《すがた》をながめた。エコーはそこらじゅうのものをつついてまわったあと、見張《みは》り台のネズの木をしきりに気にしはじめた。そして風が吹《ふ》きよせると、翼《つばさ》をはためかせた。

「そろそろ飛んでもいいころなんですが」とユセレフが言った。「きっと、巣から落ちたせいで、自信をなくしてしまったのでしょう」

「どうしてあげたらいいの」

「あせらないで。もうすぐですから」

「飛べるようになっても……もどってくる？」

「ええ。まだ狩《か》りは無理ですし、ここを巣だと思っているでしょうから。翼の使いかたをおぼえるためにあたりを飛びまわるようになっても、もどってはくるでしょう」

ピラはユセレフをちらりと見た。「ずっと？」

「いいえ」ユセレフはそっと答えた。「最初の獲物《えもの》をしとめたら、去っていくはずです」

ピラの胸《むね》が冷たくなった。「いつ？　最初の獲物をしとめるのはいつのこと？」

ユセレフはためらった。「二、三日以内に。もう少し先かもしれません」

ピラは手で口をおおった。あとたったの数日？「そう」うまく言葉が出てこない。「しかたがないわね。自由をうばいたくはないから」

でもその夜、寝台《しんだい》の柱に止まったエコーをながめながら、ピラはこう語りかけた。「行かないで、エコー。あなたがいないと、たえられないわ」

エコーは羽づくろいをやめると、ピラをちらりと見た。その黒い目のなかに、野に生きる鳥にしか行くことのできない、はるかな高みが見えた気がした。

翌日《よくじつ》は天気が荒《あ》れ、庭には雪まじりの風が渦《うず》を巻《ま》いていた。突風《とっぷう》が吹きよせるたび、エコーはそわそわと羽ばたきをした。

と、とつぜん首を上げ下げすると、身をふるわせ、翼を広げて——飛びたった。

エコーはうれしげな鳴き声をあげて舞《ま》いあがったものの、ぐらりとかたむき、聖所《せいしょ》の壁《かべ》におりてきて止まった。ピラの心臓《しんぞう》がきゅっとした。

エコーがふたたび高く舞いあがったとたん、ふしぎなことに、ピラは自分もいっしょに飛んでいるように感じた。はてしない空をかけめぐっているように。

自由になれたように。

＊

ハヤブサは風に乗り、喜びの声をあげた。わたしはハヤブサなんだ、飛ぶために生まれてきたんだ！

風は勢《いきお》いよくなめらかに吹いているところばかりではなく、流れがでこぼこで、急に吹きおろしたり、吹きあげたりするところもあるのがわかった。目には見えないその動きを体に感じながら、風を乗りこなすのは楽しかった。ちょっとした風向きのみだれは翼の先をかたむけてやりすごし、速度をゆるめたいときは尾羽《おばね》を広げ、高くのぼりたければ、翼をまっすぐにのばして吹きあげてくる風に身をまかせればいい。

足に結《ゆ》わえつけられたひもが少しじゃまだけれど、高く舞いあがって地面が見えなくなると、それも忘《わす》れてしまった。少女の姿はもうちっぽけな点にしか見えない。でも、魂《たましい》はいっしょに飛んでいるような気がした。

と、ハヤブサの心臓《しんぞう》がドキッとした。ずっと下のほうに、ハトたちがいる！

翼《つばさ》をたたみ、足を尾《お》の下にしまうと、凍《い》てつく空気の感触《かんしょく》を楽しみながら、ハヤブサは急降下《きゅうこうか》をはじめた。

ハトたちはすぐにハヤブサに気づいた。てんでに逃《に》げようとするので、どれをねらえばいいのか迷《まよ》ってしまう。風があちこちから吹《ふ》きよせる。翼の角度を調節して、まっすぐに飛びこまないと。

ハトたちのなかにつっこむ直前、ハヤブサは足をつきだし、一羽をつかもうと……。

失敗だった。

なにごともなかったふりをしながら、ハヤブサはそこを飛び去った。なんてことなの。恥《は》ずかしくてたまらなかった。いったい、なにがいけなかったんだろう？

雪や風が舞《ま》う音や、逃げていくハトの羽ばたきにまじって少女の呼《よ》び声が聞こえ、ハヤブサは巣のほうへ引きかえした。

ハトをしとめそこねたことを、少女は気にしていないようだった。すぐそばまで舞いおりていって、羽ばたきで髪《かみ》をくしゃくしゃにすると、少女が笑い声をあげたので、ハヤブサはちょっと気分がよくなり、ネズの木に止まってひと休みすることにした。

葉のしげった枝《えだ》で風をさえぎりながら、心地《ここち》よく羽づくろいをしていると、急におなかがぺこぺこなことに気がついた。少女はいつも肉をくれる。そう思い、ハヤブサは肉をもらいにもう一度飛びたった。

と、なにかに引きもどされた。

びっくりしたハヤブサは、自由になろうともがいた。だめだ。足のひもが枝にからまっている。くちばしではずそうにも、チクチクとした葉がびっしり生えていて、ひもにとどかない。

ハヤブサはキィーッとひと声鳴くと、口を開けたままとほうに暮《く》れた。どうしよう、身動きが取れなくなってしまった。

# 07

# ヘル神の娘《むすめ》

「おなかがすいたら、おりてきますよ」とユセレフが言った。「それまでは、そっとしておきましょう」

「どうかしら」ピラは半信半疑《はんしんはんぎ》で答えた。

ハヤブサがネズの木に止まっていることはわかっていた。でも、葉がびっしりとしげっていて姿《すがた》は見えないし、呼《よ》びかけてみても、キィーッという声が聞こえただけで、なにを言いたいのかはわからなかった。ピラはしかたなくユセレフについて聖所《せいしょ》のなかにもどった。

けれど、エコーがいっこうにおりてこないので、なかなか寝《ね》つけなかった。がんじがらめにされているみたいに、ひどく息苦しい。エコーも身動きができなくなっているのかもしれない。おりられなくなっているのかも。

夜がふけるにつれ、息苦しさは増《ま》し、ピラは確信《かくしん》した。エコーは困《こま》っている。助けに行かないと。

風はすっかりやみ、冷えびえとした庭は静まりかえっていた。かがり火に照らされた雄牛《おうし》の角《つの》が、雪の上にするどい影《かげ》を落としている。

枝《えだ》に引っかからないように、ピラはマントとブーツと靴下《くつした》をぬぎ、壁《かべ》ぎわに置いた。見張《みは》り台へとつづく氷のような石の杭《くい》をはだしでのぼると、凍《い》てつく風が崖《がけ》の下から吹《ふ》きあげた。

空は白《しら》みはじめたばかりで、ネズの木が黒々《くろぐろ》と不気味にそびえている。木にのぼったことは一度もない。手足をちょっとでもすべらせたら、一巻《いっかん》の終わりだ。

ヒュラスなら、リスみたいに軽々《かるがる》とのぼれるだろう。そう思いかけ、ピラは自分をしかりつけた。ヒュラスなんてもう知らない。

最初につかんだ枝はポキリと折れ、あやうく崖に落っこちそうになった。息をはずませながら別の枝をつかむと、ピラは葉をかき分けて必死に上をめざした。

「エコー？」

答えはない。でも、気配は感じる。

ネズの木は灰《はい》をかぶってざらつき、高くのぼるにつれ、ピラの体にはあちこち引っかき傷《きず》ができ、足は冷たさでしびれはじめた。そのとき、ようやく枝と枝のあいだに羽が見えた。

エコーは頭を背中《せなか》にうずめて眠《ねむ》りこんでいた。手はとどきそうでとどかない。薄闇《うすやみ》のなか、足につけたひもがすっかりからまっているのが見える。これではおりてこられないはずだ。

声をかけようとしたとき、エコーが眠ったまま身じろぎをするのが見えた。ピラははっとした。エコーの右目は閉《と》じられているが、左目は用心深く開かれたままだ。体の半分は眠っていて――もう半分は起きているのだ。

ピラはまた思い知らされた。エコーはただの気むずかしい若《わか》いハヤブサではなく、聖なる生き物で、人間にはその魂《たましい》をすべて理解《りかい》することなどけっしてできないのだと。

「エコーは、すべてを見通すヘル神の娘《むすめ》なのです」とユセレフは前に言っていた。「地平をつかさどる偉大《いだい》なるハヤブサ、それがヘル神です。その胸《むね》の斑点《はんてん》は星で、翼《つばさ》は空であり、羽ばたきは風を生むのです。それにけっしてお眠《ねむ》りになることはありません。左目の月と、右目の太陽で、あらゆる命を生みだしているからです……」

大雲のはるか上のどこかに太陽が昇《のぼ》り、エコーも目を開けた。くしゃみをひとつして、片足《かたあし》で耳をかこうとし、身動きが取れないことに気づいて、羽ばたきしようともがいた。

「じっとしてて、けがをしちゃうわ！　ひもを切ってあげるから」ピラは呼《よ》びかけた。

エコーはふりむいてピラを見た。くちばしをかっと開け、白い息を吐《は》きだしたが、耳をすましているのはわかる。

ピラは声をかけながらせいいっぱい体をのばし、凍《こお》ったリスの肉をさしだした。エコーが警戒《けいかい》をといて肉を受けとり、それを引きちぎりはじめたので、そのあいだにナイフをぬいて、ひもを切った。

驚《おどろ》いたことに、エコーは飛びたちもしないで肉をたいらげ、枝《えだ》を伝って近づいてくると、ピラの手首にちょこんと乗った。冷んやりとしたやわらかな胸《むね》にピラが額《ひたい》をおしつけると、くちばしが髪《かみ》にふれるのがわかった。「ありがとう、エコー」ピラはささやいた。

と、エコーは飛びあがり、庭に舞《ま》いおりると、薪《まき》の山の上に止まり、もどかしげにピラを見た。

キィーッ、キィーッ、キィーッ！　早くおりてきて！

ピラはかじかんだ体でなんとか木からおり、庭にもどった。服を身につけ、体の汚《よご》れをはらっていると、ユセレフとシレアが聖所《せいしょ》からあらわれた。

ユセレフはエコーを見るとにっこりした。「そのうちおりてくると言ったでしょう」

ピラはだまっていた。

シレアはあやしむようにじろじろ見ている。「おじょうさま、髪にネズの葉っぱがついていますわ」

「あらそう」ピラはそっけなく言った。

二、三日後、エコーは飛びたったまま、ついに帰ってこなかった。
木から助けおろしたあと、エコーはみるみる飛ぶのがうまくなり、さっと方向転換《てんかん》したり、はらはらするほどの急降下《きゅうこうか》を見せたりするようになった。地面にたたきつけられてしまわないかとピラは気が気でなかったが、幼鳥《ようちょう》は翼《つばさ》の付け根のあたりに羽が密生《みっせい》しているのだとユセレフから教わった。

「その羽のおかげで、成鳥になるまで、飛ぶ速さをおさえられるようになっているんですよ」

けれど、エコーはとつぜん消えてしまった。それを受け入れられないまま、ピラは庭に立ちつくした。ふと、高く冷たい大空の気配が感じられた。きっと、エコーはもうはるか遠いところにいるのだろう。「こんなに早く行ってしまうなんて」ピラはつぶやいた。

「またもどってくるかもしれませんよ」ユセレフが答えた。

「でも、もうまる一日になるわ。まだ狩《か》りのしかたも知らないのに！」

「野山こそが、あの子の生きる場所なのです、ピラさま。狩りもおぼえるでしょう。それに、太陽を連れもどしてくれるかもしれませんよ」

太陽なんてどうでもいい。エコーさえもどってくれれば。

ユセレフが建物のなかに入ると、ピラは見張《みは》り台にのぼった。崖《がけ》の上には雲がたれこめ、斜面《しゃめん》にはぽつりぽつりとマツが立っている。くぐもったような滝《たき》の音の向こうに、不気味にそびえる山の気配を感じる。またひとりぼっちになってしまった。はてしなくつづく灰色《はいいろ》の薄闇《うすやみ》のなかに閉《と》じこめられたまま。

＊

エコーのいない部屋《へや》は、たえがたいほどひっそりとしていた。引きちぎられたハトの翼《つばさ》が寝台《しんだい》の柱からぶらさがり、床《ゆか》には小さな粘土《ねんど》の水皿が置きっぱなしになっている。エコーはその皿に見向きもしなかった。ユセレフによれば、ハヤブサはほとんど水を飲まないそうだ。でも、とても信じられなかったので、念のために置いておいたのだ。

そのとなりには、ネズミの毛と骨《ほね》がからまりあった小さなかたまりが落ちている。エコーが吐《は》きもどしたものだ。身をかがめてそれをお守り袋《ぶくろ》に入れたとたん、床がぐらりとかたむき、体の力がすっとぬけてひざがぐらつき、ピラは倒《たお》れこんだ。

気づいたときには、寝台《しんだい》に寝《ね》かされていた。ユセレフが羊毛でピラの体をくるみ、シレアは火鉢《ひばち》で湯をわかしていた。

おき火の明るさで目が痛《いた》む。「わたし、どうしたの」ピラはか細い声できいた。

「なんでもありませんよ」ユセレフが静かに答えた。「外にいらしたから、熱が出たんです」

なんでもないようには思えなかった。頭は割《わ》れそうに痛いし、寒気がするのに、燃《も》えるように体が熱い。

次に目をさましたときは、体じゅうが痛み、歯がガチガチと鳴り、火のついた針《はり》で頭を刺《さ》されているような気がした。

ユセレフは床に足を組んですわり、体を揺《ゆ》らしながらエジプト語で呪文《じゅもん》をとなえていた。いつもの亜麻布《あまぬの》のキルト（ひざ丈《たけ》の巻《ま》きスカート）姿《すがた》にもどり、むきだしの胸《むね》にはウジャトというクジャク石のお守りをさげている。ヘル神の聖《せい》なる目をかたどったものだ。冬のあいだ、ユセレフからエジプトの言葉を少し教わっていたおかげで、呪文の意味はところどころピラにも理解《りかい》できた。「この巣にいますヒナ鳥が熱におかされ……病《やまい》の黒き種がせまりつつあります……すべてを見通す神よ、わたしのヒナ鳥をお守りください……」

目をつぶると、めまいがひどくなった。やがて渦巻《うずま》く闇《やみ》のなかに落ちていき……。

いつのまにか、ヒュラスが上からのぞきこみ、くしゃくしゃの金髪《きんぱつ》のあいだからピラをにらみつけていた。「ハボックはどうしたんだ？　ちゃんと面倒《めんどう》を見ないと、だめじゃないか！」

「はぐれちゃったの」ピラはぽつりと言った。

「いつもそうだ。友だちができたと思ったら、すぐにうばわれてしまう。でも、今回はきみのせいだからな！」

わたしはどうなのよ、とピラは言いたかった。わたしはうばわれたんじゃなくて、あなたが勝手にここへ追いやったんじゃない！

けれど、くちびるを動かすことさえできないほど体は弱りきっていた。頭も猛烈《もうれつ》に痛む。ハボックのことをあやまろうと思ったものの、うっすらと目を開けて見あげると、ヒュラスはシレアに変わっていた。シレアは湯気をあげるたらいを持ったまま、恐《おそ》ろしさにふるえあがっている。「さ、さわるなんてできません。わたしにもうつってしまう！」

「よこしなさい」ユセレフがきつい声で言った。そしてたらいを引ったくって、布《ぬの》を湯にひたし、ピラの顔をやさしくぬぐった。ピラがうめくと、たらいを置き、冷んやりとした指でピラののどからあごの下をそっとなでた。なにかをさがしているみたいだ。

その意味に気づき、ピラはぞっとした——さがしているのは、疫病《えきびょう》にかかったことを示《しめ》す出来物だ。

# 08

## 神々《かみがみ》に見捨《みす》てられた島

ヒュラスは道の先に一軒《けん》の家を見つけ、疫病《えきびょう》のしるしがないかたしかめた。白い手形はないし、ずんぐりとした小さな〈膿食《うみ》らい〉も見あたらない。思いきって食料をさがしに寄《よ》るか、それともこのまま山へ入るべきだろうか。

「ピラさまは山奥《やまおく》のタカ・ジミというところにいる」とゴルゴは言っていた。でも、いったいどこにあるんだ？　前方にそびえる山は雪をかぶり、木々《きぎ》におおわれた深い谷が幾筋《いくすじ》もきざまれている。どこにピラがいるのか、見当もつかない。それも、生きていればの話だ。大巫女《おおみこ》ヤササラでさえ疫病に負けてしまったのに、娘《むすめ》のほうは無事だなんてことがあるだろうか。

でも、あきらめるわけにはいかない。ピラをケフティウに追いやったのはヒュラスなのだから。タカ・ジミに閉《と》じこめられてしまったのも、自分のせいだ。

もう三日も、ヒュラスは幽霊《ゆうれい》たちのさまよう平原を歩いていた。かつては豊《ゆた》かな土地で、大勢《おおぜい》の人々《ひとびと》が暮《く》らしていたのだろうが、いまはどこの集落もすっかり灰《はい》におおわれ、人っ子ひとり見あたらない。失ったものをうらめしげにさがす幽霊たちの姿《すがた》がちらりとのぞくだけだ。

幽霊たちはいつも見えるわけではなかった。鳥やキツネがなにかにおびえたように逃《に》げだしても、ヒュラスにはなにも見えないこともある。でも、こめかみに警告《けいこく》するような痛《いた》みをおぼえ、恐怖《きょうふ》に心臓《しんぞう》をつかまれたとたん、目の端《はし》に影《かげ》がちらつくこともある。どうしてこんなことになったんだろう。ケフティウに来たからか？　これも疫病のせいなのだろうか。とにかく、見えることだけはたしかで、それがいやでたまらなかった。

それに疫病にかかるのもこわかった。この三日というもの、ずっと木々におおわれた場所を選んで歩き、夜は枝《えだ》で小屋のようなものをつくって、たびたび目をさましては、黒い渦巻《うずま》きに取りまかれていないかとたしかめてきた。疫病を寄せつけないために、ゴルゴにもらったノミよけ草と硫黄《いおう》を顔に塗《ぬ》りたくり、ペリファスにわたされた軽石で指先の模様《もよう》もこすり落とした。「疫病ってのは、指の渦巻きから体に入りこむんだ。その模様をこすり落としておけば、少しは疫病よけになる」とペリファスは言っていた。

たまに、みすぼらしい身なりでさまよっている人間と出くわすこともあったが、タカ・ジミのことをたずねようとしても、みんな逃げてしまった。ヒュラスのことを幽霊だと思ったのだろう。あたりがこう暗いと、見まちがえても無理はない。太陽がかくれているせいで、人間も幽霊と同じように影をなくしてしまったからだ。

歩いていると、しょっちゅう墓《はか》につまずいた。きちんと封印《ふういん》されていないせいで、キツネが入りこんでなきがらを荒《あ》らしているものもたくさんある。幽霊たちに取りつかれないように、ヒュラスはペリファスにもらった食料袋《しょくりょうぶくろ》の端を細く切りとり、丘《おか》で掘《ほ》った赤土で染《そ》めて手首に巻《ま》いた。

食料も底をつきかけていた。おし流されずに残った家がわずかにあるものの、農民たちは逃げだすときに食べ物のほとんどを持ち去っていた。手元にあるものといえば、食料袋に入っていた大麦の粉と、置きざりにされていたみすぼらしいヤギからしぼった乳《ちち》だけだ。そのヤギは乳をしぼってやるとひどくうれしそうにしたので、殺すに殺せなくなってしまった。なのに、助けられた恩《おん》も忘《わす》れて、ヒュラスが寝《ね》ているあいだにつなぎひもを引きちぎり、こっそり逃《に》げだしてしまった。

体がじんじんするほどの寒さだった。本当なら、もう春が来て、アーモンドの花のまわりをハチたちが飛びまわっているはずなのに、木々《きぎ》も畑のブドウも葉を落としたまま、ひっそりと立ちつくしている。早く太陽がもどらないと、なにひとつ作物が実らず、みんな飢《う》え死にしてしまうだろう。ゴルゴの言うとおりだ。神々《かみがみ》はケフティウを見捨《みす》てたのだ。

家の戸がギィーッとさびしげな音を立てた。なかに入ってもだいじょうぶだろうか。

空腹《くうふく》のあまりよく考える余裕《よゆう》もなく、ヒュラスは戸口に近づいた。

運のいいことに、真っ黒なブタ肉の燻製《くんせい》のかたまりがふたつ、大きな梁《はり》にぶらさげられたままになっていた。

フックからはずそうとそばに寄《よ》ると、ハトが一羽、梁の上からバタバタと飛びだし、そのとたん物陰《ものかげ》でなにかが動いた。ヒュラスはナイフをぬき、脇《わき》に飛びすさった。一瞬《いっしゅん》前まで立っていた壁《かべ》に、三《み》つ叉《また》の熊手《くまで》（干《ほ》し草などを積みあげる農具）がつき刺《さ》さった。

相手はふたたび熊手をつきだし、ケフティウ語でなにかわめいた。

ヒュラスはもう一度飛びすさると、叫《さけ》んだ。「戦うのはごめんだ！」

あいかわらずわめき声をあげながら、ケフティウ人はなおも襲《おそ》ってくる。うす汚《よご》れた身なりの若者《わかもの》で、垢《あか》だらけの顔に必死の形相を浮《う》かべている。ヒュラスと同じく流れ者で、燻製をねらっているのだろう。

「戦うのはごめんだって！」ヒュラスはくりかえし、腰《こし》の斧《おの》もぬいた。

怒鳴《どな》りあい、武器《ぶき》をつきつけあったまま、ふたりはにらみあった。

「こんなのばかばかしいだろ！　肉はふたり分あるんだから！」

若者はけわしい顔のまま熊手をふりかざした。ブタのように腹《はら》を切りさくぞと言われでもしたと思ったのだろう。

ヒュラスはナイフで燻製を指し、次に刃先《はさき》を自分の胸《むね》に向けた。「これがぼくので」そう言ってもう一方の肉を示《しめ》す。「そっちがあんたのだ」

若者はうなり声をあげて、両足を踏《ふ》んばった。

敵意《てきい》がないことを示そうと、ヒュラスは水袋《みずぶくろ》を相手にほうった。「ほら、ヤギの乳《ちち》だよ」そう言うと、ゴクゴクとのどを鳴らし、乳をしぼるしぐさをしながら、乳が桶《おけ》にたまるポタポタという音を口まねして、最後にメエエとヤギのように鳴いてみせた。

恐《おそ》れと空腹がせめぎあうような表情《ひょうじょう》が、若者の顔に浮かんだ。ヒュラスを見すえたまま、水袋をひっつかみ、においをかぐ。そしてがぶりと飲んだ。

「もっと、もっと」とヒュラスはすすめ、そろそろとナイフをさやにおさめた。

若者は水袋を下に置くと、ヒュラスを見つめた。

ヒュラスは床《ゆか》に斧を置き、両手を上に向けてかざした。「な、もう武器《ぶき》は持ってない」

長い長い、張《は》りつめたような沈黙《ちんもく》。あいかわらずヒュラスを見すえたまま、若者は熊手を壁に立てかけた。そして額《ひたい》にこぶしを当てておじぎをすると……にっこりした。

たらふく食べ、残りの肉を持ち運べるように縄《なわ》でしばったあと、ふたりは外に出て山並《やまな》みをながめた。

ケフティウの山はヒュラスの生まれ故郷《こきょう》の山とはまるでちがっていた。リュコニアの山はてっぺんがでこぼこしているが、ケフティウの山の峰《みね》は丸みをおびている。神々がその上に横たわって、空でも見あげていそうに思える。

「ディクティ」と若者《わかもの》が言いながら、いちばん高い山の峰《みね》を指さした。「タカ・ジミ、ディクティ」

「それが、あの山の名前？」ヒュラスはきいた。「ディクティ山？」

若者はうなずいた。「タカ・ジミ。ディクティ」

ヒュラスはこぶしを額《ひたい》にあてがい、おじぎをした。「ありがとう」

若者は家に残るつもりのようなので、ヒュラスはさらにおじぎをしてから、そこを出発した。

いくらも行かないうちに、後ろから呼《よ》びとめられた。「ラウコ！」そう叫《さけ》ぶと、若者は足で地面を引っかき、広げた両腕《りょううで》を耳にくっつけて、前につきだした。「ラウコ、ラウコ！」

ヒュラスはめんくらい、首を横にふった。どういう意味だろう？

若者が同じしぐさをくりかえす。それでもヒュラスがぽかんとしていると、あきらめておじぎをしてよこした。たしかではないが、幸運を祈《いの》ると言われたのだろうか。そのあと、山の奥《おく》をめざして歩いているとき、気がついた。さっきのは警告《けいこく》だったのかもしれない。

「あそこも疫病《えきびょう》にやられたそうだし、森には怪物《かいぶつ》がうろついてるらしい」とゴルゴは言っていた。若者はそれを伝えようとしていたのだろうか。怪物に気をつけろと。

＊

怪物には出くわさなかったが、山道の途中《とちゅう》で見かけた小屋や民家には、残らず疫病のしるしがつけられていた。

母親が亡《な》くなったとき、ピラはそばにいたのだろうかとヒュラスは思った。母親のことはきらっていたけれど、いまはどんな気持ちでいるだろう。ヒュラスは母さんのことをなにも知らなかった。幼《おさな》いころ、イシといっしょにリュカス山に置きざりにされたからだ。だからピラがうらやましかった。ピラにはわかってもらえなかったけれど。

渓谷《けいこく》ぞいの小道を見つけてのぼると、やがて灰《はい》をかぶったオリーブの木立があらわれた。一本の木のそばに、獣《けもの》が転げまわった跡《あと》のようなぬかるみがあり、木の幹《みき》にはヒュラスの頭と同じ高さのところに、皮をはいだ跡がついていた。いったい何者のしわざだろう。クマなら爪《つめ》の跡を残すだろうが、この山には見あたらない。シカだろうか。でも、こんなに大きなシカなんて見たことはない。

それじゃ、怪物か？

渓谷の奥に、人けのない農場が見つかった。糞《ふん》の山に、石づくりの水ため、そして日干《ひぼ》しレンガの小屋。三十歩はなれたところからでも、小屋の戸につけられた〝疫病〟を示《しめ》す白い手形がはっきりと見てとれる。

でも、渓流《けいりゅう》は清らかに見えるし、岸辺にはヤナギがしげっている。ところどころ、緑の草も顔を出している。灰色一色の世界にいたせいで、ひさしぶりに見た緑に、心がなぐさめられた。いい兆《きざ》しだとヒュラスは思い、水袋《みずぶくろ》に水をくもうとひざまずいた。

と、体がこわばった。ひざをついた地面のすぐ脇《わき》に、ヒュラスの頭より大きなひづめの跡がある。ヒュラスはそろそろと立ちあがった。二、三歩はなれた大岩の上に、湯気をあげる糞がこんもりと積みあがっている。

そのとき、鼻息が聞こえ、大岩のうしろからばかでかい雌牛《めうし》と、これまた大きな子牛があらわれた。

ヒュラスの胃がきゅっとした。荒々《あらあら》しくとがった角《つの》を持つ、野生の牛だ。生まれ故郷《こきょう》の山でも何度か出くわしたことがある。大きさも気の荒さも、家畜《かちく》の牛とは比《くら》べものにならない。やっかいなことに、雌牛《めうし》はこちらに気づいている。

「だいじょうぶだ」ヒュラスは雌牛にそっと話しかけた。「きみにも子牛にも、なんにもしないから」

雌牛は丸い鼻面《はなづら》を持ちあげると、ヒュラスのにおいをかいだ。

「ほら、ゆっくり向こうへ行くよ」そう言いながら、ヒュラスはじりじりと後ずさりをした。「こ、こっち側の斜面《しゃめん》は急すぎてのぼれないから、川をわたって向こうへ行くよ、いいかい？　あっちのほうがなだらかだから。きみのそばに近よったりはしないよ」

危険《きけん》はないと判断《はんだん》したのか、雌牛は頭をたれて水を飲みはじめた。

渓流《けいりゅう》を半分ほどわたったとき、真正面からガサガサという音が聞こえ、見たこともないほど大きな雄牛《おうし》がヤナギのあいだからあらわれた。

角《つの》は広げた両腕《りょううで》を超《こ》えるほどの長さがあり、毛皮は灰《はい》だらけで、いやなにおいがぷんぷんする。自分の尿《にょう》の上で転げまわったのだろう。雄牛がそれをやるのは、気が立っていて、けんかしたくてたまらないときだ。

鼻息を荒《あら》らげ、目を血走らせた牛を見て、ヒュラスはぞっとした。さっきの若者《わかもの》が伝えようとしていたのは、このことだった。足で地面を引っかいたあと、両腕をつきだしてみせたのは——角をあらわしていたのだ。ラウコ、ラウコ。雄牛。

一瞬《いっしゅん》のうちに、事態《じたい》がのみこめた。雄牛に行く手をさえぎられているから、渓谷《けいこく》の斜面をのぼって逃《に》げることはできないし、さらに悪いことに、自分のほうも雄牛を通せんぼしてしまっている。思いもよらず、雄牛と雌牛のあいだにはさまれてしまったのだ。

# 09

# ラウコ

雄牛は、若者がやったように地面を引っかきはしなかった。いきなり突進《とっしん》してきた。

ヒュラスは水袋《みずぶくろ》をほうりだし、小屋めがけて逃げだした。雄牛は猛然《もうぜん》と追ってくる。水ためのそばまで行くと、ヒュラスはそこから屋根に飛びうつろうとした。だめだ、遠すぎてとどきそうにない。地面に落ちていた熊手《くまで》を拾いあげて小屋まで走り、柄《え》の先を地面につき立てると、はずみをつけて屋根に飛びのろうとした。

が、ひさしにしがみつくのがやっとで、足が宙《ちゅう》ぶらりんになってしまった。どうにか体を引っぱりあげた瞬間《しゅんかん》、雄牛が襲《おそ》いかかってきた。片方《かたほう》の角がブーツのすぐそばの壁《かべ》につき刺《さ》さり、穴《あな》をあけた。

屋根のてっぺんによじのぼると、つかんだわらがボロボロとぬけ落ちた。雄牛が次の攻撃《こうげき》にそなえるようにくるりと向きを変える。まさか、家ごとこわす気か？

ばかでかい獣《けもの》の頭が壁につっこむと、日干《ひぼ》しレンガのかけらがこぼれ落ち、屋根がふるえた。

息をはずませながら、ヒュラスは三度目の突進をしようと身をひるがえす雄牛を目で追った。手元にあるのは斧《おの》とナイフと投石器、それに肩《かた》にかけた燻製《くんせい》肉だけだ。怒《いか》りくるった雄牛が相手では、どれも役に立ちそうにない。

いまいる小屋はけわしいほうの岩の斜面《しゃめん》に面しているから、そこをよじのぼるのはとても無理だ。けれど、向こう岸の斜面に行くには、雄牛《おうし》の横を通らなければならない。

三度目の攻撃《こうげき》で小屋がぐらついた。それでも落ちてこない敵《てき》に腹《はら》を立て、雄牛がうなり声をあげた。

ヒュラスはさらに屋根を這《は》いのぼった。雄牛の気をそらすことができたら、そのあいだに渓流《けいりゅう》をわたれるかもしれない。

下をのぞきこむと、雄牛から見えない側の小屋の脇《わき》に、打ちすてられた手押《てお》し車が見つかった。下を向いた二本の取っ手が、草を食《は》む動物の角《つの》みたいに見える。そのとき、妙案《みょうあん》が浮《う》かんだ。

雄牛がもう一度はなれていったすきに、ヒュラスは屋根からすべりおり、手首に巻《ま》いた赤い布《ぬの》をすばやく手押し車の取っ手にくくりつけてから、二本の取っ手が水平になるように丸太の上にのせて、突撃《とつげき》しようと身がまえる雄牛の姿《すがた》に似《に》せた。

地ひびきのようなひづめの音が聞こえ、ヒュラスは手押し車の上から屋根へ飛びあがった。わらをひとにぎり引きぬくと、身を乗りだし、雄牛に向かってちらつかせる。「おーい！」

雄牛はぴたりと足を止めて、ギラギラした目でヒュラスを見あげた。

「裏《うら》にもう一頭雄牛がいるぞ！」そう叫《さけ》ぶと、ヒュラスは目の前にかざしたわらで雄牛をさそった。「おまえの雌牛《めうし》を追っかけてるぜ！」

雄牛はばかでかい頭を左右にふった。そしてヒュラスが手にしたわらにつられ——小屋の裏にまわった。

手押し車に気づくと、雄牛はぴたりと止まった。風にはためく赤い布に気づいたようだ。ひと声うなると、地面を引っかき、突進《とっしん》した。

こっちのことは忘《わす》れてくれますようにと祈《いの》りながら、ヒュラスは反対側の屋根をおり、渓流に飛びこんで水袋《みずぶくろ》を拾うと、向こう岸の斜面をよじのぼった。これでもう安全だ。

ちらっとふりかえると、手押し車をバラバラにこわす雄牛の姿を、雌牛と子牛がおとなしく見守っていた。

＊

二日後、ヒュラスは洞穴《ほらあな》を見つけ、そこで野営《やえい》することにした。凍《い》てついた小川の氷を斧《おの》で割《わ》り、水袋につめこむと、洞穴のなかで火をおこし、その火に身を寄《よ》せながら、燻製《くんせい》肉をほおばった。

体はくたくただった。ペリファスが恋《こい》しかった。そういえば、ペリファスはかつて出会った流れ者のアカストスにどことなく似ている気がする。ふたりともカラス族のせいで故郷《こきょう》を追われた身だし、荒《あら》っぽくて無愛想だけれど、親切なところもあった。

寒さもつらかった。山は深い雪におおわれている。雪に埋《う》もれた谷をたどり、静まりかえった深いマツの森を歩きつづけたせいで、足も痛《いた》くてたまらない。

それにこわくもあった。小屋が少なくなるにつれ、幽霊《ゆうれい》たちを見かけることもなくなったが、それでも不安はつのるいっぽうだった。ゴルゴに気をつけろと言われた怪物《かいぶつ》のことも気にかかる。野生の牛なら知っているだろうから、あの雄牛のことを怪物と呼《よ》んだわけじゃないだろう。なら、怪物ってなんだ？

カラス族のことも気がかりだった。ヒュラスのことをまわし者だと疑《うたが》っていたということは、ゴルゴはカラス族が襲《おそ》ってくるのを警戒《けいかい》しているということだ。連中の要砦《ようさい》ははるか海の向こうだとはいえ、強大な一族だし、短剣《たんけん》も取りもどしたのだから、その力はいっそう大きくなっているにちがいない。

まさか、もうケフティウまで来ていたりしないだろうか。

*

たき火が洞穴《ほらあな》の壁《かべ》に揺《ゆ》らめく影《かげ》をうつしだしている。眠気《ねむけ》にさそわれながら、ヒュラスは片手《かたて》でウサギの影絵《かげえ》をつくった。冬の夜長《よなが》に、よくイシにも見せてやった。つららの剣《けん》で戦いごっこもしたし、イシは雪玉を命中させるのが大の得意だった。

でも、なによりもイシが好きなのは、水だった。六つになった夏、ヒュラスはヤギの膀胱《ぼうこう》をふくらませて浮《う》き袋《ぶくろ》をこしらえ、イシに泳ぎを教えてやった。半日もすると、イシのほうがうまく泳げるようになり、それからは川や泉《いずみ》を見つけるたびに、かならず飛びこむようになった。大好きなカエルみたいに、足に水かきが生えちゃうぞ、そう言ってよくからかってやったっけ……。

ヒュラスははっと目をさました。まちがいない、なにかがそばにいる。

ハアハアと荒《あら》い息づかいが聞こえる。洞穴の奥《おく》の暗がりで、なにかが動いた。

ナイフをぬき、火のついた枝《えだ》を取りあげると、ヒュラスは影をなぎはらった。ふたつの目がキラリと光る。全身がひやりと冷たくなった。オオカミか、クマか、それとも、怪物《かいぶつ》か？　と、そのなにかが脇《わき》を走りぬけ、ヒュラスは壁ぎわに飛びすさった。洞穴を飛びだしていくその生き物がちらりとふりむいたとき、ぼさぼさの毛皮と、大きな金色の目が見えた。それに、鼻面《はなづら》についた傷《きず》あとも。

ヒュラスの心臓《しんぞう》が飛びあがった。「ハボックなのか?!」

# 10

# 再会《さいかい》

少年はねぐらの入り口にたたずみ、外の闇《やみ》に目をこらしていた。わたしのことは見えていないみたい、と子ライオンは思った。

目の前にいるのは、ずっと前に面倒《めんどう》を見てくれたあの子だろうか？

山のふもとで少年のにおいをかぎとったとき、胸《むね》がズキンとして、そばへ飛んでいきたくてたまらなかった。おじけづいてしまって思いとどまったけれど、はなれる気にもなれず、〈暗い光〉が〈闇〉に変わるまで、あとを追いつづけてきたのだった。少年が寝《ね》ているあいだにねぐらにもぐりこんで、においもかいでみた。それでも、あの少年かどうか、確信《かくしん》が持てなかった。

前とはにおいがちがっている。大人の人間のものに近くなったし、奇妙《きみょう》なことに、ヒツジのにおいがぷんぷんする。前にはしなかったのに。

体つきも変わっている。がっしりとして、木みたいに背《せ》ものびた。なによりいやなのは、声が前に比《くら》べて低く太くなってしまったことだった。

油断《ゆだん》しちゃだめだ、と獲物《えもの》をねらうあいだも子ライオンは考えていた。あの少年は自分をこわがったりしなかったのに、いまはおびえているように見える。

それに洞穴《ほらあな》のなかで、火のついた棒《ぼう》と大きなピカピカの爪《つめ》をつきつけた。だから、たとえあの少年だったとしても、ほかの人間たちと同じになってしまったということだ。

結局は、ただの人間なんだ。人間なんて信じない、なにがあっても。

＊

あれは本当にハボックなんだろうか。雪についた足跡《あしあと》をたどりながら、ヒュラスは思った。

ちらりと見えたのは、若《わか》いライオンだった。でも、鼻の傷《きず》は見まちがいではなかっただろうか。そうでなかったとしても、傷あとのあるライオンなんてめずらしくもない。

ケフティウにライオンがいるかどうかきいたとき、ピラはなんと答えただろう。いないと言っていた気がするが、記憶《きおく》ちがいかもしれない……。

ひとつだけたしかなことがある。洞穴に残った足跡を見るかぎり、あのライオンは眠《ねむ》っているヒュラスのすぐそばに立って見おろしていた。そんなことをするライオンが、ほかにいるだろうか。

雪が降《ふ》りはじめた。西の方角には木々《きぎ》におおわれた山の背《せ》がのび、ディクティ山の峰《みね》へとつづいている。ピラはそのあたりにいるはずだが、ライオンの足跡は峰とは反対方向の南へのびた道をのぼり、岩だらけの尾根《おね》のほうへ向かっている。

ピラを助けないと――でも、ハボックもだ。生まれて一年にしかならないから、狩《か》りを教えてくれる群《む》れがいないと、生きのびられない。それに、ハボックをケフティウに追いやったのは自分だ。

ヒュラスはあごをこすりながら、ぐるぐるとその場を歩きまわった。雪がやまないと、足跡はじきに消えてしまうだろう。ふうっと息を吐《は》きだし、声に出して言った。「ごめん、ピラ。かならずさがしに行くよ。でも、まずはハボックを見つけないと」

尾根をめざしてのぼりはじめると、じきに大岩の上にみすぼらしい小さな〈膿食《うみ》らい〉が見つかった。こちらをにらみつけるように見おろしている。凍《い》てつく寒さに息は白くくもり、まわりのマツの木も、見張《みは》ってでもいるように音もなく立っている。

ケフティウでは、家々《いえいえ》のそばだけでなく、墓《はか》のそばにも〈膿食らい〉を置くらしい。死んだばかりのむくろからただよう疫病《えきびょう》をよせ集めるためだ。思ったとおり、少し先の尾根の上に小さな墓が建っていた。墓を閉《と》じた人間はすっかりあわてていたようだ。入り口をふさぐ石がはねのけられ、カラスたちのけたたましい鳴き声がしている。ということは、なかにあるむくろは、腹《はら》をすかせた獣《けもの》たちに引きずりだされてしまった。

恐《おそ》ろしい考えが頭をよぎった。ハボックは人食いライオンになってしまったのだろうか。まさか。

ヒュラスはザクザクと雪を踏《ふ》みしめて〈膿食らい〉の横を通りすぎ、墓へとつづいている足跡をたどった。カラスたちがやかましく鳴きたてながら飛びたち、キツネもこそこそと逃《に》げだしていく。

そこにハボックが、いた。腹ばいになり、警戒《けいかい》するように首をちぢこめている。ヒュラスのようすをうかがっている。

まちがいない。毛皮はぶあつくなり、ぼさぼさにのびて、去年の倍ほどにも成長したように見えるが、その下の体はやせこけているのがわかる。一歳《さい》にもならないほんの子どもだから、死んだ獣の肉を食べてなんとか生きのびてきたにちがいない。人間の骨《ほね》のそばにうずくまっていたのもそのせいだろうか。

ちがう、とヒュラスは打ち消した。そんなこと信じるもんか。ハボックは人食いライオンなんかじゃない。

「ハボック？」ヒュラスはやさしく呼《よ》びかけた。「ぼくだよ、ヒュラスだ。おぼえてるかい」

ハボックは尻尾《しっぽ》を打ち鳴らすと、白い大きなきばをむきだしてフーッとうなった。見たこともないような冷たい目で、知らない人間を見るようににらみつけてくる。

「ハボック、どうしちゃったんだ？」

いまにも飛びかかってきそうに、ハボックが大きなかぎ爪《づめ》で雪をかく。

ヒュラスはナイフに手をのばした。こんなのうそだ。

ひと声うなると、ハボックははねおき、幽霊《ゆうれい》のようにすっとマツ林の奥《おく》に消えた。

「ハボック！」ヒュラスは叫《さけ》んだ。

もどってはこなかった。ヒュラスのことがわからなかったのだ。

*

遠ざかっていく少年の呼び声を聞きながら、子ライオンは坂道をかけのぼった。やっぱりあの子だ、まちがいない。瞳《ひとみ》にもライオン色のたてがみにも見おぼえがあるし、前と同じように、ライオンの魂《たましい》を宿しているのも感じとれた。でも変わってしまった。それもまちがいない。ほとんど大人と言ってもいいくらいだ。人間の大人は信用しない、なにがあっても。

歩調をゆるめて小走りになると、胸《むね》がかきむしられるように痛《いた》み、うめき声がもれた。少年の足に頭をのせて、耳の後ろをかいてもらったことを思いだした。木からおりられなくなって、助けてもらったことも。

〈まぶしくてやわらかくて冷たいもの〉が吹《ふ》きすさび、風がゴーッとうなりはじめた。こんなところで、少年は生きていけるだろうか。山にはクマもオオカミもいるのに、あの子は人間だから、とてもか弱い。なにかに襲《おそ》われでもしたら……。

くるりと向きを変えると、子ライオンは坂をかけおりはじめた。

やがて、少年のにおいをかぎつけたので、足取りをゆるめた。そばへは行けないけれど、あとをつけて、あぶないめにあわないように見守ることならできる。かくれているのは別にむずかしいことじゃない。ほかの人間たちと同じように、少年はあまり敏感《びんかん》ではないし、鼻もきかない。

〈暗い光〉がまた〈闇《やみ》〉に変わっても、〈まぶしくてやわらかくて冷たいもの〉は降《ふ》りつづけた。子ライオンは目を細くして強い風を防《ふせ》ぎながら、少年の後ろを歩きだした。

少年は苦しそうだ。ふらついているし、むきだしの顔は土気色になっている。ヒツジみたいな毛皮をかぶってはいるけれど、自分のように岩の陰《かげ》で丸くなって、風がおさまるまで寝《ね》て待つというわけにもいかないみたいだ。

どこか安全な場所に連れていってあげないと、きっと死んでしまう。

*

なんてばかなんだ。吹雪《ふぶき》のなかをよろめき歩きながら、ヒュラスは自分をしかりつけた。山育ちだから、吹雪なんて数えきれないほどやりすごしてきたのに。なんでもっと注意しなかったんだ？　嵐《あらし》の気配を感じたら、すぐさまかくれる場所を見つけ、火をおこして、荒《あ》れがおさまるのを待つべきだった。なのにハボックをさがすのに夢中《むちゅう》で、気づけばすっかり暗くなり、寒さのあまり頭さえぼんやりしはじめていた。早くどこかに避難《ひなん》しないと、じきに死んでしまう。

木立のなかで、なにかがさっと動いた。ハボックだ。十歩とはなれていないところから、こちらを見つめている。

「ハボック」ヒュラスは呼《よ》びかけたが、くぐもった声は吹きすさぶ風にかき消された。

ハボックはくるりと後ろを向くと、尻尾《しっぽ》を高くかかげ、力強い足取りで歩きはじめた。ちらりとこちらをふりむく。ついてこいということか？

ひざまで雪に埋《う》まりながら、ヒュラスはあとを追った。ハボックがもう一度立ちどまる。やがて、黒い尻尾のふさを目じるしのようにかかげ、また歩きだした。

それがどこまでもつづいた。雪に顔を打たれ、一歩足を踏《ふ》みだすのもひと苦労だ。息を切らし、ふらふらになったヒュラスは、ついに歩けなくなった。と、かすかな煙《けむり》のにおいを感じた。煙だって？　こんなところに？

ハボックが近づいてきて、早く、というように首をもたげた。

最後の力をふりしぼり、ヒュラスは二、三歩進んだ。木々《きぎ》のあいだに四角い影《かげ》が見える。小屋だ。さらに二、三歩進むと、のぞき窓《まど》が見えた。凍《い》てつく闇《やみ》のなかに、温かそうな火があかあかと燃《も》えている。そちらへ近づこうとした。もう一歩も進めない。叫《さけ》んでも、吹き荒《ふあ》れる風の音にのみこまれてしまう。ヒュラスはへたりこんだ。疲《つか》れきってしまって、戸口まではとてもたどりつけない。

そのままあおむけに倒《たお》れ、黒々《くろぐろ》とした夜空から吹きおろす雪を見あげた。すると、渦巻《うずま》く白い雪のなかに琥珀色《こはくいろ》の大きな瞳《ひとみ》がふたつあらわれ、ヒュラスをのぞきこんだ。「ハボック」ヒュラスは声をしぼりだした。

肉っぽいにおいのする温かな息が顔に吹きかけられる。ほおをなでる大きな黒い鼻面《はなづら》、チクチクしたひげの感触《かんしょく》。ヒュラスはぎこちなく手をのばすと、ぼさぼさの毛皮をつかんだ。

「ハボック……」

小屋の戸がギィッと開き、たき火の明かりがあふれだした。

ハボックがするりと身をはなし、夜の闇に消えたとたん、ヒュラスは気を失った。

# II

# アカストス

夢《ゆめ》のなかで、だれかがヒュラスの顔の雪をはらい落としていた。

「恥《は》ずかしいと思わんか、ノミ公」夢のなかのだれかがそう言った。「おまえのような山の小僧《こぞう》が、吹雪《ふぶき》に巻かれるなんてな！」

力強く、なめらかなその声には、たしかに聞きおぼえがあった。ヒュラスの心臓《しんぞう》がはねあがった。

「アカストス?!」

「だまってこれを飲め」ワイン袋《ぶくろ》の飲み口が歯のあいだに差しこまれ、すっぱい液体にむせそうになった。姿《すがた》は見えないが、まちがいない、アカストスだ。流れ者で、鍛冶師《かじし》で、おたずね者で、復讐《しゅう》の精霊《せいれい》につけねらわれる人殺し。これまで会ったなかで、だれよりもあこがれている人だ。この夢がさめなければいいのに。

「にやにやするな、ノミ公、よだれがたれてるぞ」

ヒュラスははじけるように笑った。アカストスにつけられたあだ名で呼ばれるのがうれしかった。この夢がずっとつづいてくれたら……。

はっと目がさめた。アカストスはまだそこにいる。「本物だったんだ！」

「そりゃそうさ」アカストスはぼそりと答えた。

アカストスは燃《も》えさかるたき火のそばの丸太に腰《こし》かけていた。羊皮の胴着《どうぎ》やうす汚《よご》れた毛皮のマントからは湯気が立ちのぼり、あごひげともつれた長い黒髪《くろかみ》には雪のかけらがこびりついている。うすい灰色《はいいろ》の目は以前と変わらずするどく、用心深げにヒュラスを見すえている。「なんでおれをつけてきた？」

ヒュラスはよろよろと体を起こした。「つけてません。あなたがケフティウにいるのだって知らなかった。ぼくはハボックをさがしていて――」

「ハボックだと？」アカストスはぎょっとした顔になった。「あのライオンの子がここにいるのか」

「ぼくをここまで連れてきたのもハボックです。あなたがいるのを知ってたんだと思う。ぼくを助けてくれたんだ……」ヒュラスは口ごもった。小屋のなかは暖《あたた》かいけれど、外は猛吹雪《もうふぶき》で、マツの木立で風がうなり、小屋の梁《はり》をミシミシきしませている。ハボックはひとりぼっちで外のどこかにいるのだ。

「ライオンに連れてこられたってのか」アカストスはつぶやくと、以前と同じように、ひげだらけのあごを引っかいた。「どういう意味だろうな」

「わかりません、でもここに来られてよかった。それに、あなたがタラクレアから逃《に》げのびられて、ほんとによかった！」

アカストスはため息をついた。「おまえが無事だったのも、ひとまずよかったと言っておこうか、ノミ公」

「ひとまずって、なんでです？」

アカストスはヒュラスを見つめた。「わからんか？　おれは十五年のあいだ、カラス族から逃げてきた。やっとこさ、位の高い一族のひとりを殺せる絶好《ぜっこう》のチャンスがめぐってきたんだ。コロノス一族の短剣《たんけん》をぶっこわす唯一《ゆいいつ》のチャンスが。それがどうなった？　おまえのせいだぞ。なのに、おまえに会って喜ぶと思うか」

「じゃあ、なんでぼくを助けたんです」ヒュラスはむくれた。

「なんでだろうな、おまえを外でこごえ死にさせたくはなかったのさ」アカストスは小屋のすみに積まれた薪《まき》を取ろうと立ちあがった。顔をゆがめ、右足をかばうように曲げている。「そう、これもおまえのせいさ。去年の夏、おまえにつけられたやけどの名残《なごり》だ」

「ごめんなさい」

「あやまられても、どうにもならん。ほら、食いもんを用意するのを手伝え」

ヒュラスはあたりをあさり、ふちが欠けた角《つの》の杯《さかずき》と碗《わん》をふたつずつ見つけだした。そのあいだにアカストスは煤《すす》だらけの鍋《なべ》を引っぱりだし、ありったけの食料をほうりこんだ。大麦粉と燻製《くんせい》肉の残りに、ヤギのチーズ、かびくさいタマネギ二個《こ》、雪、そして腰の小袋《こぶくろ》から取りだした、うっすらと毛ばだったうす緑色の葉をひとつかみ。

「それ、なんです？」ヒュラスは用心深くたずねた。

「ハナハッカさ。ケフティウの山にだけ生えていて、疫病《えきびょう》よけになる。だから、味のほうはとやかく言うなよ」アカストスはヒュラスに棒《ぼう》をわたして粥《かゆ》をかきまぜさせ、自分は杯にワインを注ぎ、雪とくずしたチーズを加えた。

「話さなきゃならないことがあるんです」ヒュラスは切りだした。

「なんだ」

「やつらは――カラス族たちは――短剣を取りもどしました」

アカストスはワインをまぜる手を止めた。「どういうことだ」

火を噴《ふ》くタラクレアの山でカラス族たちと戦ったときのようすを、ヒュラスは語って聞かせた。話し終えたときには体がふるえていたが、アカストスはだまったまま杯《さかずき》を持ちあげてワインを味わい、手の甲《こう》で口をぬぐった。

「びっくりしないんですか」

「しないね。何か月も前から、そうじゃないかと思ってた。連中の勢《いきお》いが増《ま》すいっぽうだったからな。ラブリオンの鉱山《こうざん》も手に入れたらしいから、好きなだけ武器《ぶき》がこさえられるってことだ」アカストスはひと呼吸《こきゅう》おいた。「それで、おまえはどうやってここにたどりついた?」

粥《かゆ》をかきまぜながら、ヒュラスは船でさまよっていたことを話した。アカストスは無表情《むひょうじょう》のまま聞いていたが、ペリファスのことだけはしきりに知りたがった。

「ケフティウに着いたとき、ほかのみんなは別の島へ行ってしまって、ぼくだけが残ったんです……」死人だらけの浜辺《はまべ》と、幽霊《ゆうれい》の少女たちを思いだし、ヒュラスは口ごもった。「ぼく、困《こま》ったことになってて。幽霊が見えちゃうんです」

アカストスは杯を置くと、ヒュラスを見た。

「おっかなくて、いやでたまらないんです! いきなり目の前にあらわれるし……見えるときは、頭が痛《いた》くて」ヒュラスはこめかみのあざにふれた。「なんでこんなことになっちゃったんでしょう? なんでぼくが? 前は見えなかったのに!」ヒュラスは必死に問いかけた。これまで会った人間のなかで、アカストスがいちばんかしこいからだ。

けれど、返ってきた答えはこれだけだった。「ここでなにをしてるのか、まだ話してないぞ」ヒュラスはめんくらった。「ぼ、ぼくはピラをさがしてるんです」

「だれだって？　ああ、おまえの恋人《こいびと》だな」

ヒュラスは顔を赤らめた。「恋人じゃない、ただの友だちです」

アカストスはフンと鼻で笑った。「おまえ、いくつだ、もうじき十四か。なのに、そんなたわごとを信じろってのか」

ますます顔が赤くなる。「そんなこと、どうだっていい。ピラはタカ・ジミとかいう場所にいるんです。ディクティ山の上にあるそうだけど、どこかわからなくて」

「手を止めろ。もう食える」アカストスは言った。

ワインは濃《こ》く、粥もとびきりおいしかった。ヒュラスは悩《なや》みも忘《わす》れて粥をおかわりし、鍋底《なべぞこ》の残りまでこそげて食べた。いい気分に酔《よ》っぱらい、体もほかほかと温まったところで、勇気を出してたずねた。「あなたはどうなんです？」

「おれがどうした」アカストスは顔もあげずにききかえした。

「ここでなにをしてるんですか」

アカストスはどこまで話すべきか迷《まよ》うような顔をした。「昔の知り合いをさがしているんだ。おれと同じくらいカラス族を憎《にく》んでいる者たちを」

カラス族。ヒュラスの頭に、黒い生皮の鎧《よろい》と、灰《はい》を塗《ぬ》りたくった凶暴《きょうぼう》そうな顔が浮《う》かんだ。「カラス族はケフティウに来てるんですか」

「まだだとしても、じきに来る」

「なんのために？」

「考えてみろ、ノミ公。今度のことで、ケフティウはいまだかつてないほどの痛手《いたで》を負った。ここぞとばかりにカラス族は攻《せ》めようとするさ」声に苦々《にがにが》しさがまじる。ずっと昔、カラス族に故郷《こきょう》を襲《おそ》われたからだ。アカストスはミケーネの正当な支配者《しはいしゃ》だった大族長にしたがっていた。山に住むよそ者たちが加勢《かせい》していれば、勝っていたかもしれなかった。ところが、よそ者たちが協力を断《ことわ》ったせいで大族長は殺され、コロノスがミケーネの支配者となったために、アカストスは農場を失い、逃亡《とうぼう》することになったのだ。

風で戸がバタンと開き、雪が吹《ふ》きこんできた。アカストスは戸を閉《し》め、ヒュラスは木切れを差しこんでそれを固定した。腰《こし》をおろしたとき、ヒュラスの体はふるえていた。なんだか、カラス族に予告されたように思えた――どこに逃《に》げようと、おまえをさがしだしてやる、と。

冬のあいだずっと、ヒュラスはカラス族のことを考えまいとしていた。でもいま、トカゲのような目をした一族の長《おさ》のコロノスの姿《すがた》がまざまざと浮《う》かんでいた。そして、テラモンの姿も。親友だったのに、友情《ゆうじょう》を捨《す》て、恐《おそ》ろしい祖父《そふ》のコロノスの味方についたのだ。血に飢《う》えたコロノスの娘《むすめ》や息子《むすこ》もいる。ファラクス、アレクト、そしてクレオン。さらに、カラス族たちに野営地《やえいち》を襲《おそ》われた日のことも思いだした。犬を殺され、イシともはなればなれになった夜のことを。

考えているうちに、めまいがして吐《は》きそうになり、カラス族の黒曜石の矢尻《やじり》が刺《さ》さった二の腕《うで》を思わずつかんだ。

「それでだ、ノミ公」アカストスの声で過去《かこ》から引きもどされた。「今度もおまえは、おれの前に偶《ぐう》然《ぜん》あらわれたっていうわけか。おまえのことで知ってるのは、お告げのよそ者かもしれんということぐらいだ。いいかげん、正体を明かしたらどうだ」

「ど、どういう意味です？　ぼくのことは知ってるでしょ、ただの――」

「生まれはどこだ。なんでこんなにたびたび出くわす？　両親は何者だ」

「わかりません。ほんとなんです。父さんには会ったこともないし、なにも知らない」

アカストスがさぐるような目で長々《ながなが》と見つめる。「母親のほうはどうだ」

「おぼえているのは、黒髪《くろかみ》だったことと、イシの面倒《めんどう》を見てやってとたのまれたことだけです。小さいころ、クマの毛皮につつまれてリュカス山に置きざりにされたから」

アカストスは眉《まゆ》ひとつ動かさないが、しきりに考えをめぐらせているのがわかる。「クマの毛皮か」そうききかえした。

ヒュラスはうなずいた。「母さんはもどってくるつもりだったけど、なにかにじゃまされたんだと思う。それに、きっとまだ生きてる……そう感じるんです。いつか、むかえに来てくれるって」

「まだ来てないがな」

「……ええ」

アカストスはまたあごを引っかいた。

風雨にさらされたその顔をながめているうち、ヒュラスの頭に突拍子《とっぴょうし》もない考えがひらめいた。あまりにとほうもなく、そのうえすばらしい思いつきで、頭がくらくらした。「リュコニアには行ったことがあるでしょ」ヒュラスは慎重《しんちょう》に切りだした。「その、ぼくの故郷《こきょう》に」

アカストスがちらっとこちらを見る。「なんでそう思う?」

「最初に会ったとき、〝ずいぶんリュカス山から遠いところにいるじゃないか〟って言ったから」

アカストスはくちびるをゆがめた。「そんなことをおぼえてるのか」

「あなたに言われたことはみんなおぼえてます」ヒュラスは深呼吸《しんこきゅう》をひとつした。「あなたはぼくの父さんですか」

小屋の外では、風が聞き耳を立てるようにぱたりとやんだ。たき火がシュ一ッと音を立て、煙《けむり》と火の粉が通風口をぬけて闇《やみ》に吸《す》いこまれていく。

アカストスは頭をもたげ、ヒュラスと目を合わせると、低い声で答えた。「ちがう。おれはおまえの親父《おやじ》じゃない」

ヒュラスはこぶしをにぎりしめた。父さんだったら、どんなにいいか。「でも……そうかもしれない。知らないだけかも。ぼくと同い年の息子《むすこ》がいるんでしょ」

「生きていたら、おまえと同じ年頃《としごろ》のはずだと言ったんだ」

「でも……もしかしたら、さすらってるあいだに、ぼくの母さんと出会って――」

「ヒュラス、おれは黒髪《くろかみ》で、おまえは金髪《きんぱつ》だろ――」

「そんなの関係ない！　ぼくがおなかにいたとき、母さんが太陽を見つめたのかもしれない。そうしたら、金髪の赤《あか》ん坊《ぼう》が生まれるって言われてるでしょ！　それに、ぼくらは似《に》た者同士だって言ったじゃないか、ふたりともずっと生きのびてきて、青銅《せいどう》みたいにしぶといって――」

「ヒュラス、ほれた女のことは忘《わす》れやしない。まちがいない、おれはおまえの親父じゃない」

ヒュラスは空っぽの碗《わん》を見おろした。胃がむかつきはじめる。「そうならよかったのに」ぽつりとそうつぶやいた。

「なんでそう思う？」アカストスがめずらしくやさしい声できいた。

あなたにあこがれてるからです、とヒュラスは打ち明けたかった。父さんのことを思うたび、いつもぼんやりとした空白しか浮《う》かんでこない。その場所をあなたに埋《う》めてほしいんです、と。「さあ、なんとなくかな」それしか言えなかった。

ふと気づくと、アカストスは立ちあがり、持ち物をまとめはじめていた。「どうしたんです？」

ヒュラスは不安になってきいた。

「吹雪《ふぶき》がやんだ。じきに明るくなるから、おれは行く」

「いっしょに行っていいでしょ？　ちょっとのあいだだけでも」

アカストスはヒュラスを見おろすと、ふっと表情《ひょうじょう》をやわらげた。「ヒュラス。よくわからんが、どうやらおれたちの運命の糸はからまりあっているらしい。だが、これもたしかだ。おまえといると、ことがうまく運ばなくなる。はなれていたほうがいい」

「いやだ！」ヒュラスは叫《さけ》ぶと、立ちあがろうとして、よろめいた。めまいがして吐《は》きそうになり、まっすぐ立っていられない。

「横になってろ。じきに気分がよくなる」

「なにか飲ませたんだな」

「ワインにケシの汁《しる》を入れただけだ、ついてこさせないようにな。ほら」アカストスはヒュラスのベルトに小袋《こぶくろ》をはさんだ。「クロウメモドキだ。幽霊《ゆうれい》よけになる」

「眠《ねむ》り薬を飲ませるなんて」ヒュラスは床《ゆか》にすわりこんだ。まぶたが重くて、開けていられない。

「タカ・ジミのことだがな」アカストスの声が波のように寄《よ》せては返す。「いまいる尾根《おね》を西に行くと、雷《かみなり》に打たれたマツの木が見つかる。その向こうに、真っぷたつに割《わ》れた岩と、滝《たき》がある。そっちへ進め。タカ・ジミはそのすぐ下の、山の肩《かた》に建っている。なるべく高いところを歩くようにして、谷間にはおりるな。それからな、ヒュラス……油断《ゆだん》は禁物《きんもつ》だぞ。タカ・ジミは女神《めがみ》の聖所《せいしょ》だ。たやすく入れる場所じゃない」

「置いていかないで」そう言おうとしたが、くちびるが動かない。

目をさましたとき、火は消えかけていた。ヒュラスはふらつきながら、冷えびえとした灰色《はいいろ》のうす明かりのなかへ出た。風が悲しげに鳴り、ブーツに雪をまとわりつかせる。足跡《あしあと》はひとつも見あたらない。アカストスは跡形《あとかた》もなく消えていた。

# 12

# 大巫女《おおみこ》のまじない

子ライオンは目を細めて風をさえぎりながら、少年がよろよろとねぐらへもどる姿《すがた》を見守った。

それからくるりと後ろを向いて、尾根《おね》にもどった。少年はもうだいじょうぶ。黒いたてがみの人間のところへ連れていったら、男は前と同じように、少年の世話をしてくれた。でも、そろそろ行かなくちゃ。いつまでもここにいるのは危険《きけん》だし、やっかいなことになる。

吹雪《ふぶき》はやんで、姿をかくしていた森の生き物たちがあらわれはじめた。ツグミが木の枝《えだ》でさえずり、〈まぶしくてやわらかくて冷たいもの〉を上からまきちらす。耳をそばだてると、カラスたちの鳴き声が聞こえ、子ライオンは足を速めた。カラスがあんなふうに鳴くのは、死骸《しがい》を見つけたときだけだ。

カラスたちはぱっと飛びたったが、子ライオンは死骸のにおいをちょっとかぐと、がっかりして尻尾《しっぽ》をふり、後ずさりをした。それは死んだ人間で、気持ちの悪い黒い斑点《はんてん》におおわれていた。近づいちゃいけないものだ。

〈闇《やみ》〉が森をつつみこむと、子ライオンは食べ物をさがして山をさまよい歩いた。生きた獲物《えもの》も死骸も、骨《ほね》さえも見つからない。

やがて、パチパチと火のはぜる音と、人間たちの声が聞こえてきた。逃《に》げだそうとしたとき、肉のにおいがした。

恐怖《きょうふ》に毛をさかだてながら、子ライオンはそばへ近づき、鼻をひくつかせた。やっぱり。シカの血のにおいに、つばがわいてくる。

心のなかで、恐《おそ》れと空腹《くうふく》がせめぎあう。勝ったのは空腹だった。子ライオンは腹《はら》ばいになり、マツの木のあいだをそろそろと進んだ。

また風《ふ》が吹きよせ、人間のにおいが運ばれてきた。体がすくむ。木々《きぎ》の向こうにいるのは、家族を殺した男たちと同じように、ぺらぺらの黒い毛皮を生やした恐ろしげな人間たちだった。

とたんに赤《あか》ん坊《ぼう》のころにもどり、男たちに追いつめられた父さんの激《はげ》しいうなり声を思いだした。うつろになった母さんの大きな金色の瞳《ひとみ》も……。

猛烈《もうれつ》な血のにおいに、子ライオンははっとわれに返った。人間たちは肉を持っている。それに、ときには食べ残しを置いていくこともある。

＊

「なにか見えました。あそこの、木立のなかに」テラモンは言った。

「シカだろう」クレオンがふきげんに答えた。

「いや、もっと大きいものです」

「ディクティ山には怪物《かいぶつ》がいるそうです」クレオンの副官のイラルコスが言った。「捕虜《ほりょ》の話では、大巫女《おおみこ》の幽霊《ゆうれい》が娘《むすめ》を守るために放ったとか」

テラモンはイラルコスを冷ややかに見すえた。「なにがあっても娘《むすめ》はつかまえてやる。さあ、野営《やえい》地《ち》にもどろう。天幕《てんまく》もできあがっているだろうし、もう一度捕虜《ほりょ》に話を聞きたいんだ」

憎《にく》らしいことに、イラルコスはすぐにしたがおうとはせず、クレオンの指示《しじ》をあおいだ。クレオンはオオカミの毛皮のマントをかきよせると、そっけなくうなずいた。

まったく、なんてことだ。テラモンはいきどおりながら、雪を踏《ふ》みしめて歩きだし、疫病《えきびょう》よけのヨモギがたかれた天幕に近づいた。ケフティウに来ることを思いついて、それを実現《じつげん》させたのは自分なのに。短剣《たんけん》だって、このぼくが見つけてやる。クレオンじゃなく。

いまだに自分が若造《わかぞう》だと思われていることに、腹《はら》が立ってならなかった。牙《きば》で兜《かぶと》をこしらえるのに必要なだけのイノシシをまだしとめられていないことにも。それに、恥《は》ずかしいことに、ひげもまだ生えていない。

自分が一人前の男だと証明《しょうめい》するチャンスさえあれば、とテラモンは思った。そうすれば、みんなぼくこそが指導者《しどうしゃ》だとさとるにちがいない。

捕虜は天幕の外でふるえながら立っていた。テラモンはその横を通りすぎ、天幕にもぐりこんだ。クレオンはもう丸太の上に腰《こし》を落ち着け、火鉢《ひばち》で手を温めている。テラモンが自分の丸太を引きよせると、奴隷《どれい》が焼いたシカ肉とイワシの干物《ひもの》とイチジクを大きな青銅《せいどう》の碗《わん》に入れて運んできた。ふたりはそれをほおばり、湯気をあげるハチミツ入りのワインで流しこんだ。

やがて、クレオンがマントで指をぬぐうと、あごでイラルコスに合図をした。捕虜が天幕のなかに引き入れられた。

男はひざまずき、額《ひたい》を地べたにこすりつけた。あちこちあざだらけで、血もにじみ、恐怖《きょうふ》にふるえあがっている。道案内をさせるためにテラモンがその男を選んだのは、ヒュラスと同じヤギ飼《か》いだったからだ。ケフティウ人が茶色い目に恐《おそ》れの色を浮《う》かべるのを見ると、ヒュラスが目の前にひざまずいて、命ごいをしているような気がした。

「タカ・ジミまではあとどれくらいだ」テラモンは祖父《そふ》のコロノスをまねて、低い声できいた。クレオンの怒鳴《どな》り声よりも、そっちのほうがずっと恐ろしい。

捕虜の男は鳥のような奇妙《きみょう》なひびきの言葉で、しどろもどろに返事をした。ケフティウ語を少し話せるイラルコスがそれを通訳《つうやく》する。「あとほんの一日だそうです、若君《わかぎみ》」

「まちがいないだろうな」テラモンはたしかめた。

「うそは言わんでしょう」

テラモンは、クレオンの牛革《ぎゅうがわ》張《ば》りの盾《たて》の上に積まれた武器《ぶき》の山にわざと目をやった。捕虜が息をのんだ。ずっしりとした槍《やり》と剣《つるぎ》、そして青銅の鋲《びょう》がついた生皮のむち。そのむちで、背中《せなか》を赤むけにされたのだ。

「大巫女《おおみこ》の娘《むすめ》は、タカ・ジミにいるんだな」テラモンはきいた。

「……それもたしかだそうです、若君」捕虜の必死な返答をイラルコスが通訳する。「疫病《えきびょう》に襲《おそ》われたとき、大巫女が娘をそこへ送ったと」

「うそだったら、どうなるかわかっとるだろうな」クレオンががなりたてた。

「はい、わかっているはずです、族長さま」

テラモンは立ちあがり、腰に手を当てた。捕虜は顔をあげることもできず、テラモンのベルトに視《し》線《せん》を張《は》りつかせた。留《と》め金《がね》の両脇《りょうわき》についた美しい金の飾《かざ》りに気づいたのか、その目が見ひらかれた。

「そう、これはケフティウでつくられたものだ」テラモンは静かな声で告げた。「もともとは、大巫女の娘の腕輪《うでわ》だったんだ。でも、いまはぼくのものだ。ということは、わかるな、おまえの大事なこの島がこれからどうなるか」

イラルコスが訳《やく》しはじめたが、テラモンはさえぎった。「伝わったさ」

「連れていって、食事をさせろ。娘《むすめ》をつかまえるまでは、生かしておけ」クレオンが言った。

捕虜《ほりょ》が連れだされたあとも、テラモンは火鉢《ひばち》のそばで手を温めながら立っていた。

クレオンも立ちあがり、雄牛《おうし》のような巨体《きょたい》をそびやかして、苦々《にがにが》しげに言った。「どうやら、失敗だったようだな」

「もう少しのしんぼうです、おじさん」

「わたしはしんぼう強くはないぞ。おまえは、短剣《たんけん》を見つけられると言っただろうが。だからここに来ることにしたんだ」

テラモンはだまっていた。クレオンを説得するのはたやすかった。自分の手で短剣を取りもどして父親のコロノスにさしだそうと、やっきになっていたからだ。手っ取り早く父親に気に入られ、憎《にく》らしい弟と妹をくやしがらせてやろうと。

「忘《わす》れてもらっちゃ困《こま》るが」とクレオンがつづけた。「わたしがついていなければ、父上はおまえがここに来るのをお許《ゆる》しにはならなかったはずだ」

「後悔《こうかい》してるんですか」テラモンはするどくききかえした。

「ああ、おまえの口車に乗せられて、こんな山奥《やまおく》へ来たことをな！　なにをぐずぐずしている？　女神《めがみ》の館《やかた》はもぬけの殻《から》だ、この島全土を征服《せいふく》するまたとない機会なんだぞ！」

「たったの四十人で？」

「ケフティウ人は戦いを知らん！」クレオンはフンと笑った。「なのに、なんでこんなところにいる？　ひざまで雪に埋《う》まって、こんないまいましい山にのぼろうと四苦八苦しとる。あの娘《むすめ》が短剣を持っているとおまえが言うからだ！」

「持ってます」

「たしかだろうな」

「言ったはずです。あの娘がタラクレアから逃《に》げるところを見たんです。すぐに、短剣を盗《ぬす》んだのがあいつだってピンと来ました。そのあと、ミケーネで占《うらな》い師《し》にきいたら、〝さがし物はケフティウにある〟と告げられたんです。それ以上に、どんな証拠《しょうこ》が必要だっていうんです？」

クレオンはテラモンにぐっと顔を近づけた。「必要なのはな」その声に、テラモンの心臓《しんぞう》はちぢみあがった。「この手に短剣をにぎることだ。おまえがわたしの時間をむだにはしないと証明《しょうめい》してみせろ」

クレオンの脂《あぶら》ぎった黒いあごひげをたばねている青銅《せいどう》の針金《はりがね》が、きらりと光る。むっとする戦士のにおいと、言葉にこめられた脅《おど》しが伝わってくる。クレオンを失望させるようなことがあれば、血のつながりなどなんの助けにもならないだろう。

もっと恐《おそ》ろしいのは、そういう脅すような言葉の裏《うら》で、クレオンがおびえていることだった。ふたりが想像《そうぞう》していたよりもずっと、ケフティウはえたいの知れない場所だった。

上陸した最初の晩《ばん》、テラモンたちは顔に灰《はい》を塗《ぬ》り、〈怒《いか》れる者たち〉に黒い雄《お》ヒツジを捧《ささ》げた。でも、いつまで待っても兆《きざ》しはあらわれなかった。空気と闇《やみ》の精霊《せいれい》たちは、はるかかなたにいるらしい。

でも、そんなことがありえるだろうか。〈怒れる者たち〉は燃《も》えがらに引きよせられる。どこもかしこも灰だらけの広大なこの島に、どうして近づこうとしないのだろう。

その答えは、ケフティウ人の捕虜からもう聞かされていた。「大雲がやってきて、空から灰が降《ふ》ってきたときに、大巫女《おおみこ》さまは強力なまじないをおかけになったのです。〈怒《いか》れる者たち〉を遠ざけるための。われわれケフティウの呪文《じゅもん》は、古くから伝わる、それは強力なものですから」いどむような調子でそう話したせいで、捕虜《ほりょ》はこっぴどくむちで打たれることになったが、その言葉がもたらした衝撃《しょうげき》は深かった。

「ケフティウの呪文のことも」テラモンの考えを読んだように、クレオンがだしぬけに切りだし、太い指をつきつけた。「ちゃんと考えてあるんだろうな」

「もちろんです」テラモンは自信ありげな声で答えた。

まもなくクレオンはマントをかきよせ、横になって休みはじめた。ふたりはそれきり言葉を交《か》わさなかった。

テラモンは眠《ねむ》れず、野営地《やえいち》の見まわりに出かけた。ここはぼくの野営地だと、内心では思っていた。赤い羊毛の天幕《てんまく》も、黒ずくめの戦士たちも、自分のものだと思うと誇《ほこ》らしい。その戦士たちも、いまはシカ肉をたらふく食べ、見張《みは》りを三人だけ残して眠りこんでいる。

短剣《たんけん》を取りもどしたら、おまえたちはぼくにしたがうんだ、とテラモンは心のなかでつぶやいた。手のなかに短剣の感触《かんしょく》がよみがえるようだった。その重みも、にぎりしめたときにみなぎる力も。その短剣を手にしているかぎり、コロノス一族は無敵《むてき》でいられるのだ。

「きっと取りもどしてやる」テラモンはつぶやいた。「クレオンじゃなく、このぼくが」

風が枝《えだ》を揺《ゆ》らし、雪がバサッと肩《かた》に落ちてきた。いつのまにか、マツの木立のなかまで歩いてきていた。オオカミの毛皮のマントと羊毛の裏地《うらじ》つきのブーツを身につけていても、寒さが骨《ほね》までしみこんでくる。そして不安も。

自分の思いちがいだったらどうしよう。みんなを引きつれてたどりついてみれば、太古の呪文に守られた聖所《せいしょ》が待っているだけだったら？

さっき、上空にハヤブサが飛んでいるのを見かけた。それでピラを思いだした。たしか、ハヤブサの姿《すがた》をきざんだ印章を持っていて――するどくて黒い目もハヤブサによく似《に》ていた。きのうの夜は、夢《ゆめ》にまで出てきた。横には短剣を持ったヒュラスが立っていて、ピラがその肩に手を置いていた。そしてふたりにあざけられたのだ。おまえなんかに短剣はわたさないぞ、と。目ざめると、涙《なみだ》でほおがぬれていた。のけ者にされたのがひどくつらかった。次の瞬間《しゅんかん》、かっとなって自分を恥《は》じた。よくもあいつら、勝手に夢に出てきたりしたな。

去年の夏、ピラに刺《さ》された太ももの傷《きず》あとはまだ残っている。ピラをつかまえたら、お返しに傷をつけてやる。そうやって、たがいにしるしをつけあうのだ。

ピラのことは大きらいなのに、ついつい考えずにはいられなかった。タラクレアで言われたことは、いまも頭に焼きついている――ヒュラスは強くて、あなたは弱いわ。あなたはずっと弱虫のままよ。

テラモンはこぶしをにぎりしめると、ひとりごちた。「へえ、そうか？　なら、待ってろ。つかまえたらきっと――」

雪を踏《ふ》む足音が背後《はいご》から聞こえ、たいまつをかかげたイラルコスがあらわれた。「ごいっしょしたほうがいいかと思いまして、若君《わかぎみ》。怪物《かいぶつ》がうろついていると危険《きけん》です」

テラモンは身をこわばらせた。相手が一人前の戦士なら、そんなことは言わないだろう。「怪物なんかほんとにいると思ってるのか」ばかにしたようにそう答えた。

イラルコスは肩をすくめると、背負《せお》った弓に手をかけた。「なんにしろ、これさえあれば心配ありません」と、そこで急に身がまえた。「あれは？」

視線《しせん》の先にあるものを見て、テラモンは息をのんだ。

二十歩はなれたあたりの、しげみの下の暗がりに、白っぽく見えるものがうずくまっていた。

恐怖《きょうふ》に心臓《しんぞう》をわしづかみにされる。でも、イラルコスの前では、堂々《どうどう》としていなくては。「怪物《かいぶつ》じゃない」テラモンは声をひそめた。「あ、あれは……ライオンだ。ほら、弓をくれ！」

「ライオンですって？」イラルコスも小声で言った。「ケフティウにライオンなどいるはずがないのに！」

「弓だ、早く、弓をくれ！」手にふれる弓は氷のように冷たく、矢をにぎる手もふるえる。危険《きけん》をかぎつけたのか、暗がりにいる獣《けもの》がさっと逃《に》げだしたが、テラモンはすばやく矢をつがえ、放った。矢がヒュンとうなる。命中した音がした。

「当たりました！」イラルコスが叫《さけ》んだ。

男たちがたいまつを持ってかけつけたが、いくらさがしても、雪についた血の跡《あと》しか見つからなかった。

「命中させたんだ。ほら、証拠《しょうこ》がある！」テラモンは得意げに言ってたいまつをひっつかむと、山の奥《おく》につづいている足跡《あしあと》に目をこらした。

「おみごとです」イラルコスが言った。「跡をたどって、しとめましょうか」

テラモンはためらった。「いや。みんな疲《つか》れてるだろう。ほうっておいても死ぬだろうから、明日の朝さがしに行けばいい」

イラルコスはおじぎをした。「おおせのままに、若君《わかぎみ》」

なにげない顔で弓を返したものの、テラモンの胸《むね》は誇《ほこ》らしさではじけそうだった。見たか、ピラ。ぼくはライオンをしとめたんだ。弱虫なんて言わせないぞ。

# 13

# 病《やまい》

ピラは弱りきって目も開けられずにいたが、じきに、体が楽になっていることに気づいた。燃《も》えるような熱は引いて、頭痛《ずつう》もおさまっている。

ヒツジの毛皮にくるまったまま、痛《いた》みのない喜びをひとしきり味わいながら、死ななかったんだ、とぼんやり思った。わたしは死ななかった……。

しばらくして、もう一度目をさました。口のなかは飲みこむつばもないほどカラカラだし、おなかがすいてたまらない。「ユセレフ？　シレア！」

答えはない。部屋のなかは暗く、冷えきっている。火鉢《ひばち》の火は消えてしまっている。もう、シレアったら！

もう一度呼《よ》んでみたが、シレアはやってこない。水の瓶《かめ》も空っぽのままだ。シレアはいつも水くみを〝忘《わす》れて〟ばかりいる。本当は精霊《せいれい》たちがこわくて、地下にある水ためまで行くのがいやなのだ。

「まったくもう！」ピラはつぶやくと、どうにか両足を床《ゆか》におろした。目の前に斑点《はんてん》がちらつき、耳の奥《おく》でドクドクと脈が打つ。それがおさまるのを待っていると、ユセレフのウジャトのお守りが寝台《しんだい》の柱にぶらさがっているのに気づいた。自分がいないあいだにピラが目ざめても不安にならないように、そこに置いていってくれたのだろう。それを首にかけると、ピラは柱につかまり、なんとか立ちあがった。

また耳鳴りがする——それに、足元でカタンと音がした。さびしさがおしよせた。それはエコーの水皿だった。

「ああ、エコー。もどってきて。お願い」けれど、エコーが遠くにいることはわかっていた。

チュニックとレギンスとブーツをのろのろと身につけるあいだに、記憶《きおく》が切れぎれにもどってきた。たしか、熱にうかされて身もだえするピラをおさえつけながら、ユセレフがめずらしく声を荒《あら》げてシレアをしかりつけるのを聞いたような気がする。「なにをぼやぼやしている？　水を飲ませてさしあげるんだ！」

「む、無理です」シレアはおどおどと答えた。「さわったら、わたしも死んでしまう！」

ユセレフはエジプト語でシレアをののしった。そんな姿《すがた》を見るのは初めてだった。それから薪《まき》を取りに行ってこいと言いつけた。

シレアが行ってしまうと、ユセレフはかわききったピラの口に氷水をたらした。「ピラさま、聞こえますか。わたしはハナハッカを手に入れに行ってきます。それしかあなたをお助けするすべはないのです。村にはもうないので、しばらくもどれないかもしれません。なるべく早く帰りますから——」

「待って、ユセレフ！」ピラは熱っぽい手でユセレフの手首をつかんだ。「もしわたしが死んだら——」

「死んだりするものですか」ユセレフがさえぎった。

「いいから聞いて！　コロノス一族の短剣《たんけん》は——」

「ピラさま、もう話さないで――」

「わたしがうばったの！　タラクレアで。ケフティウまで持ってきたのよ」

「ただのうわごとです――」

「ほんとよ！　ヘル神の目にかけて誓《ちか》うわ……」ユセレフの手首をつかんだまま、ピラは片《かた》ひじをついて身を起こした。「わたしが死んだら、それを取りに行ってほしいの。カラス族に見つからない場所に持っていって。命がけで守って……そして、こわしてちょうだい！」

「ピラさまは死んだりなさいません」ユセレフはむきになって答えた。

「誓って。命令よ」

ピラは本気だと、ようやくユセレフもさとったようだった。驚《おどろ》きの色と、そして誇《ほこ》らしげな表情《ひょうじょう》を一瞬《いっしゅん》浮かべると、目玉のお守りをにぎりしめ、誓いの言葉を口にした。

ふたたび意識《いしき》を失いかけながら、ピラは短剣のかくし場所を教えた。「忘《わす》れないで、あれをこわせるのは神さまだけなの……」

いま聖所《せいしょ》のなかは静まりかえっていて、壁《かべ》の向こうでひびく滝《たき》の音だけが聞こえている。キツネの毛皮のマントをはおり、ピラは手さぐりで部屋《へや》を出た。

祭壇《さいだん》は闇《やみ》につつまれていた。前を通りすぎながら、〈祈《いの》り手《て》〉たちの見えない青銅《せいどう》の目で見つめられるのを感じた。

ユセレフの部屋も真っ暗で、空っぽだった。ピラは不安になった。もうもどっていてもいいはずなのに。まさか、ユセレフの身になにか起きたとか？

シレアの部屋も火が消え、冷えきっていた。

「ほんとに、あきれるわ」ピラはつぶやいた。「まさか、また番人小屋にいるんじゃないでしょうね……シレア？　ねえ、シレア！」そこでせきが止まらなくなった。お説教はあとにして、まずは水を飲まないと。

水の瓶《かめ》はひとつ残らず空っぽだった。毒づきながら、ピラはシレアの部屋《へや》にもどると、収納庫《しゅうのうこ》への降《お》り口をおおっている敷物《しきもの》を足で脇《わき》に寄《よ》せ、ふるえる体ではしごをくだって、冷たくじめじめした、土くさい闇《やみ》のなかへおりた。

水ためにつながっている管のなかで、水がゴボゴボ鳴っている。縄《なわ》をたぐって桶《おけ》を引きあげただけで、汗《あせ》が噴《ふ》きだし、体がふらついた。わき水の冷たさが歯にしみるが、タカ・ジミのパワーが全身をかけめぐる。アーモンドの袋《ふくろ》が見つかったので、ひとつかみ取って口におしこみ、かごに入った干《ほ》しイチジクも何個《なんこ》かほおばった。それからもう一度イチジクをつかむと、はしごをよじのぼった。

祭壇《さいだん》のところで、ピラはイチジクをひとつそなえた。残りをむしゃむしゃ食べながら、建物の正面階段《かいだん》に向かった。

うっすらとした雪明かりのほかには、夜の庭を照らすものはなかった。聞こえてくるのはくぐもった滝《たき》の音と、外の小川から壁《かべ》の内側へと流れこむ水音だけだ。

カラスが一羽、雄牛《おうし》の角《つの》の先に止まり、カアと鳴き声をあげた。

「あっちへ行って」ピラは声を張《は》りあげた。カラスは飛び去ったが、かん高い自分の声が消えたあとは、静けさがいっそう深く感じられた。

ピラははっとした。

庭は真っ暗だ。壁にはかがり火がたかれていない。かがり火がないということは――番人もいないということだ。

ぞっとするような考えが頭をよぎった。ピラは急いで庭を横切った。ギィーッと音を立てて番人小屋の戸をおし開ける。小屋のなかは冷えきり、人の気配がすっかりなくなっていた。

あわてて門へと走った。かんぬきがかけてある。「出して！」出して、出して……と壁が叫《さけ》び声《ごえ》をはねかえす。かんぬきをはずそうとしてみたものの、大人の男ふたりがかりでないと、開けられそうにない。病《や》みあがりの娘《むすめ》にはとても無理だ。

門のそばにはみだれた足跡《あしあと》がいくつもついている。信じられない。ここを閉《と》じた者たちは、門の上にのぼってはしごを引きあげ、ピラをなかに閉じこめたのだ。

カラスが舞《ま》いもどり、あざ笑うように鳴いた。そして笑いながら夜の闇に飛び去った。

ピラはのろのろと庭を引きかえすと、階段をのぼった。さっきは気づかなかったものが目に入る。寝室《しんしつ》の戸には白い手形が描《えが》かれていた。疫病《えきびょう》のしるしだ。

シレアと番人たちはタカ・ジミから逃《に》げだした。そしてピラの幽霊《ゆうれい》が追いかけてこないようになかに閉じこめ、置きざりにしたのだ。

# 14

# タカ・ジミをさがして

ヒュラスは飛んでいくカラスをながめ、なにかの兆《きざ》しだろうかと考えた。小屋をあとにしてからずっと、ディクティ山に災《わざわ》いが起きているような気がしてしかたがない。

午後のあいだじゅう、アカストスに教わったように雪深い森を通って尾根《おね》をのぼってきた。雷《かみなり》に打たれたマツの木は見つかったものの、あたりには雲がかかり、ふたつに割《わ》れた岩も滝《たき》も見あたらない。タカ・ジミはどこにあるんだ？

ハボックのことも心配だった。小屋の外で気を失ったときにはぐれたあと、足跡《あしあと》はぜんぜん見つかっていない。無事に吹雪《ふぶき》をやりすごせただろうか。また会えるだろうか。

頭上ではハヤブサが急降下《きゅうこうか》し、カラスに飛びかかった。そのカラスは若鳥《わかどり》で、親鳥たちがわが子を救おうと全速力で向かってきていたが、ハヤブサは狩《か》りになれていないのか、それに気づいていないようだった。親鳥たちはハヤブサに襲《おそ》いかかり、くちばしとかぎ爪《づめ》で猛然《もうぜん》と攻撃《こうげき》をはじめた。びっくりしたハヤブサがマツの木に逃《に》げこむと、カラスたちは吐《は》きすてるように鳴き声をあげて飛び去った。

見あげると、ハヤブサはおびえたように目を見ひらき、口を開けたまま、枝《えだ》の上でちぢこまっていた。羽のまだら模様《もよう》から見て、まだ若《わか》いのだろう。「わかったろ、カラスなんてねらってもだめさ」ヒュラスはそっけなく声をかけた。「次はハトにするんだな」

ハヤブサは翼《つばさ》をぶるっとふるわせると、キィーッ、キィーッ、キィーッと声をひびかせ、飛んでいった。

その姿《すがた》を見送りながら、ヒュラスは小さなハヤブサがきざまれたピラの印章を思いうかべた。ピラはあんなに自由になりたがっていたのに。そう思うと心は沈《しず》んだ。いつまでたっても、ピラもハボックも見つけられそうにない。

いったい、タカ・ジミはどこなんだ？

＊

ハヤブサは自分に腹《はら》が立ってたまらなかった。また失敗してしまうなんて。そのせいで、岩の上でくさりかけたウサギの肉の食べ残しをみじめにあさるしかなかった。いつになったら獲物《えもの》をしとめられるんだろう？

少女のことも恋《こい》しかった。でも、どうしてだろう。あの子はただの飛べない人間なのに。それでもやっぱり恋しかった。あの色とりどりの姿も、おだやかでゆっくりとした息づかいも。腰《こし》にさげた食べ物も。なによりも、少女の魂《たましい》といっしょに飛んでいるみたいな、あの感じがなつかしかった。

ハヤブサは風に乗ると、山の斜面《しゃめん》を見おろしながら旋回《せんかい》した。はるか下に、雪に穴《あな》を掘《ほ》っているネズミと、尾根をたどる少年の姿が見える。斜面の上のほうには、少女のいる巣と、このあいだつかまったネズの木がある。

そのとき、ハヤブサははっとした。なにかがおかしい。はっきりとはわからないけれど、翼の付け根でたしかに感じる。

なにか少女に関係のあることだ。

＊

木がまばらになった先には、目もくらむような断崖《だんがい》があらわれた。ヒュラスはがっかりした。なるべく高いところを歩くようにして、谷間にはおりるなとアカストスに言われていたのに。目の前には、谷間がぽっかりと口を開けている。

縄《なわ》が三本、谷にわたしてある。リュカス山でもこんなふうに橋をかけていた。一本は足をかけるための縄で、肩《かた》の高さにわたされた残りの二本はつかまるためのものだ。これまでもわたってみたことはないし、いまもその気にはなれなかった。たぶん尾根《おね》からはずれるのが早すぎたんだろう。引きかえして、さらにのぼるしかない。

もう一度尾根をたどりはじめると、やがて雲の切れ間ができ、行く手に灰色《はいいろ》の大岩がそびえているのが見えた。真っぷたつに割《わ》れている。それに、姿《すがた》は見えないけれど、くぐもった滝《たき》の音も聞こえている。ヒュラスは足を速めた。タカ・ジミそのものはまだ見えないが、そばにあるのはまちがいない。

さらに数歩行くと、雪のなかに大きくて丸い足跡《あしあと》が点々《てんてん》とつづいているのが見つかった。胃がしめつけられた。ハボックの足跡だ。血にまみれている。悪夢《あくむ》のような想像《そうぞう》が頭をよぎった。雄牛《おうし》の角《つの》につかれたハボック、狩人《かりゅうど》に槍《やり》で刺《さ》されたハボック……。

したたった血はまだ凍《こお》っていないから、新しいものだろう。足跡は尾根の東側の斜面《しゃめん》にならんだ大岩のほうへのびている。

ヒュラスはためらった。ハボックのあとを追うべきか、それともこのままタカ・ジミに向かうべきか。ハボックかピラか。

「どっちもだ」ヒュラスは口に出して言った。でも、ハボックのほうが先だ。足跡はよろめき歩いたようにジグザグにつづいているし、左の前足の足跡だけがこすれている。足を引きずっているのだ。なにを見つけることになるのだろうと不安になりながら、ヒュラスは足跡をたどり、大岩の陰《かげ》にある小さな洞穴《ほらあな》にたどりついた。そこから出てくる足跡は見あたらない。ハボックはまだなかにいる。

「ハボック？」ヒュラスはやさしく呼《よ》びかけた。

沈黙《ちんもく》。枝《えだ》から雪が落っこち、思わず飛びあがった。それからナイフをぬいた。手負いのライオンほど、出くわすと危険《きけん》な獣《けもの》はいない。それに、ハボックが自分のことを思いだしたかどうかも確信《かくしん》が持てない。かつては友だち同士だったことも。

それからすぐ、ハボックが武器《ぶき》をこわがるだろうと気づいた。ナイフを見られたりしたら、なにかもだいなしだ。ふるえる手でベルトからさやをはずし、斧《おの》といっしょに洞穴の入り口の雪の上に置いた。向こう見ずなのはわかっている。こんなことをしたら、命取りになるかもしれない。でも、ハボックを見捨《みす》てるわけにはいかない。もう二度と。

ヒュラスはひざをつき、洞穴にもぐりこんだ。

＊

子ライオンは尻尾《しっぽ》を打ち鳴らし、ウウッとうなった。でも、少年はじりじりと近づいてくる。なにか話しかけてくる。声にもにおいにもおびえがにじんでいるのに、止まろうとはしない。

子ライオンはまた歯をむきだしてうなった。あっちへ行って！

少年は止まった。でも、あいかわらず呼《よ》びかけてくる。

肩《かた》がズキズキ痛《いた》み、子ライオンはあえぎながら地面をかいた。少年はだまらない。

人間なんて二度と信用しない……でも、尻尾《しっぽ》をふりあげながら、ふと思いだした。ずっと昔、幼《おさな》かったころもこんなふうに少年に話しかけられたことを。声は低くなったけれど、前と同じようにやさしくて力強いし、呼びかけるときの調子も昔と同じだ。もしかして、むかえに来てくれたんだろうか？

またひどい痛みが走り、子ライオンはかぎ爪《づめ》で地面をかいた。

少年はさらに近づいてくる。声をふるわせながらも、呼びかけるのをやめようとしない。

痛みと、恐《おそ》れと、希望が心のなかで争っている。この子だって、ほかの人間たちと同じに決まってる……。

子ライオンは歯をむきだしてうなった。出ていって——でないと、飛びかかるから！

*

ヒュラスは身をすくめた。ハボックのうなり声が洞穴《ほらあな》いっぱいにひびいた。

暗がりのなか、ハボックの肩に矢がつき刺《さ》さっているのが見える。「だれにやられたんだ、ハボック？」なるべく落ち着いた声でそう呼びかけた。

ハボックはぺたんと耳を倒《たお》すと、殺気立った目でヒュラスを見た。黒々《くろぐろ》とした冷たい目。だれだかわからないのだろうか。

「なあ、ぼくを忘《わす》れちゃいないだろ」ヒュラスはたじろぎながらつづけた。「だから吹雪《ふぶき》のなかを、アカストスの小屋まで連れていってくれたんだよな。そばに来て、顔のにおいだってかいだじゃないか……」

グルル……といううなり声があがり、大きくて白い牙《きば》がキラリと光る。

通せんぼされたと思わせないように壁《かべ》にへばりつきながら、ヒュラスはさらににじりよった。「おまえが小さいころ、ヤナギランで球をこさえてやったろ。それに……足のとげもぬいてやったじゃないか」

稲妻《いなずま》より速くつきだされた前足が、ヒュラスの顔から指一本のところで空《くう》を切った。

両脇《りょうわき》を汗《あせ》が流れ落ちる。「とげをぬいたときは痛かったけど……それでよくなっただろ。ちがうかい、ハボック？」

ライオン特有のむっとするにおいも、金気《かなけ》くさい血のにおいもかぎとれるほど、ハボックはそばにいる。大きな黒いかぎ爪が開いたり閉《と》じたりしている。ほんの一撃《いちげき》で、首をへし折られてしまいそうだ。

「な、なあ、ぼくを傷《きず》つける気じゃないよな、ハボック」

ハボックがすさまじい速さで身を乗りだし、ガブリと牙を噛《か》みあわせた。今度はひげ一本とはなれていない。

「ぼ、ぼくを傷つける気じゃないよな」ヒュラスはくりかえした。「ぼくは友だちだ、おまえを助けたいんだ」

一瞬《いっしゅん》、目と目が合った。あたりが暗いせいで、痛みにゆがんだハボックの目に、なつかしげな色が浮《う》かんだかどうかはわからなかった。

ヒュラスは深呼吸《しんこきゅう》をした。ふるえる手を矢にのばし……。

そのとたん、あらゆることがいっぺんに起きた。ヒュラスは矢を引きぬく。ハボックが前足をつきだす。壁《かべ》にたたきつけられ、ヒュラスの脇腹《わきばら》にするどい痛《いた》みが走る。ハボックが洞穴《ほらあな》を飛びだす。あとには深い静寂《せいじゃく》だけが残された。

ヒュラスは顔をしかめながら、あばら骨《ぼね》をたしかめた。ズキズキするが、折れてはいない。ハボックは爪《つめ》を引っこめてくれていた。でなかったら、胸《むね》から腰《こし》までざっくりと裂《さ》けていたはずだ。

ぼうぜんと身をふるわせながら、ヒュラスは洞穴から這《は》いだした。斜面《しゃめん》にハボックの姿《すがた》は見えないが、血に染《そ》まった足跡《あしあと》が木々《きぎ》のあいだに消えている。傷《きず》はなおるだろうか。助けるためにやったんだと、わかってくれるだろうか。

胸の波打ちがおさまると、まだ矢をにぎりしめていたことに気づいた。

ヒュラスはハッとしてそれを見つめた。矢尻《やじり》はポプラの葉のような形で、黒曜石でできている。耳の奥《おく》でドクドクと脈が打った。黒曜石。ずっと前に自分の腕《うで》から引きぬいた矢尻と同じだ。

それが意味するものは、ただひとつ。

カラス族だ。

# 15

# カラス族

壁《かべ》ぎわの見張《みは》り台に立ったピラは、斜面の下のほうで人が動くのに気づいた。マツの木立のなかに、黒いマントと青銅《せいどう》の槍《やり》が見える。カラス族だ！

パニックで頭がくらくらする。短剣《たんけん》をうばいかえそうと、ここまで追ってきたのだ。力ずくでおし入ってきて、短剣がないと知ったら、かくし場所を教えるまで拷問《ごうもん》にかけるにちがいない。

ピラがここにはいないと思わせないかぎり。

ネズの木の陰《かげ》にしゃがむと、ピラは子ヒツジの革《かわ》のベルトをはずし、崖《がけ》に身を乗りだして、イバラのしげみの上にほうり投げた。ベルトはねらいどおりにイバラに引っかかった。ここから落ちて死んだと、カラス族が思いこんでくれたらいいけれど。

でも、すぐに見やぶって、タカ・ジミじゅうをくまなくさがすかもしれない。

あわてて庭におりると、ピラはよろけながら聖所《せいしょ》へかけもどった。階段《かいだん》のところで足を止めて、水の流れと自分の荒《あら》い息づかいのほかになにか聞こえないかと耳をすました。

遠くのほうで、雪を踏《ふ》みしめるブーツの音がする。え、こんなに早く？

ピラはちらっと後ろをふりむいた。なんてことだ。自分の足跡《あしあと》が矢のように庭をつっ切り、いまいるところまでつづいている。

壁《かべ》の向こうで荒々《あらあら》しい叫《さけ》び声《ごえ》があがり、門がドンドンとたたかれた。ピラは立ちすくんだ。かんぬきから目をはなせない。いまはもちこたえているけれど……きっと時間の問題だ。

物音がだしぬけにやんだ。ぞっとするような沈黙《ちんもく》。やがて、壁のてっぺんでズンと重たい音がした。心臓《しんぞう》がはねあがった。雄牛《おうし》の角《つの》のひとつに縄《なわ》を引っかけたのだ。すぐにも戦士たちが壁をよじのぼり、ピラを見つけだすだろう。

自分の部屋《へや》にはかくれる場所などない。ピラはシレアの部屋にかけこみ、敷物《しきもの》を蹴《け》とばして収納《しゅうのう》庫《こ》の降《お》り口を開けた。

そうだ、足跡が！　いったん引きかえし、石の床《ゆか》についたブーツの跡をふきとった。それから転がり落ちるようにはしごをおり、収納庫の底で耳をすました。

なにも聞こえない。でも、戦士たちはすぐに壁を乗りこえてかんぬきをはずすだろうから、そうしたら黒ずくめの軍団《ぐんだん》がなだれこんでくる。

ピラは敷物の端《はし》をできるだけ引っぱりながら、降り口のふたをそっと閉《と》じた。どうか居場所《いばしょ》に気づかれませんように。なかは真っ暗で、顔の前にかざした手さえ見えないが、油の瓶《かめ》の裏《うら》にすきまが見つかり、そこにもぐりこんだ。

しめっぽい土のにおいがし、ゴボゴボと水音が聞こえる。冬のあいだに掘《ほ》った穴《あな》から、身を切るような風《ふ》が吹きこんでくる。これも時間のむだだった。置きざりにされたと気づいたあと、すでに一度ここへおりて、穴を広げようとしてみた。けれど、熱がさがったばかりで体に力が入らず、すぐにあきらめて寝台《しんだい》にもぐりこんでしまったのだ。

「くまなくさがせ、そこらじゅうひっくりかえすんだ」聞きおぼえのある荒々しい声がひびき、ピラはぞっとした。

去年の夏に要砦《ようさい》のなかでクレオンと対面したときのことがよみがえった。脂《あぶら》ぎった髪《かみ》を戦士流に編《あ》んだクレオンが、いかつい手で罪《つみ》もないクサヘビをつかみ、火に投げ入れたときのことを……。

ピラは印章に手をやり、小さなハヤブサの刻印《こくいん》をなぞろうとした。でも、ひどく指がふるえて、さぐりあてることができなかった。

＊

テラモンが庭に立ち、番人小屋を調べる家来たちを見守っていると、ハヤブサが壁のそばのネズの木に舞《ま》いおり、警戒《けいかい》するようにするどく鳴いた。

男たちはいっせいにそちらを見た。クレオンは眉《まゆ》をひそめ、肩《かた》にかけた弓をつかむと、つぶやいた。「ハヤブサか。どういう意味だ？」

「ピラがここにいるという意味でしょう」テラモンは答えた。「ピラの印章にはハヤブサがきざまれているんです。すぐに見つかりますよ」

イラルコスがかけよってきた。「こんなものがありました。あそこの断崖《だんがい》のしげみに引っかかっていたのです」

テラモンはだまったままそれを受けとった。細かく編まれた子ヒツジの革《かわ》のベルトで、金箔《きんぱく》がほどこされている。ヤササラの娘《むすめ》にふさわしい品だ。

「あやまって落ちたのかもしれません。あるいは、飛びおりたか――」

「ただの見せかけかもしれん」クレオンがさえぎった。

ハヤブサがまたキィーッ、キィーッと鳴いた。イラルコスは不安げな顔でそちらを見た。「ケフティウのまじないは強力です、族長さま。ここの巫女《みこ》たちは鳥に姿《すがた》を変えられるとか……」

「ピラは巫女じゃない」テラモンはそっけなく言いながら、ベルトを手首に巻《ま》いた。「ただの子どもだ」

「それでも、見つけださねばならん。兵をいくらか連れて、崖《がけ》の下を調べに行くぞ」

テラモンはクレオンの言葉にうなずいた。「ぼくはここにいて、聖所《せいしょ》のなかをくまなくさがさせます。石ころ一個《こ》残さずひっくりかえすように。ご心配なく、おじさん。ピラも短剣《たんけん》も見つかるはずです」

「だといいが」クレオンは冷ややかに答えた。

だが、ケフティウのまじないを恐《おそ》れているのはイラルコスひとりではなかった。家来たちが建物のなかに入ろうとしないのを見て、テラモンはいらだった。

びくついてはいないことを示《しめ》そうと、テラモンは一段《いちだん》飛ばしで階段《かいだん》をかけあがった。が、そこではっとした。いちばん手前の部屋《へや》の戸に、石灰《せっかい》で疫病《えきびょう》のしるしがつけられている。部屋に入れば、病《やまい》におかされるかもしれない。

こういうときのために家来がいるんじゃないか、とテラモンは考えた。自分は上に立つ者だ。こんなことで命をあやうくする必要はない。

だから、服のそでですばやくしるしを消すと、男たちにその部屋を調べろと命じた。それ以外の部屋にしるしはない。そっちへ入ってみることにしよう。

ひとつ目の部屋に入ったとき、ふと思った。このベルトはいかにもあやしい。ピラは崖から落ちたのでも、飛びおりたのでもない。いまもここにいる。

＊

頭上の部屋にだれかが入ってくる足音を聞き、ピラは油の瓶《かめ》の陰《かげ》でちぢこまった。

ガシャンと大きな音がして、あやうく瓶を倒《たお》しそうになった。カラス族たちが収納庫《しゅうのうこ》の降《お》り口を見つけませんように。心のなかで女神《めがみ》に祈《いの》った。

ドンドン、ガシャン、とさらに音がひびく。どうやら、シレアの寝台《しんだい》をひっくりかえし、瓶やランプを片《かた》っ端《ぱし》からこわしているようだ。下り口のふたはまだ開かない。ちょうどシレアの寝台の下になって、見えなくなっているのかもしれない。

ほこりがパラパラと顔に降《ふ》りかかり、ピラはせきを必死にこらえた。

「ここにいるのはわかってるんだ」ぞっとするほどすぐ上で声がした。

ピラは息を殺した。聞きおぼえのある声だ。

「自分から出てきたら」テラモンが言った。「手荒《てあら》なまねはしない。約束する」

どうしよう、くしゃみが出そうだ。ピラは手で口をふさぎ、鼻をつまんだ。

上は静まりかえっている。テラモンは耳をすましているのだろう。

くしゃみは引っこんだ。ふるえながら、ピラは口から手をはなした。汗《あせ》ばんだ指で手首の印章をさぐりあて、紫水晶《むらさきずいしょう》のハヤブサをにぎりしめると、女神に祈る。どうか、どうか、見つかりませんように……。

せわしない足音が近づき、張《は》りつめたような声が聞こえてきたが、なにを話しているかはわからない。

「よし」テラモンが短く答えた。「おじさんに伝えてこい」

ピラは印章をにぎる手に力をこめた。小さなハヤブサがてのひらに食いこむ。

「ピラ」テラモンが静かに呼《よ》びかけてくる。「ここにいるのはわかってる。家来たちにきみの部屋《へや》を調べさせた。寝台《しんだい》はまだ温かいそうだ」

＊

ハヤブサは風に乗りながら、人間たちが巣のなかでアリのようにうごめく姿《すがた》を見おろしていた。少女は見あたらないけれど、困《こま》っているのはわかる。呼ばれているのを感じる。

もっとよく見ようと、片方《かたほう》の翼《つばさ》をかたむけて急降下《きゅうこうか》し、いちばん大きな人間に近づいた。ばかでかい体でのしのしと歩いていて、背中《せなか》に生えたへんてこな黒い翼は、だらりとたれたままはためかない。カラスに似《に》ているけれど、紫色《むらさきいろ》と緑色が足りない。ツンとするにおいと、怒《いか》りと――そして恐《おそ》れが伝わってくる。

こちらのことをこわがっているみたいだ。頭の上を横切ると、男は首をすくめた。ハヤブサはびっくりした。ぶつかっていくほどばかだと思っているんだろうか？　あんな大男にぶつかるなんて、大岩につっこむのと同じだ。でも、男にはそれがわかっていないらしい。それでハヤブサはいい考えを思いついた。

もう一度急降下すると、男は手に持った棒《ぼう》を引っぱってたわませ、もう一本の棒をこちらに向けて放った。それはぐらつきながら、笑ってしまうほどのろのろと飛んできたので、ハヤブサはばかにしたように軽々《かるがる》とかわした。こんなもので、ハヤブサをしとめられると思っているの？

風をつかまえて棒が飛んでこないところまで舞《ま》いあがると、ハヤブサはあたりを見わたした。巣の下の雪の斜面《しゃめん》にも、真っ黒な人間たちが動きまわっている。虹色《にじいろ》の滝《たき》のそばに、紫《むらさき》がかったイタチがいるのもちらりと見えた。でも、あの子はどこだろう?

そのとき、滝の下のしげみのなかで、なにかが動くのが見えた。またあの少年だ。さっきはカラスをしとめそこねるところを見られてしまった。

ハヤブサはそちらに近づいた。

この少年はカラスには似ていない。森のにおいがするし、奇妙《きみょう》なことに、これまで見てきた人間とはちがって、髪《かみ》の毛が黒くない。ワシみたいに、赤みがかった濃《こ》い金髪《きんぱつ》をしている。

＊

滝の下にかくれたヒュラスは、ぞっとしながら、カラス族がタカ・ジミを荒《あ》らしまわるのをながめていた。男たちは階段《かいだん》の上にたんすを投げだして斧《おの》でたたきこわし、寝具《しんぐ》を槍《やり》でつき刺《さ》し、椅子《いす》や瓶《かめ》やランプをこなごなにたたき割《わ》っている。

ピラの姿は見えない。これだけ暴《あば》れまわっているのは、まだピラを見つけだせずにいて、そのいらだちをぶつけているのかもしれない。

と、ふいに頭の上でなにかが動いたかと思うと、鳥がすぐそばを横切った。さっきカラスに襲《おそ》われていたあの若《わか》いハヤブサだ。ヒュラスはとまどいながら、ハヤブサがタカ・ジミの真上へと引きかえし、戦士たちを威嚇《いかく》するように鳴き声をあげるのを見守った。

きっとこれは兆《きざ》しだ。ピラはここだとハヤブサはかん高い声で教えてくれているのだ。ヒュラスの助けを待っているのだと。

少なくとも、ヒュラスにはそう思えた。かんちがいだったら、むだに命を危険《きけん》にさらすことになる。

いま身をかくしている滝《たき》の水は、ネズの木がまばらに生えた岩だらけの斜面《しゃめん》をくだり、聖所《せいしょ》の壁《かべ》のそばを通ってさらに流れ落ちている。近づくときの物音は水音がかき消してくれるだろうが、身をかくす場所はないに等しい。

それに、それからどうすればいい？　壁はよじのぼれそうにないし、そこらじゅうにカラス族がうようよしている。

ためらっていると、つんとするにおいが風に運ばれてきて、ヒュラスの胃がきゅっとした。聖所の屋根から黒い煙《けむり》があがり、わらが橙色《だいだいいろ》の炎《ほのお》につつまれている。

ピラがなかにいるなら、もう時間がない。

カラス族は、タカ・ジミを焼きはらう気だ。

# 16

# 三本の縄《なわ》

パチパチという火の音が大きくなり、煙がじわじわと収納庫《しゅうのうこ》に入りこんでくる。ピラの心臓《しんぞう》が早鐘《はやがね》を打った。ここにいたら、死んでしまう。

頭上のふたは熱くなり、おしてみてもびくともしない。さらに強くおしてみる。だめだ。ピラは叫《さけ》びたくなるのをこらえた。さっきは見つかりませんようにと女神《めがみ》さまにお祈《いの》りをしたけれど、ふたがなにかでふさがっていて、今度は外へ出られなくなってしまった。

「ピラ、あきらめるんだ！」テラモンの声はくぐもっている。庭まで避難《ひなん》したのだろう。「どこにいるか教えたら、助けてやるから！」

勝ちほこったように雪の上に立つテラモンの姿《すがた》が目に浮《う》かび、パニックは冷たく激《はげ》しい怒《いか》りに変わった。さぞいい気分でしょうね、テラモン。捕虜《ほりょ》になったわたしをさらし者にして、ケフティウじゅうの人々《ひとびと》をひざまずかせるつもりなんでしょ。でも、わたしは穴《あな》に逃《に》げこんだイタチじゃないわ、ヤササラの娘《むすめ》なの。だれにも命ごいなんてしない。

「ピラ、出てくるんだ！　死ぬのなんてばからしいだろ」

ピラは歯を食いしばり、水の管のそばにかくしておいた石鎚《いしづち》とくさびを手探《てさぐ》りでさがした。最後にもう一度だけ、穴《あな》を掘《ほ》って逃《に》げられないかためしてみよう。カラス族に降参《こうさん》するくらいなら、やるだけやって死んだほうがましだ。

くさびは穴のふちにあるふたつの石のすきまに差しこんである。全身の力をこめてくさびを打つと、石のひとつがぐらりと動いた。もう一度打つ。さらにもう一度。それから足で蹴《け》り、引っぱり、石鎚《いしづち》をふりおろした。でも、はずれない。

「ピラ、どうかしてるぞ！」テラモンが叫《さけ》んだ。

恐怖《きょうふ》に襲《おそ》われながらも、ピラはあきらめなかった。と、石がひとりでに動いた。広がった穴からにゅっと手がのびてきて、手首をつかんだ。かすれたささやき声がした。「ピラ！　ぼくだよ！」

＊

ピラは、どうやってさがしだしたの、とたずねて時間をむだにしたりしなかった。ヒュラスはほっとした。カラス族がいつやってきてもおかしくはない。

ひとつ目の石がなくなって穴が倍に広がったので、作業は楽になった。ふたりはむだ口をたたかず、ひたすら次の石を動かそうとした。ヒュラスはまわりの土を掘って棒《ぼう》を差しこみ、ピラが内側から石鎚で打ちつける。石はぐらつき、とうとうぽろりとはずれた。ヒュラスが両足で蹴ってもうひとつ石をどけると、ピラは自力で穴から這《は》いだした。

その手をつかみ、ヒュラスはピラを引きずるように斜面《しゃめん》をのぼった。身をかがめてしげみ伝いに上をめざすと、息のつまりそうな煙《けむり》がふたりをすっぽりとつつんだ。風が手助けしてくれている。でも、これではカラス族の姿《すがた》も見えない。

ようやく、先ほどヒュラスが聖所《せいしょ》のようすをうかがっていた滝《たき》の下の岩場までたどりついた。ピラは岩のひとつにもたれ、ひざに手をつくと、体をふたつ折りにした。そのとき初めて、ヒュラスはピラの姿をまともに見ることができた。なんてことだ。顔は土気色になり、痛々《いたいた》しいほどげっそりとやせて、目の下には青黒いくまができている。尾根《おね》の上までのぼるのはむずかしそうだ。そのまま山のなかを歩きつづけるなんて、とてもできそうにない。

「だいじょうぶか」ヒュラスは息をはずませながらきいた。

「ぜんぜん」ぶっきらぼうに答えたとたん、一気にピラらしさがもどった。「熱病にかかってたせいで、体に力が入らないの。それに、印章もなくしちゃった」そう言うと、ピラはぞっとしたように血のにじんだ手首の引っかき傷《きず》をながめた。

ヒュラスはうなった。「取りにもどるのは無理だぞ」

「わかってるわ」ピラが言いかえした。

ヒュラスはにやりとしてみせたが、笑《え》みは返ってこなかった。立っているだけでせいいっぱいなのだろう。

斜面の下で、タカ・ジミの屋根が音を立てて焼け落ち、橙色《だいだいいろ》の火柱があがった。戦士たちが壁《かべ》ぎわの地面を調べまわっているのが煙ごしに見える。じきにピラが逃げた穴を見つけだし、足跡《あしあと》をつけてくるだろう。

ヒュラスはいそがしく頭をはたらかせた。もと来た道を引きかえそうと思うと、滝の脇《わき》の長くてけわしい崖道《がけみち》をのぼって尾根に出なければならない。ピラがそこまで行けたとしても、カラス族をふりきることはできないだろう。ほかの道を考えないと……。

「行こう。この斜面をつっ切ったところに、谷がある。橋がかかってるんだ。向こう側へわたって橋を落としたら、一日分は引きはなせる」

ふたりは煙《けむり》にまぎれ、おぼつかない足取りでマツの木立のなかを進んだ。谷間があるはずの場所をめざしているつもりだが、煙にさえぎられて視界《しかい》がきかない。うす暗がりのなかに、木々《きぎ》や岩の影《かげ》がぼんやりと浮《う》かびあがっているが、カラス族の姿《すがた》は見あたらない。すぐそこまで追ってきてはいないということだ。

ありがたいことに、マツの木立がまばらになり、その先に谷間があらわれた。橋もすぐそこだ。

「あれ、橋じゃないわ」ピラがあえいだ。「ただの縄《なわ》じゃない！」

「いや、橋さ。一本に足をのせて、残りの二本につかまるんだ。ただし、はだしにならないと」ヒュラスはさっさとブーツをぬぎすて、首のまわりにくくりつけた。

「そんなの無理よ、わたし――」

「できるさ。さあ早く、ブーツをぬいで首に結びつけるんだ」

一瞬《いっしゅん》ためらったあと、ピラは言われたとおりにした。でも、わたりきる自信はなさそうだ。

「とにかく足を動かしつづけるんだ。でも、あわてないようにするのと、下だけはぜったいに見ないこと」

橋は動物の生皮をよりあわせた縄でできていて、こちら側は風雨にさらされた三本のマツの木にくくりつけられ、反対側はがっしりとしたナラの木々に結《ゆ》わえつけられている。長さは二十歩分ほどだろうか、谷底はのぞきこむと胃がきゅっとなるほど深い。一歩足を踏《ふ》みはずせば、岩にたたきつけられてバラバラになるだろう。

「ふたりで乗っても、ちぎれないかしら」ピラが小さくきいた。

「うん」そう答えたものの、ヒュラスにも確信《かくしん》はなかった。ペリファスに感謝《かんしゃ》しながら、もらった縄の端《はし》を腰《こし》に結びつけ、もう一方の端をピラの腰に結んだ。ふたりのあいだには、両手を広げた幅《はば》の二倍の長さのゆとりをもたせてあるので、おたがいにじゃまにならずに動けるはずだ。

ピラはいやいやをするように首をふっている。「つながったままでわたしが落ちたら、あなたまで道連れにしちゃうわ」

「いや、だいじょうぶ、ぼくがなんとか支《ささ》えるから」

それ以上なにも言わせないように、ヒュラスは肩《かた》の高さの手すり縄につかまり、足元の縄に足をかけた。縄は三本ともぴんと張《は》られていて、ほとんどたわまない。ケフティウ人たちが、結びかたをよく知っていて助かった。

「ぼくのほうを見とくんだ」ヒュラスはふりむいてピラに声をかけた。「いいか、ぜったいに下は見るなよ」

*

橋はもちこたえはしたが、吹《ふ》きあげてくる風にあぶなっかしく揺《ゆ》れた。後ろのピラがひどくぐらつくので、ふたりともひっくりかえりそうになる。それでもどうにか進みつづけるうち、前方のナラの木が近づいてきた。

ヒュラスは一度だけ後ろをふりかえった。ピラは真剣《しんけん》な顔で、ヒュラスの背中《せなか》を一心に見つめている。気をそらさないように、声をかけるのはやめておいた。

あと数歩でわたりきれると思ったとき、背後《はいご》で叫《さけ》び声《ごえ》があがり、矢がヒュンと耳をかすめた。ヒュラスはめまいがした。谷間に宙《ちゅう》づりのままでは、的にしてくださいと言っているようなものだ。でなければ、縄を切られ、落ちて死ぬか。

ピラも同じことを考えたらしく、急に動きを止めた。腰の縄がぐいっと引っぱられ、ヒュラスは必死で体勢《たいせい》をたもった。「止まるな！　あとちょっとだ！」

「逃《に》げたってむだだぞ、ヒュラス！」背後《はいご》で叫《さけ》び声《ごえ》がした。

今度はヒュラスが立ちどまる番だった。テラモンの声だ。

ピラの頭ごしに、崖《がけ》のふちに立つかつての友が見えた。弓に新しい矢をつがえようとしている。戦士たちが加勢《かせい》にかけつけた。後ろにいるピラを矢から守ってやれないことを歯がゆく思いながら、ヒュラスは先を急いだ。

一本の矢が目の前のナラの木に刺《さ》さり、つづいて何本もの矢が岩に当たってはねかえった。ヒュラスはかたい地面に飛びうつり、よろけながらも、ナラの枝《えだ》をつかむと、すぐにふりかえってピラのようすをたしかめた。

ピラもじきにわたりきろうとしているが、向こう側では、弓を背負《せお》ったテラモンが橋をわたりはじめている。斧《おの》で縄《なわ》を切り落とそうにも、ピラがまだその上にいる。「早く！」ヒュラスはせかした。

ピラが足をすべらせた。ヒュラスは腰《こし》の縄を引っぱり、ピラが体勢を立てなおせるように支《ささ》えた。

長い黒髪《くろかみ》を風にみだしながら、テラモンが近づいてくる。さらにクレオンが――あのタラクレアの暴君《ぼうくん》が――崖のふちまで進みでると、弓を引きしぼり、ピラにねらいをさだめた。

と、とつぜん、雲のなかから黒っぽい稲妻《いなずま》が飛びだし、クレオンの頭をかすめた。クレオンは息をのんだ。ピラもだ。「エコー！　もどってきたのね！」

「ピラ、早く来い！」ヒュラスは叫んだ。

次の瞬間《しゅんかん》、ピラが安全な地面にたどりつき、ヒュラスはすかさず足元の縄に斧をふりおろした。

縄は切れなかったが、テラモンはぐらりと揺《ゆ》れ、落ちそうになった。

「引きかえして、橋からおりるんだ、テラモン！」ヒュラスは警告《けいこく》した。「きみを殺したくはないけど、一歩でもこっちに来たら、容赦《ようしゃ》しないぞ！」

テラモンが一歩進みでる。

ヒュラスは縄に切りつけた。テラモンは怒《いか》りをむきだしにしながらも、反対側の崖までもどった。その瞬間、ヒュラスが斧をふりおろし、足元の縄はちぎれた。ヒュンヒュンと飛んでくる矢をナラの幹《みき》でよけながら、ヒュラスはさらに片方《かたほう》の手すり縄も切り落とし、ナイフでもう片方に切りつけているピラに加勢した。

渓谷《けいこく》の向こうで、テラモンが空に剣《けん》をかかげた。「逃がさないからな、よそ者め！」怒《いか》りに顔をゆがめ、そう怒鳴《どな》る。「〈怒れる者たち〉とコロノス一族の短剣にかけて誓《ちか》う。どこまでも追いかけて、おまえのしかばねを犬に食わせてやる！」

ほんのつかのま、ふたりは虚空《こくう》をはさんで目と目を見交《みか》わした。やがてヒュラスは最後の縄を切り、橋を谷底に落とした。

# 17

## 洞穴《ほらあな》

「待って」ピラがあえいだ。「休ませて」

「ちょっとだけだぞ。じきに暗くなるから、寝場所《ねばしょ》をさがさないと」ヒュラスは答えた。

ピラはくたびれはてて岩の上に身を投げだした。くちびるが真っ青になっているのがヒュラスには気がかりだった。これ以上は、たいして進めそうにない。

谷をあとにしてから、ふたりは口をきいていなかった。岩だらけの斜面《しゃめん》をよじのぼり、雪深い森を歩くのに必死だった。いまは木々《きぎ》におおわれた小さな渓谷《けいこく》の底にたどりついたところだった。モミが凍《い》てついた渓流《けいりゅう》を静かに守り、斜面のあちこちに洞穴が黒々《くろぐろ》とした口を開けている。

カラス族の姿《すがた》は見あたらない。少なくとも一日分は引きはなせたはずだ。もちろん、やつらが別の道を見つけていなければだが。

ヒュラスは木にもたれ、ピラが元気を取りもどすのを待った。ピラは真っ白な息につつまれながら、ひざをかかえている。一瞬《いっしゅん》、目と目が合ったが、すぐに視線《しせん》はそれた。ふたりとも、はなれてすごした数か月と、それぞれが心にかかえたものの重みを感じていた。

「出発したほうがいい」ヒュラスは声をかけた。

ピラは頭をもたげると、ヒュラスを真っすぐに見つめた。「ケフティウでなにをしてるの。どうしてわたしをさがしに来たの？」

「ピラ、いまはだめだ、時間がない――」

「知りたいの」

言いたいことが多すぎて、言葉につまったヒュラスは、話をそらした。「なんでカラス族に追われてるんだ？」

ピラはくちびるをなめると、小声で言った。「わたしが短剣《たんけん》を持ってると思ってるから」

「えっ？　でも……持ってるのはやつらのはずだろ」

ピラは首をふった。「わたしがケフティウに持ってきたの」

ヒュラスはまじまじとその顔を見つめた。「なら……タラクレアでぼくがきみを船に乗せたときも――」

「そう、持ってたわ」

「――いまはどこにあるんだ？」

「かくしてある」

「どこに？」

ピラはちらりと後ろをふりむいた。「ほんとにこんなところで言っていいの？　だれかが聞いてるかもしれないのに」

たしかにそうだ。それ以上はきくのをやめにしたが、歩きだしてからも、ヒュラスはなかなかそれを信じられずにいた。

木立の下に夜のとばりがおり、ふたりは野営《やえい》する場所をさがすことにした。ピラは、なにかがあらわれないかと期待するように、空を見あげてばかりいる。寝《ね》るのによさそうな洞穴《ほらあな》が見つかった。ピラを外で待たせ、ヒュラスはなかにもぐりこんで、クマがいないかたしかめた。

最初はおあつらえ向きに思えたが、奥《おく》へ入ってみると、いやな感じにこめかみが痛《いた》みだした。目の端《はし》にぼんやりとした男と女の姿《すがた》がうつった。ふたりとも、白い息を吐《は》いてはいないし――息をしていないからだ――まわりには疫病《えきびょう》のかたまりが渦《うず》を巻《ま》いている。

「ここはだめだ」ピラのところにかけもどりながら、ヒュラスは言った。「ほかをさがそう」

「どうかしたの。顔が真っ青よ――」

「なんでもない、ただ……ここはやめとこう」

ピラは驚《おどろ》いたような顔でちらりとヒュラスを見たが、それ以上はなにもきかなかった。やがて、ヒュラスの肩《かた》ごしになにかを見つけ、ぱっと顔を明るくした。「エコー、もどってきたのね！　もどってきたのね！」

渓谷《けいこく》ぞいのネズの木立のそばに岩があり、そこに若《わか》いハヤブサが止まっている。

「エコー！」ピラがやさしく呼《よ》びかけると、驚いたことにハヤブサは飛んできて、ピラの手首に止まった。「心のなかでずっと呼びかけてたの。近くに来てるのは感じてたけど、いつ姿を見せてくれるかはわからなかった。ねえ見て、エコーが洞穴を見つけたみたい」ピラはハヤブサが止まっていた岩の陰《かげ》にある黒い穴《あな》を指さした。

「ここが安全だって、どうしてわかる？」

「エコーがだいじょうぶだというなら、だいじょうぶなの」ピラは意外なほど自信ありげに答えた。

「だからここにしましょ」

＊

洞穴はもうしぶんなかった。人目につかず、しめっぽくもなく、かわいていて、奥に岩の割《わ》れ目《め》もあるから、ちょっとした火ならおこしても心配はない。ヒュラスが薪《まき》を集めに行ったので、ピラは洞穴のなかにもぐりこみ、ひざに頭をのせてうずくまった。

めまいがするほど疲《つか》れはて、熱が引いたばかりの体にはまだ力が入らない。頭も混乱《こんらん》している。こうしてエコーももどってきたし、とりあえずは安全な場所も見つかったので、ヒュラスのことを考えてみることにした。冬のあいだずっと、ヒュラスに腹《はら》を立てていたのに、いまは……どう思っていいかわからない。

それに、ハボックのことを告げるのもこわかった。かわいがっていたライオンの子が大波にさらわれてしまったなんて、どう伝えたらいい？

ピラの困惑《こんわく》を感じとったように、エコーが砂利《じゃり》の上をちょんちょんとはねながら寄《よ》ってきた。ピラはうろこにおおわれたエコーの黄色い足を人さし指でなで、やさしく声をかけた。「もどってきてくれて、ほんとにうれしいわ」エコーはピラのブーツの爪先《つまさき》をくちばしにくわえ、引っぱった。それから、食べられないと気づいたのか、洞穴の入り口の岩の上に飛んでいき、片足《かたあし》で立ってうたた寝をはじめた。

ピラは猛烈《もうれつ》におなかがすいていることに気づいた。タカ・ジミを出てから、なにも食べていない。ヒュラスの食料袋《しょくりょうぶくろ》をあさると、しなびたオリーブが六個《こ》と、ガチョウの卵《たまご》ほどの大きさの煤《すす》にまみれたチーズのかたまりが見つかった。オリーブを立てつづけに二個食べ、ヒュラスに三個を残して、最後の一個をエコーにさしだしたが、ふしぎそうにながめるだけなので、それも自分がもらうことにした。

　ヒュラスが薪《まき》をかかえて洞穴《ほらあな》にもぐりこんできた。ピラのほうは見ようとせずに、火をおこしはじめる。「気分はよくなったか？」

「ええ」ピラはうそをついた。「オリーブをもらったわ」

　ヒュラスはうなずいた。「火をおこしてから、残りを半分こしよう。水袋《みずぶくろ》の雪がとけたら、それを飲めばいいし」やけに口数が多い。わたしと同じように、なにを話すべきか迷《まよ》っているのかも、とピラは思った。

　ピラが見ていると、ヒュラスはひとにぎりの樹皮《じゅひ》のそばで石と石を打ちあわせ、火花をおこした。小さな赤い炎《ほのお》があがると、かがみこんでやさしく息を吹《ふ》きかけ、さらに燃《も》えたたせた。

　去年の夏のヒュラスとは、ずいぶんちがって見える。背丈《せたけ》はのび、肩幅《かたはば》も広くなった。声も低くなって、なんだか知らない少年を見ているような気がするし、ごわごわの羊皮の胴着《どうぎ》を着ているせいで、いかにもよその土地の人間という感じがする。最後に別れたときと比《くら》べると、ずっとアカイア人っぽく見える。

「妹は見つかった？」ピラはぎこちなくたずねた。

「いや」ヒュラスは答えると、ひざの上で枝《えだ》を折った。「きみの……きみのお母さんが死んだって聞いた。気の毒に」

「そのことは話したくない」ピラはそっけなく言った。

「わかった」

　あっさりそう返されたのが、なんだか残念だった。考えまいとすればするほど、母のことが頭に浮《う》かんできてしまう。怒《いか》りと喪失感《そうしつかん》がごちゃまぜになり、苦しくてたまらなかった。胸《むね》のつかえをおろすのを、ヒュラスが手伝ってくれたらいいのに。

岩の上のエコーが片方《かたほう》の翼《つばさ》を広げ、カチカチとくちばしを鳴らしながら、しきりに羽づくろいをはじめた。

「こいつ、水がほしいかな」ヒュラスがだしぬけに口を開いた。

「肉をほしがるんだけど、狩《か》りはまだできないみたい」

「だろうな。カラスの子を追っかけて、親たちにつつきまわされてたし」

ふたりはためらいがちに笑《え》みを交《か》わした。

ヒュラスはタカ・ジミの上を飛びまわっていたエコーを見かけたことを話した。「それできみがここにいると思ったんだ」

ピラはハヤブサのそばへ行き、指をさしだした。「ありがとう、エコー」エコーはそっと指をつつくと、また羽づくろいをはじめた。

たき火がパチパチとはぜ、洞穴のなかが暖《あたた》まりはじめた。チーズを半分ずつにしてから、ヒュラスはエコーのいる岩の下にもかけらを置いた。エコーは用心深げにヒュラスをちらっと見ると、驚《おどろ》いたことに、地面に飛びおりてそれを食べた。

「チーズが好きだなんて、知らなかった」ちょっぴりヒュラスに焼きもちを焼きながら、ピラは言った。

「明日は、ネズミでもとってやれたらいいけど」ヒュラスは答えた。エコーとの出会いをたずねられ、ピラは話して聞かせた。タラクレアを出てからどうしていたのかときくと、逃《に》げた奴隷《どれい》たちといっしょに海をさまよっていたんだ、とヒュラスは言った。

「別れがつらかった?」

「うん、ペリファスとは。でも、みんなといっしょにいると、イシやきみやハボックのことを忘《わす》れちゃいそうになるんだ。それがたまらなかった」

ハボックの名前を聞いて、ピラの胃がしめつけられた。「ヒュラス、ハボックのことだけど……」

「あいつがここにいてくれたらな。山の反対側で見かけたきり、姿《すがた》を見てないんだ――」

「あの子、生きてるの?!」ピラの叫《さけ》び声《ごえ》に、エコーがぴくりとふるえた。「大波にさらわれて、おぼれ死んじゃったかと思ってたの」

「ハボックのおかげで、カラス族に気づけたんだ。あいつの肩《かた》に刺《さ》さった矢をぬいたときに」

「矢が刺さったですって、だいじょうぶなの？」

「わからない。そうならいいけど」

カラス族のことを思いだしたせいで、ふたりはだまりこみ、夜風に吹《ふ》かれるモミのうなり声に耳をかたむけた。自分を矢でねらっていたクレオンの残忍《ざんにん》そうな目つきがピラの頭をよぎった。ヒュラスをさがしだして殺してやると誓《ちか》うテラモンの叫び声も。

「印章がなくて心細いか？」ヒュラスの声に、ピラははっとした。「ずっと手首をさすってるから」

「ああ。そうね、生まれたときから身につけてたものだから、ないと変な感じ」

前にあげたライオンのかぎ爪《づめ》をまだ持っているかときくと、ヒュラスは胴着《どうぎ》の首元に手を入れ、ひもがついたお守りを引っぱりだした。それから、自分がこしらえたナイフはまだあるかとたずねた。

「ええっと、いいえ。タラクレアを出たとき、海に投げすてちゃったの」

「へえ」

「あなたがくれたハヤブサの羽根も捨《す》てちゃった」ピラはちらっとヒュラスを見た。「七か月よ、ヒュラス。七か月もタカ・ジミに閉《と》じこめられてたんだから……あなたのせいで」

ヒュラスはひざをかかえてすわったまま、けわしい顔で炎《ほのお》を見つめていた。金色の髪《かみ》がきらめき、意志《いし》の強そうな骨《ほね》ばった顔が照らしだされている。「タラクレアで別れたとき、きみは言ったよな。一生許《ゆる》さないって」

「わたしを船に無理やりおしこんで、とらわれの身にしたからよ！」

「助けるためだったんだ」

「有無《うむ》を言わさず、勝手に決めるなんて」

「時間がなかったんだ！　それに、きみをあの船に乗せたときは、ケフティウがこんなひどいことになるなんて思いもしなかった。大波のことだって、疫病《えきびょう》のことだって」ヒュラスはそこで言葉を切った。「でも、たしかにそうだ。きみがタカ・ジミに閉じこめられたのは、ぼくのせいだ。ごめん」

ピラは足元に目を落とした。「でも、あなたがいなかったら、焼け死んでたか、カラス族につかまってたわけだし、見つけてくれてよかったわ」

目をあげると、ヒュラスが黄褐色《おうかっしょく》の目で見つめていた。なにを考えているのだろう。「また会えてうれしいよ、ピラ」静かな声だった。

ピラはほおを染《そ》めた。「ほんと？」

「うん。ほんとにうれしい」

ますます赤くなりながら、ピラはくちびるをきゅっとすぼめた。「そうね。わたしもうれしいわ」

ふたたび沈黙《ちんもく》が落ちた。

薪《まき》にしがみついたコガネムシが先っぽまでたどりつき、火のなかに落っこちそうになっている。ヒュラスはそれをつまみあげて、安全な場所に移動《いどう》させた。それから、寝床《ねどこ》に使うモミの枝《えだ》を取ってくるとつぶやくと、外に出ていった。

待っているうちに、洞穴《ほらあな》の暖《あたた》かさのせいでピラは眠気《ねむけ》をおぼえ、頭がぼんやりしはじめた。いつのまにか地下の収納庫《しゅうのうこ》にもどっていて、頭上ではパチパチと火が燃《も》え、ふたのすきまから煙《けむり》がしのびこんで……。

はっと目がさめた。「ユセレフ！」ピラは叫《さけ》んだ。

エコーが鳴き声をあげ、ヒュラスが大急ぎでもどってきた。「どうした？」

「いま気づいたの！　ユセレフはきっと……タカ・ジミが焼け落ちたのを知ったら、わたしが死んだと思うわ！」

ヒュラスはめんくらった顔をした。「でも、こうして無事だ。なにが問題――」

「ちがうのよ！　寝《ね》こんでいたとき、わたしが死んだら、短剣《たんけん》を取りに行ってこわすと誓《ちか》わせたの。だからいまごろ……ああ、気の毒なユセレフ」煙をあげるタカ・ジミの焼け跡《あと》をぼうぜんと見つめるユセレフの姿《すがた》が目に浮《う》かんだ。きっとなげき悲しむだろう。これまでずっと、ピラを守ることに身を捧《ささ》げてくれていたのだから。

「ピラ？」ヒュラスの声がした。「聞いてなかったのか。短剣だよ。いまどこにあるんだ？」

ピラは息をのんだ。「かくしたの。ケフティウにもどってすぐにそうしたんだけど、その日のうちにタカ・ジミに送られちゃったから、取りだすひまがなくて――」

「だから、いまどこにある？」ヒュラスがさえぎった。

「女神《めがみ》の館《やかた》のなかよ」

＊

「女神の館だって」ヒュラスはオウム返しに言った。「いまは空っぽだろ。番人もいない。カラス族がそこへ行ったら、苦もなく短剣を取りもどせる」

「見つけられっこないわ。十年はさがさないと。それに、あそこにあることさえ知らないもの、わたしが持ってると思ってるから」

ふたりとも口をつぐみ、考えこんだ。

「置きっぱなしにしとくわけにはいかない。あの短剣が存在《そんざい》してるかぎり、危険《きけん》はなくならないんだ」ヒュラスは言った。

「わかってる。やつらの手にわたる前に、取ってこなくちゃ。そしてこわすのよ」

そうだ、でも、どうやって？　とヒュラスは思った。コロノス一族の短剣をこわすのは、たやすいことじゃない。タラクレアの鍛冶場《かじば》でアカストスは言っていた――人間がこさえた火床《ひどこ》ぐらいじゃ、生ぬるすぎて、歯が立たない。コロノス一族の短剣は、神にしかこわせんのだ、と。

どうしたらそんなことができる？　神々《かみがみ》はケフティウを見捨《みす》ててしまったのに。

「でも、カラス族はわたしたちの足跡《あしあと》をつけるだろうから、短剣のかくし場所まで案内しちゃうことになるわ」

「ぼくもそれは考えた。でも、やるしかない」ヒュラスはピラと目を合わせた。「問題は、女神の館をどうやって見つけるかだ、ピラ。どこにあるのか、見当もつかないんだ。きみにはわかるか？」

# 18

# エコーとハボック

イシの夢《ゆめ》を見ていたヒュラスは、胸《むね》の痛《いた》みとともに目をさました。

あたりはまだ暗く、ピラはぐっすりと眠《ねむ》っている。ヒュラスは音を立てないように灰《はい》を体にすりこみ、狩《か》りに行く準備《じゅんび》をした。そして投石器を取りあげると、雪のなかへ這《は》いだした。

空は白《しら》みかけ、森が目をさましはじめている。テンがモミの枝《えだ》からヒュラスを見おろし、カケスが二羽、上空でさえずっている。どうやらそばにカラス族はいないらしい。でなければ、動物たちは逃《に》げてしまっているはずだ。

灰色のうす明かりのなかに、ほかの生き物たちが残したしるしも見つかった。ハタネズミをねらって雪に飛びこんだフクロウがつけたらしい、ナイフのようにするどい翼《つばさ》の跡《あと》。小さなクマのものに似《に》た、せかせかした足取りのアナグマの足跡《あしあと》。でも、ライオンの足跡は見あたらない。

胸がいっそう痛んだ。ハボックが恋《こい》しかった。ライオンの言葉でなにかうったえようとするときの、かわいいうなり声も。たいていは失敗してしまうが、ヒュラスをびっくりさせようと、真剣《しんけん》そのものの顔でしのびよってくる姿《すがた》も。いっしょにいると、なぜかイシとの距離《きょり》もちぢまるように思えた。ハボックの面倒《めんどう》を見てやれば、〈野の生き物の母〉がイシを守ってくれるような気もしていた。

狩りの首尾《しゅび》は上々《じょうじょう》で、ヤナギの樹皮《じゅひ》をかじっていたウサギを二羽と、ヤマウズラも二羽しとめられた。ウサギの頭は木の枝に引っかけてディクティ山の神にそなえ、足は〈野の生き物の母〉に捧《ささ》げた。そしてふと思いつき、ハボックのために一羽のヤマウズラをしげみの下に置いた。

ハボックがひとりぼっちでさまよっていると考えると、たえられなかった。見つけてやらないと、これからもずっとひとりにさせてしまうことになる。そうなったら長くは生きのびられないだろう。群《む》れがいなければ、ライオンは死んでしまう。

「ハボック」ヒュラスはやさしい声で呼《よ》んだ。

前を横切ろうとしたイタチが顔をあげ、枝に舞《ま》いおりたカラスがカアと声高く鳴いた。

「ハボック！　どこにいるんだ？」

はらはらと舞う雪のなかで、カラスが翼を持ちあげ、飛びたった。

＊

「ハボック！　どこにいるんだ？」

切なげなヒュラスの叫《さけ》びを聞いたピラは、気づかれないように岩の陰《かげ》に身をかくした。

しばらくして、ヒュラスのそばへ行った。雪の上にしゃがみこみ、ヤマウズラの羽をむしっている。見るからにつらそうな顔をしていて、ピラは気の毒でならなかった。

「よく寝《ね》られたか？」ヒュラスがうつむいたままきいた。

ピラはためらった。体はまだ少しふらつくけれど、わざわざ言うほどのことでもないので、かわりにエコーを見なかったかとたずねた。

ヒュラスはナイフの先でそそり立つ大岩を示《しめ》した。「あの上だ、獲物《えもの》をさがしてるんだろう」

ピラはハヤブサの形をした小さな点を見あげた。と、エコーが二、三度首を上下させたかと思うと、翼《つばさ》を広げ、渓谷《けいこく》へ舞《ま》いおりた。心臓《しんぞう》がぐっと引っぱられ、自分まで飛べそうに思えて、ピラは苦しいような気持ちになった。

「そいつはやめとけ、エコー」ヒュラスがつぶやいた。「カササギなんてねらってもむだだ」

「なんでカササギはだめなの」

「すごくかしこいから、かないっこないさ」

たしかに、したたかなカササギは、さっさとイバラのしげみに逃《に》げこんで、姿《すがた》を消してしまった。エコーは二、三度その上を行ったり来たりしたあげく、むだだと気づいて、しょんぼりとピラのところへ舞いもどった。

「この次はうまくいくわ」ピラはなぐさめた。エコーは羽づくろいをするように、ピラの髪《かみ》のふさをくちばしにくわえた。

「次はハトをねらったほうがいい」とヒュラスが言った。

ヒュラスが元気を取りもどしたようなので、ピラは投石器の使いかたを教えてとたのんだ。しきりにせがむと、とうとうヒュラスも根負けした。洞穴《ほらあな》にもどったあと、ヒュラスがウサギをさばく横で、ピラは投石器にマツぼっくりをしかけ、頭の上にかまえた。

「もっとすばやく」とヒュラスが言った。「獲物に気づかれる前に石を放つチャンスは二、三度しかないから、速さが勝負なんだ。次は、端《はし》っこの輪っかから指をはなすんだ、そしたらあのしげみに命中……しないときもあるけど」

七度目の挑戦《ちょうせん》で、もう少しでしげみに命中させられそうになったものの、十度目にはヒュラスにぶつけそうになった。「いったい、いつになったらうまくなれるの」とピラはこぼした。

「きみの場合、数か月ってとこかな」ヒュラスはにべもなく言った。「それか、ぼくがリスをつかまえて、きみが当てられるようにおさえつけとくか――」

ピラが投げた雪玉がヒュラスの胸《むね》に命中した。ヒュラスも投げかえし、ふたりとも投石器のことなど忘《わす》れて、雪合戦をはじめた。

と、ヒュラスが顔色を変え、雪玉を取り落とした。ピラは後ろをふりむいた。

二十歩はなれたところに、ハボックが白い息につつまれながら立っていた。ピラが最後に見たときよりもずいぶん大きくなり、毛並《けな》みもりっぱになっている。耳と耳のあいだから背中《せなか》にかけて、濃《こ》い色の毛が筋状《すじじょう》に生えているところなど、大きなライオンと変わらない。でも、足にはまだ斑点《はんてん》が残り、顔つきもどことなく幼《おさな》い。琥珀色《こはくいろ》の目は、ひたすらヒュラスを見つめている。

「ハボック!」ヒュラスが呼《よ》びかけた。

子ライオンは鼻をひくつかせ、クーンクーンとやさしい小さな声で鳴いた。そして三歩でヒュラスにかけよると、ライオンらしく前足でしっかりと肩《かた》に抱《だ》きついた。ヒュラスも抱きしめかえし、首筋《くびすじ》に顔をうずめた。そして少年とライオンは雪の上に倒《たお》れ、どちらがどちらか見分けがつかなくなるまで転げまわった。

＊

「冬のあいだ、どうやって生きのびたのかしら」指についたウサギの脂《あぶら》をなめとりながらピラが言った。

「死骸《しがい》をあさってたんだろう」ヒュラスは答えた。ウサギのはらわたと耳を食べ終えたハボックは、ねっとりした骨《ほね》の髄《ずい》をもらうと、子どものころと同じように大喜びで飛びついた。

「まさか……人を食べたりしてないわよね」

「してないさ」ヒュラスはきっぱりと言った。「ハボックにかぎって」

ハボックが立ちあがり、額《ひたい》をこすりつけてきたので、ヒュラスは温かくてふかふかな脇腹《わきばら》の毛皮に両手をうずめ、昔よくしてやったように力をこめてこすりながら、むっとするライオンのにおいを吸《す》いこんだ。

これからはずっといっしょだ。そう心のなかで誓《ちか》った。

エコーがピラの肩《かた》に舞《ま》いおり、ピラは残しておいたヤマウズラの手羽肉をあたえた。ハボックがそれに気づき、とことことそちらへ近づいた。エコーはぎょっとしたように飛びたち、もらった肉をくわえたまま、木の上に止まった。

ピラが心配そうな顔でヒュラスを見た。「この子たち、仲良くなれると思う？」

「どうだろうな」

野営《やえい》の跡《あと》をすっかり消してから、ふたりは出発した。さしあたっての計画では、山腹《さんぷく》をまわりこんで北をめざし、なんとか海岸にたどりついて、それから女神《めがみ》の館《やかた》を見つけだすつもりだった。

その日はずっとなにごともなく歩きつづけ、また洞穴《ほらあな》が見つかったので、そこで夜を明かすことに決めて、ヤマウズラの残りを分けあって食べた。食事がすむと、ヒュラスはウサギの足の骨をナイフでけずって釣《つ》り針《ばり》をこしらえた。太ももに寄《よ》りかかったハボックは、手羽肉の残りを前足にしっかりはさみこみ、おとなしくそれをかじっていた。ピラは体を丸めて横向きに寝転《ねころ》がり、おき火をながめていた。

エコーは洞穴の入り口の岩の上に止まり、片方《かたほう》だけ開けた目で、じっとハボックのようすをうかががっている。昼のあいだも、ハボックとエコーは警戒《けいかい》しあうように距離《きょり》をおきつづけていた。いつまでそんな調子なんだろう、とヒュラスは思った。

ヒュラスが新しい薪《まき》を火にくべると、ピラはまぶしげに目を細めた。日が落ちたとたんピラは言葉少なになり、印章がなくなった手首をしきりにさすっていた。

「お母さんのことを考えてるのかい」ヒュラスは慎重《しんちょう》に声をかけた。

「いいえ」そう答えが返ってきたが、図星だったにちがいない。

「お母さんの死に目にはあえたのか？」

「いいえ」ピラはまたそう言い、下くちびるを嚙《か》んだ。「神官が知らせに来たの。母は秘術《ひじゅつ》で——秘《ひ》密《みつ》の儀式《ぎしき》で——太陽を呼《よ》びもどして、ケフティウから疫病《えきびょう》を追いだそうとしたんだけど、その前に自分が病《やまい》に倒《たお》れてしまったって」黒い眉《まゆ》がぎゅっとひそめられる。「すわったままの格好《かっこう》で、頭に金の冠《かんむり》をつけて埋葬《まいそう》されたそうよ。冠にはふたつの目が彫《ほ》られているの。大きく見ひらかれたその目で、ケフティウを永遠《えいえん》に見守れるように……」言葉がとぎれた。気持ちをおさえようとしているのが、ヒュラスにはわかった。母親のことは、きらっていたけれど、尊敬《そんけい》もしていたのだ。あれほど強く大きな存在《そんざい》だったヤササラが、いまはもういない。どれほど深いショックを受けていることか。

ヒュラスは話題を変えた。「冬のあいだ、タカ・ジミではなにをしてたんだ？」

ピラは顔をしかめた。「庭を散歩してみたけど、あきちゃった。ユセレフにエジプト語を習ってみたけど、やっぱりあきちゃった。シレアっていうおつきの奴隷《どれい》と口げんかもしてみたけど——」

「あきちゃったんだな」ヒュラスがつづきを引きとった。

ピラは噴《ふ》きだした。

エコーがぱっと目を開き、ハボックをぎろりとにらんだが、ハボックのほうは知らんぷりをした。

「エコーのことだけど、あの子、ちゃんと狩《か》りができるようになると思う？」

「いつかは。でも、ねらうならハトにしなきゃ。それに、風上に向かって獲物《えもの》を追うようにしないと」

「どうして？」

「それがハヤブサの狩りのやりかただから。翼《つばさ》の力が強くて、向かい風でも速く飛べるから、獲物に追いつけるんだ」

「なんでそんなことまで知ってるわけ」

ヒュラスは肩《かた》をすくめた。「ヤギ飼《か》いってのはたいくつなんだ。ヤギを見張《みは》ってるだけだから。ほかの生き物たちのようすでもながめてないと、おかしくなっちゃってたはずさ」

ピラはまた噴《ふ》きだした。

しばらくのあいだなごやかな沈黙《ちんもく》が流れ、やがてピラはマントをかきよせて、眠《ねむ》りに落ちた。

ヒュラスはハボックといっしょにすわったままでいた。手羽肉をたいらげたハボックは、りっぱな前足を組んで腹《はら》ばいになっている。ぴりぴりとしたけわしい表情《ひょうじょう》はすっかり消え、肩の傷《きず》もよくなってきているようだ。

あごの下のうすい色の毛皮をなでてやると、ハボックは顔をあげ、うれしそうにのどを鳴らした。黒いふちどりのある、つりあがった大きな目は、冬のあいだに色が濃《こ》くなり、ハチミツ色から秋のブナの葉のような深い琥珀色《こはくいろ》に変わっていた。きっと美しい雌《めす》ライオンになるだろう――そして、強いライオンに。まだ大きくなりきってはいないが、それでも横にならぶと、頭がヒュラスの太ももにとどくようになったし、力のほうは以前の五倍はあるにちがいない。

ヒュラスの親指ほどもある牙《きば》をむきだして大あくびをすると、ハボックはついと立ちあがり、のびをしてから、額《ひたい》をヒュラスの顔にこすりつけた。

ずっとこんなふうにしていられたら、とヒュラスは思った。みんないっしょに、安全に暮《く》らせたら。これでイシがいてくれたら、なにも言うことはない。

＊

子ライオンが目をさましたとき、あたりは〈闇《やみ》〉の真ったただなかだった。しばらく腹ばいになったまま、森を思わせる少年のにおいをごきげんにかいでいた。やがてごろんと転がり、少年を起こそうと前足を顔にのせた。

少年がむにゃむにゃとなにか言いながら前足をおしやったので、さらに脇腹《わきばら》を鼻先でつついてみた。それでも起きない。そう、これが人間の眠りかただっけ、と子ライオンはなつかしい気持ちで思いだした。それも、〈闇〉のあいだに眠るのだ。せっかく、狩りをするのにぴったりのときなのに！

子ライオンはうれしくてたまらなかった。少年は自分を見捨《みす》てたんじゃなかった。〈大きな灰色《はいいろ》の獣《けもの》〉の上をわたって、ここまでさがしに来てくれたんだから。これからはぜったいにはなれたりしない。なにがあっても。

立ちあがって長々《ながなが》とのびをすると、子ライオンは眠っている少女のそばまで行き、軽く鼻先をこすりつけた。この子も群《む》れの仲間だからだ。

ねぐらの入り口にある岩の上に、しつこくつきまとってくるハヤブサが止まっていた。前足でたたき落としてやろうかと思ったけれど、ハヤブサはそれに気づいてマツの木のてっぺんに飛びうつり、そこからするどい目でこちらを見おろした。子ライオンも尻尾《しっぽ》をふり立てながらにらみかえした。

あっちへ行って。この人間たちは、わたしの群れなのよ。

と、子ライオンは耳をそばだてた。風が声を運んでくる。人間のひそひそ声だ。鼻をひくつかせると、かぎおぼえのあるにおいがした。〈暗い光〉のあいだ、ずっと群《む》れを見張《みは》っていた人間たちのにおいだ。少年も少女も、そのことには気づいていない。

〈闇《やみ》〉に目をこらすと、人間たちはすぐに見つかった。ねぐらから二、三歩ジャンプすればとどく場所に岩があり、その後ろに男がふたりうずくまっている。ぺらぺらの毛皮をたらした恐《おそ》ろしい人間たちではないけれど、こそこそとかくれているのが気にかかる。なにをする気なんだろう？

子ライオンは足音をしのばせ、大きな円を描《えが》きながらマツの木立のなかを進み、かくれている人間たちの後ろにまわりこむと、腹《はら》ばいになって近づいた。

そして、一歩で飛びかかれるところまで来ると、うなり声をあげた。

男たちは肝《きも》をつぶして逃《に》げだし、子ライオンはあとを追いかけた。つかまえなくても、二度ともどってこないように脅《おど》かすだけでいい。

ふたりが行ってしまったのをたしかめると、子ライオンはねぐらにもどり、群れの人間たちを守るために見張りをはじめた。

# 19
# 凍《い》てつく渓谷《けいこく》

「やっぱりわからないな」凍てついた渓谷を苦労して歩きながら、ヒュラスは言った。「ずっと女神《めがみ》の館《やかた》で暮《く》らしてきたってのに、どこにあるかを知らないなんて」

「言ったでしょ」ピラは言いかえした。「一度も外に出してもらえなかったって。だから、北の海岸から歩いて半日のところにあるってことしか知らないのよ」

「北の海岸であってるんだろうな、南じゃなくて」

じろりとにらまれたが、ヒュラスは無視《むし》した。のどがかわくとピラのきげんが悪くなるのはいつものことだ。

おまけに、エコーとハボックもいがみあってばかりだった。最初のうちは、声や目つきで威嚇《いかく》しあうだけだったが、ヒュラスが一匹《ぴき》のリスを分けあたえたとき、ついにエコーがハボックの分を横取りしようとした。ハボックは前足で一撃《いちげき》を食らわせようとし、エコーはあやうくそれをかわした。

さらに悪いことに、どちらも相手がヒュラスやピラにかわいがられるのを見ると、ひどく焼きもちを焼いた。少し前にピラがハボックをなでてやったとき、エコーはすねたようにぷいっと飛んでいってしまった。ピラがヒュラスのとったネズミでエコーを呼《よ》びもどすと、今度はハボックが、どうしてあんな鳥なんかにやさしくするのと傷《きず》ついたような顔をして、いなくなってしまった。

そしていま、雪におおわれた大岩のあいだを進みながら、ハボックが大事なエコーになにかするんではないかとピラが心配しているのをヒュラスは感じていた。ヒュラス自身もそれが不安だった。ハボックは森のなかをうろつくのが楽しいようで、しばらく姿《すがた》が見えなくなることも何度かあった。そのうち、ハヤブサの羽を口いっぱいにくわえて木の下ですわっているところを見つけるようなことになったりしたら……？

「さっきから、同じところをまた歩いてるんじゃない？」後ろでピラの声がした。

「そんなはずないだろ！」ぶっきらぼうに答えたものの、一日じゅういくつもの尾根《おね》を越《こ》え、のぼれない大岩をよけて進むうち、ヒュラスも同じことを心配しかけていたところだった。もしそうなら、いつカラス族に追いつかれてもおかしくない。

もちろん、それはピラのせいじゃない。「ごめん」ヒュラスは肩《かた》ごしにつぶやいた。

答えはない。

「ごめんって言ったろ！」

それでも返事がないので、ふりかえった。

ピラはいなかった。驚《おどろ》いたことに、そこにあるのは岩とネズの木々《きぎ》と、自分のつけた足跡《あしあと》だけだった。

「ピラ、冗談《じょうだん》のつもりなら、おもしろくなんかないぞ」

どうやら冗談ではないようだ。ヒュラスはナイフをぬき、自分の足跡をたどりはじめた。

せまい渓谷《けいこく》には、背《せ》の高いネズがぎっしりと生えている。「ピラ？」

力強い手がヒュラスをつかみ、暗がりへと引きずりこんだ。

＊

ヒュラスはあっというまに目かくしをされ、荷物をうばわれ、後ろ手にしばられた。髪《かみ》をつかまれ、上を向かせられる。低いつぶやき声が聞こえ、ハナハッカのつんとするにおいがした。きっと、疫病《えきびょう》にかかっていないか、まじない女かだれかがたしかめているのだろう。

疫病の心配はないと判断《はんだん》されたのか、今度はうつむきにさせられ、歩かされた。音が反響《はんきょう》しているから、洞穴《ほらあな》のなかだろうか。いまのところだれからも声をかけられてはいないが、相手はカラス族ではなさそうだ。もしカラス族なら、とっくに殺されているにちがいない。

音のひびきかたが変わり、広い場所に出たのがわかった。煙《けむり》のにおいがし、ひづめの音と家畜《かちく》の鼻息にまじって、怒《おこ》ったようなくぐもった声が聞こえている。それから地面にすわらされ、目かくしをはずされた。

そこは大きな洞窟《どうくつ》のなかで、牛糞《ぎゅうふん》のたき火が煙をあげながらぼんやりとあたりを照らし、たくさんのヤギやヒツジ、牛、犬、そして人間たちがひしめきあっていた。ガニ股《また》で日焼けした顔の農民らしい男たちが、手に手に鎌《かま》や熊手《くまで》を持ち、敵意《てきい》をむきだしにしている。垢《あか》だらけの女たちも、赤《あか》ん坊《ぼう》をあやしながらヒュラスをにらみつけている。口をぽかんと開けてこちらを見ている子どもたちは、海岸で見た幽霊《ゆうれい》と同じように、髪をひとふさだけ残した奇妙《きみょう》な頭をしている。

ハボックとエコーだけは森にいて無事なはずだ。とっさにそう思ったとき、ピラが見えた。それほどはなれていない場所にすわっていて、縄《なわ》でしばられ、ほこりまみれで、ぷりぷり怒っている。「けがしてないか？」

「ええ。あなたは？」

ヒュラスは首をふった。「だれなんだ、この連中は」

「ここはわたしにまかせて、アカイア語は通じないから」

ふたりが聞きなれない言葉で話をするのが気に入らないのか、いちばん近くにいる長《おさ》らしきやせた男が、ケフティウ語でピラに向かって大声を張《は》りあげた。

ピラがピシャリと言いかえすと、人々《ひとびと》ははっと息をのんだが、やせた男は鼻で笑っただけだった。ほかのケフティウの男たちと同じように、顔にはひげを生やしていない。なにかまずいものでも食べたように口をゆがめ、小さな目を燃《も》えたたせながら、驚《おどろ》くほどけわしい顔でピラを見すえている。

男に命じられ、女のひとりがだまりこくったままピラの手首の縄《なわ》をほどいた。ピラはよろよろと立ちあがり、またなにやらまくしたてた。

「なにを言ってるのか知らないけど、逆効果《ぎゃくこうか》みたいだぞ」ヒュラスは小声で言った。

「まかせてって言ったでしょ」

タカの鳴き声のようなするどい言葉を放つピラを見て、なんだか別人みたいだとヒュラスは思った。体は小さく、服は汚《よご》れほうだいなのに、ピラが大巫女《おおみこ》の娘《むすめ》なのはだれの目にも明らかだった。堂々《どうどう》とした話しかたも、すっとのびた背筋《せすじ》も、三日月形の傷《きず》あとさえもが、特別なものを感じさせていた。

それでも、ピラがおびえているのがヒュラスにはわかった。

＊

「あなたたち、何者なの？　どういうつもり、わたしをこんなふうに扱《あつか》うなんて！」ピラはせいいっぱい威厳《いげん》をたもとうとしながら言った。

「おだまり！」縄をほどいた女がきつい声で言った。

「おい、タナグラ」ひしゃげた鼻をした、たくましい体つきの男が、しかめっ面《つら》でたしなめた。「ヤササラさまの娘にそんな口のききかたをするんじゃない」

「いや、当然だろう、デウカリオ」とやせた男が口をはさみ、ピラのほうに向きなおって言った。「おまえ、えらそうだぞ！」

「あなた、だれなのよ」ピラはきいた。

「おれはシダヨ――ここの長だ」そう言って、男はデウカリオのほうをちらっと見た。「女神《めがみ》の館《やかた》で水運びをやっていたが、もともとはトゥシティの生まれだ。ここにいる者のほとんどがトゥシティの人間だ。漁師《りょうし》や農民だったんだ。それがいまじゃ、こんな山奥《やまおく》で家畜《かちく》を飼《か》ってどうにか食いつなぐしかなくなった」

「トゥシティって、海岸ぞいにある村でしょ？」

「そう、あったんだ」シダヨが怒《いか》りをこめて言った。「いまはもうない。大波にやられて」

「あたしたちは、海をあがめてたんだ」タナグラと呼《よ》ばれた女が口を開いた。「神官たちの言いつけどおりに。でも、いまは海のそばに暮《く》らすのなんてまっぴらだよ。だから逃《に》げてきたんだ。二度ともどるもんか」

「海はおれたちからすべてをうばった」とシダヨがつづけた。「村をのみこみ、作物をくさらせた。舟《ふね》をこなごなにし、着ている服さえ引きはがしていった。だから、死んだ人間の服をはがなきゃならなかったんだ」

「子どももうばわれたんだよ」タナグラが声を荒《あら》らげた。「おし流されてしまって、むくろを埋《う》めてやることもできなかった。海なんて二度とあがめるもんか。神官たちになんと言われようと！」

ピラはつばを飲みこんだ。「わたしのせいみたいに言うのね――」「おまえはヤササラの娘《むすめ》だ」シダヨがなじるように言った。「ヤササラがカラス族と取引したりしたせいで――」

「それは、どんな連中か知らなかったからよ」ピラは言いかえした。

「だが、取引したのはたしかだろう！　そのせいで大波がケフティウを襲《おそ》ったんだ！　太陽がかくれ、春が来なくなったのも……あの女のせいだろう！」

怒鳴《どな》り声があがり、武器《ぶき》がいっせいにかかげられた。母親のことを思うと、ピラの頭に血がのぼった。ヤササラは冷酷非情《れいこくひじょう》で、生き物に愛情《あいじょう》を注いだりはしなかったけれど、ケフティウのことは愛していたし、命をかけて守ろうとしていた。こんなふうに言われるのはあんまりだ。

「母のことをよくもそんなふうに言ったわね」ピラは低い声で言った。「なにも知らないくせに――」

「それに、おまえもだ！」シダヨがさえぎった。「こんな黄色い髪《かみ》をしたよそ者なんかを連れてきて、カラス族まで呼《よ》びよせたんだ！」

こぶしがつきだされ、また怒鳴り声があがる。

「どうなってるんだ？」ヒュラスがしびれを切らしたように声を張《は》りあげた。「なんて言ってる？」

「山奥《やまおく》にいれば安全だと思っていたんだ」シダヨがつづけた。「海からはなれて、疫病《えきびょう》をよけてさえいればな！　なのに、おまえたちがカラス族を呼びよせた。やつらがタカ・ジミをめちゃくちゃにするのをこの目で見たんだ。いま、やつらはおまえたちを追ってこっちへ向かってる。だからこうやって洞穴《ほらあな》なんかにかくれるはめになって――」

「なあピラ、なんの話をしてるんだ？」ヒュラスが叫《さけ》んだ。

「なにもかも母のせいだって言うのよ」ピラはアカイア語でそう伝えた。「それに、カラス族がやってきたのは、わたしたちのせいだって」

「ほら、お聞きよ、ああやってわけのわからない言葉でよそ者としゃべったりして」タナグラが金切り声をあげた。「なにをたくらんでるか、わかったもんじゃない」

と、だまっていられなくなったデウカリオがいきなり立ちあがった。「いいかげんにしないか！」

洞窟《どうくつ》のなかはしんと静まりかえった。

ぼろぼろのヤギ皮をまとい、うす汚《よご》れた布《ぬの》の帽子《ぼうし》をかぶったデウカリオは、上に立つ人間のようには見えなかったが、がっしりとした体には、注目せずにはいられないような力強さがたたえられていた。

「この子は」とデウカリオは話しはじめた。「ヤササラさまの娘だ。このケフティウが、平和で豊《ゆた》かな国として、十八回もの夏をすごしてこられたのは、ヤササラさまのおかげだろ！　その娘にこんなしうちをして、恥《は》ずかしくないのか！」
二、三人がうなだれたが、シダヨは腕組《うでぐ》みをして、フンと鼻を鳴らした。
「この子を責《せ》めるんじゃなく、手助けをしてやろうじゃないか！」デウカリオはつづけた。「母親にはできなかったことが、この子にはできるかもしれん……太陽を取りもどせるかもしれんだろ」

「へえそうか、見てみろよ」シダヨはばかにしたように言った。「こいつが太陽を取りもどせるって？すぐそこの川の水がワインに変わったら、そう信じてやってもいいがな」

あざけるような笑いがあがり、ピラはほおを赤く染《そ》めた。

「とにかく」とシダヨはつづけた。「カラス族は帰りそうにない。だからこうしよう。このぼうずは山の上に連れていってはなす。あとはどうなろうと知らん。娘のほうは人質《ひとじち》にする。いざとなったら、カラス族にさしだせば、見のがしてもらえるかもしれんからな」

同意の声がいっせいにあがった。言い負かされたデウカリオは、あきれはてたように首をふった。

「そんなのひどいわ」ピラは耳を疑《うたが》いながら言った。

「なあ、なんて言ってるんだ？」ヒュラスがまた叫《さけ》んだ。

ピラがアカイア語で伝えると、ヒュラスはそれを無表情《むひょうじょう》で聞いていた。やがて、後ろ手にしばられたまま立ちあがった。「通訳《つうやく》してくれ」そう言って、人々《ひとびと》のほうへ向きなおる。金色の髪《かみ》と、リュコニア人らしいまっすぐな鼻は、ピラの目にもよそ者らしく見えた。けれど、きりりとした口元には、あたりを静まりかえらせるような荒々《あらあら》しい威厳《いげん》がただよっていた。

「ヤササラを責《せ》めるのは的はずれだし、そんなことをしても、なにもはじまりません」とヒュラスは話しだした。

ピラは少しためらってから、それをケフティウ語に訳《やく》した。腹立《はらだ》たしげなうなり声があがったが、ヒュラスはそれを無視《むし》した。「洞穴《ほらあな》にかくれていたって、カラス族を追いかえせるわけじゃない」とところどころで間をおいてピラが訳すのを待ちながら、話を進める。「この子をさしだしたってむだです。コロノス一族と取引することなんてできない。ヤササラも亡《な》くなる前にそう気づいたんです。ぼくの国で、お告げがありました。よそ者が一族をほろぼすだろうと」ヒュラスはあごをあげ、背筋《せすじ》をのばした。「ぼくがそのよそ者なんです。ケフティウでは、野山の民《たみ》と呼《よ》ばれている」

人々は身じろぎをしながら、落ち着かなげに目と目を見交《みか》わし、シダヨはくちびるに親指をおしあてた。デウカリオは太い眉《まゆ》の下からヒュラスを見すえながら、考えこむような顔をしている。

「ぼくがディクティ山に来たのは」とヒュラスがつづけた。「ヤササラの娘《むすめ》を見つけるためです。これから女神《めがみ》の館《やかた》に行かなきゃならない。ふたりいっしょに。カラス族より先に着かなきゃならないんです。でないと、ケフティウはほろびてしまう」その言葉の意味を全員が理解《りかい》するのを待つように、ヒュラスは日焼けした顔をながめまわした。「だから、道はふたつにひとつです。ぼくらの手助けをするか、ここで自由にして、じゃませずに見ているか。ただし、これだけは言っておきます」一《いっ》瞬《しゅん》、ヒュラスはピラを見た。「ピラとぼくはずっといっしょだ。二度とはなれたりしない」その言葉が自分だけに向けられたように、ピラには思えた。

# 20

# セトヤ山へ

「さっきの話を聞いて、みんな納得《なっとく》したのかしら」ピラは小声で言った。

ヒュラスがちらりと見た。「帽子《ぼうし》をかぶってた人は、なんて言ってたんだ?」

「わたしたちをかばってくれたのよ。それに、わたしが……」ピラは眉《まゆ》をひそめ、そこで口ごもった。

「きみがどうしたんだ?」

「なんでもないわ」ピラが太陽を取りもどせるかもしれないとデウカリオに言われたことは、だまっていたかった。

人々《ひとびと》がとらえたふたりをどうするかを洞窟《どうくつ》の奥《おく》で相談するあいだ、ピラとヒュラスは岩の前にならんですわらされていた。

子どもがひとりやってきて、目の前に水袋《みずぶくろ》を置いた。ピラは感謝《かんしゃ》のしるしにうなずいてみせたが、子どもはなにも言わずに立ちつくすだけだった。八歳《さい》くらいの女の子で、うす汚《よご》れたぶかぶかのチュニックを着ている。飢《う》えのせいでほおはこけ、片手《かたて》にはわらを編《あ》んでつくったみすぼらしいロバのおもちゃをにぎりしめている。太陽がもどってこなければ、この子も、ほかの大勢《おおぜい》の子どもたちも、みんな死んでしまう。そんな思いがピラの頭をよぎった。

がっしりとした体の若者《わかもの》が近づいてきて、ふたりのそばにしゃがんだ。「おれはテセオ、デウカリオの息子《むすこ》さ」くせの強いアカイア語でヒュラスにそう話しかけた。「カラス族よりも先に女神《めがみ》の館《やかた》に行かなきゃならないって言ってたな。行ってなにかできるなら、やらせてみようと長《おさ》は言ってる。おれと親父《おやじ》、それから弟と妹が道案内する。いっしょに行くのは」そこで困《こま》ったようにピラを見た。

「セトヤまでだ。アカイア語ではなんと言うのかな」

「〈地を揺《ゆ》るがす者〉の山よ」ピラは答えた。

テセオはうなずいた。「セトヤまで行く。そこから先は、自分で行ってくれ」

＊

「なんでアカイア語が話せるんだ?」雪を踏《ふ》みしめて進みながら、ヒュラスはテセオにたずねた。ピラとデウカリオもその後ろを歩いている。

「おふくろはアカイアの奴隷《どれい》だったんだ。親父がヤギと引きかえに、自由の身にしたってわけさ」

「ぼくも昔はヤギ飼《か》いだった」

テセオはめんくらった顔をした。どうしたらヤギ飼いがヤササラの娘《むすめ》と知り合いになれるのかと、ふしぎに思ったのだろう。

夜明けからずっと、一行はデウカリオの案内で秘密《ひみつ》のぬけ道やかくれた小道を歩きつづけていた。デウカリオの娘のメタと、もうひとりの息子のルクロは先を行き、カラス族を見つけたときは角笛《つのぶえ》で合図することになっていた。少しはなれた木々《きぎ》のあいだをついてくるハボックの姿《すがた》を見つけ、ヒュラスはほっとした。ほかの者たちは気づいていない。ハボックは身をかくすのがずいぶんうまくなったようだ。

自分でも意外なことに、ヒュラスはデウカリオのことを信用していた。シダヨとちがって、デウカリオはディクティ山で生まれ育った牧夫《ぼくふ》で、山の人間らしく、風や天気を読もうと目を細めて空を見あげるくせがあった。ヒュラスが野山の民《たみ》だと知って、ぎこちなくはあるものの、ていねいな態度《たいど》で接《せっ》してくれたし、ピラのほうには、おそれ多い気持ちさえ抱《いだ》いているように見えた。とくに、ピラがさしだした腕《うで》にエコーが舞《ま》いおりてきて止まるのを見てからは。

山すそまでおりてくると、疫病《えきびょう》を示《しめ》す白い手形がついた家々《いえいえ》があらわれはじめた。デウカリオは肉づきのいい顔をくもらせ、一行にハナハッカをわたして肌《はだ》にすりこませた。ヒュラスはアカストスからもらった幽霊《ゆうれい》よけのクロウメモドキの葉を二、三枚《まい》、こっそりと口に入れて噛《か》んだ。山の上にいるあいだは、幽霊のことはほとんど忘《わす》れていられたが、おりてきたとたんにこめかみの痛《いた》みがぶりかえし、霊《れい》たちの怒《いか》りや悲しみが胸《むね》に重くのしかかりはじめた。幽霊のさまよう平原を通るのがこわかった。すぐにもピラにそのことを話さないといけない。

その晩《ばん》、一行は張《は》りだした岩の下で野営《やえい》した。テセオが火をおこし、ヒュラスがマツの枝《えだ》で寝床《ねどこ》をこしらえるあいだ、ピラは疲《つか》れはてたようにひざにあごをのせてすわりこんでいた。

ディクティ山の神に捧《ささ》げ物《もの》をしたあと、デウカリオはほこりまみれの平たい大麦パンと、灰色《はいいろ》っぽいオリーブをみなに分けあたえた。飲み物は、酸味《さんみ》の強い黒ずんだワインに、灰《はい》の苦味消しになるギンバイカを加えたものだった。それから、デウカリオはもったいぶった身ぶりで小さな陶器《とうき》の壺《つぼ》を取りだし、得意げに言った。「ハチミツだ。これが最後の残りだ」

めいめいが壺に指をつっこみ、うっとりするほど甘《あま》いミツをなめた。ハチが集めた、太陽の恵《めぐ》みだ。自分と同じように、ほかのみんなも太陽が輝《かがや》いていた遠い日々《ひび》のことを思っているにちがいない。そう考えながら、ヒュラスはハチの巣をひとかけちぎり、口のなかで嚙みくだいた。と、まじまじと見つめられているのに気づいた。

「あなた、ハチの巣なんて食べるの？」とピラが言った。

「うん、食べるけど？」ヒュラスは口をもぐもぐさせながら答えた。

ピラは目をむき、ケフティウ語でなにやらつぶやいた。アカイア人のことを言ったらしい。

「いまのはわかったぞ」とヒュラスが言うと、みんなが笑った。

それをきっかけに、案内役の一家も打ちとけたようすを見せはじめた。ヒュラスにケフティウ語を教えようとし、うまく舌《した》を鳴らせずにいると、愉快《ゆかい》そうな顔をした。

「知ってる言葉だってあるぞ」ヒュラスは言った。

「あら、じゃあ言ってみて」ピラが答えた。

「ラウコ」

ピラは眉《まゆ》をつりあげた。「やるじゃない。どこでおぼえたの？」

ヒュラスは野生の牛に出くわしたことを話して聞かせた。

デウカリオが口笛を吹《ふ》いた。「おまえさん、運がよかったぞ。毎年、春になると神官たちが野生の牛をつかまえて、クニスに連れていくんだ。牛飛びの儀式《ぎしき》のためにな。うまく飛びこせるようになるには何年もかかるし、たいていは死人も出る」

「なんのためにそんなことをするんです？」ヒュラスはきいた。

「〈地を揺《ゆ》るがす者〉の力をおさえるため。それと、豊作《ほうさく》を祈《いの》るためさ」

ヒュラスはオリーブを口に入れた。「クニスって？」

「女神《めがみ》の館《やかた》のことよ」ピラが答えた。顔をしかめているのは、もどりたくないせいだろう。

デウカリオもそんなピラのようすを見ながら、静かにたずねた。「なんのためにクニスへもどるのかね」

ヒュラスとピラは目と目を見交《みか》わした。「カラス族よりも先に、手に入れなきゃならないものがあるの」とピラが答えた。

話題を変えようと、ヒュラスは口を開いた。「よくきみが言ってる言葉があるだろ。ピラ……カラだっけ？」

みんながおかしそうな顔になり、ピラはぷっと噴《ふ》きだした。「それはわたしのことよ、おばかさん！ピラはピラカラを短くした呼《よ》び名なのよ。本名はピラカラなの」

ヒュラスはすっかり驚《おどろ》いてしまった。「なんでいままで教えてくれなかったんだよ」

「そりゃ、なにもかも教えるわけじゃないもの」

ヒュラスはオリーブをもうひとつ食べると、種を吐《は》きだした。「ピラのほうが好きだな」

「よかった、わたしもよ」

＊

ピラはよろけ、だれにも見られていなければいいけれどと思った。体はくたくたで、胃は緊張《きんちょう》のせいでちぢみあがっている。一歩進むごとに、女神《めがみ》の館《やかた》へと近づいているのだ。

三日間歩きつづけてようやく山と雪をあとにし、一行はいま、冷たく不気味な平原を進んでいるところだった。灰色《はいいろ》の木々《きぎ》と疫病《えきびょう》のしるしだらけの村々《むらむら》がときおりあらわれるが、動くものといえば、風に巻《ま》きあげられる灰ばかりだ。みんな口数が少なかった。とくにヒュラスが。こめかみの小さなあざをもんでばかりいて、一度は、幽霊《ゆうれい》がうようよしてるとつぶやいたりした。なんでわかるのとピラはたずねてみたが、首をふるだけだった。

両脇《りょうわき》には木々におおわれた丘《おか》がそびえ、斜面《しゃめん》にはいくつもの洞穴《ほらあな》が見える。ピラの気持ちは沈《しず》んだ。墓《はか》に埋葬《まいそう》された母のことをつい考えてしまう。

となりを歩くデウカリオが、太い眉《まゆ》の下の目で意味ありげな視線《しせん》を送ってきた。ピラが太陽を取りもどせると、あいかわらず信じているのだろう。

「わたしには無理よ」ピラはケフティウ語でそう告げた。「大巫女《おおみこ》じゃないもの」

「だが、その娘《むすめ》だ」デウカリオは確信《かくしん》にみちた声で言った。

「それだけじゃ、秘術《ひじゅつ》は行えないわ。大巫女の座《ざ》は母から娘に引きつがれるわけじゃないの。神官たちが次の大巫女を選ぶのよ」

「それはそうだが」デウカリオはゆずらない。「ヤササラさまの力はたいしたものだった。おまえさんにもその力があるはずだ。あの鳥とも特別な絆《きずな》で結ばれとるしな。ハヤブサは女神のしもべなんだから」

ピラは答えられなかった。

ほどなく、黒々《くろぐろ》とした山のかたまりが目の前にあらわれ、ピラの胃はさらにしめつけられた。

「セトヤ山だ」デウカリオが静かに言った。

ヒュラスが首をのばして山のいただきを見あげた。「角《つの》が生えてるみたいに見える」

「あれはてっぺんにあるほこらよ」ピラは答えた。「屋根に雄牛《おうし》の角の飾《かざ》りがついてるの。だから、〈地を揺《ゆ》るがす者〉の山って呼ばれているのよ」

「あそこはいつも風が強いらしい」デウカリオが言った。「それに、精霊《せいれい》たちの声でにぎやかだそうだ。クニスからも遠くはない。大巫女はよくあそこへ行って、その声を聞いていなさったそうだよ」

自分のほうを見ているのがわかったが、ピラは顔をそむけた。

山のなかにいるあいだは、雪明かりがうす暗がりを照らしてくれていたが、いまは大雲が低くたれこめて、昼間だというのに、あたりはいっそう暗く感じられた。夕方だとかんちがいしたコウモリたちが、黒い煙《けむり》のように洞穴《ほらあな》からあふれだしてきた。

エコーがそのあとを追いかけたが——案の定、失敗した。

「コウモリなんて追ってもだめよ、エコー」ピラは言い聞かせた。「いつになったら、ハトを追うのをおぼえるの？」ヒュラスと目を合わせようとしたが、ヒュラスは丘《おか》にならんだ洞穴を不安げに見つめていた。

本物の夕暮《ゆうぐ》れがやってくると、一行は野営地《やえいち》をさがした。テセオがよさそうな洞穴を見つけたが、ヒュラスはまずはなかをたしかめてからだと言い張《は》った。前にもヒュラスは同じことを言っていた。

そう思いだしたピラは、ふと気になって、ついていくことにした。

テセオに灯心草《とうしんそう》ろうそくをわたしてもらったものの、弱々《よわよわ》しくちらつく炎《ほのお》のせいでかえって影《かげ》が濃《こ》くなるばかりで、ヒュラスの姿《すがた》はとらえられなかった。

洞穴のなかはしめっぽく、ほこりとクモのにおいがした。ブーツの下で陶器《とうき》のかけらが音を立て、壁《かべ》の割《わ》れ目《め》には小さな青銅《せいどう》の捧《ささ》げ物《もの》がおしこまれている。ピラはぎょっとした。

「ヒュラス」ピラは小声で呼《よ》んだ。「ここは入っちゃだめ、お墓《はか》なのよ！」

答えはない。暗がりに目がなれると、ヒュラスが背《せ》を向けて立っているのが見えた。

「ヒュラス——」

「そばに来るな！」かすれた声が返ってきた。

「わたしよ、ピラよ！」そばまで行くと、ヒュラスの黄褐色《おうかっしょく》の目はぽっかりと見ひらかれていた。

「ヒュラス?」ピラはその手にふれた。じっとりとしめって、冷たい。「しっかりして」

ヒュラスはぶるっと身をふるわせ、手で顔をこすると、初めてピラに気づいたような顔をした。そしてぼそりと言った。「ここはだめだ。行こう」

だれもがそれに賛成《さんせい》し、じきに別の洞穴が見つかった。ヒュラスがここならだいじょうぶだと言ったので、そこで野営《やえい》することに決まった。デウカリオはルクロとメタと相談をしに行った。ふたりはセトヤ山にのぼり、カラス族がいないかたしかめに行くという。ヒュラスはそのあいだずっと、火をおこすテセオを手伝っていた——まるで、ピラをさけようとするかのように。

一同はだまりこくったままほこりまみれの大麦パンを食べ、それがすむと、デウカリオがヒュラスのほうを見て静かに切りだした。「さあ、教えてくれ。いつから幽霊《ゆうれい》が見えるようになったんだね」

## 21

# ヒュラスの秘密《ひみつ》

ピラが目を丸くするのを見て、先に打ち明けておけばよかったとヒュラスは思った。「ケフティウに着いたときから。それに……それに疫病《えきびょう》まで目に見えるんです。黒い渦巻《うずま》きみたいに。恐《おそ》ろしくて。おまけに、だんだんひどくなってきてる。なんでわかったんです？」

「わかったわけじゃない」デウカリオはあっさりと言った。「そうじゃないかと思っただけさ。で、幽霊《ゆうれい》だが……四六時中見えてるのかい」

ヒュラスは首をふった。「いえ、ときどき。いつ見えるかはわからないけど、決まってここが痛《いた》むんです」そう言って、こめかみにふれた。

「そこ、あざになってる」ピラがぽつりと言った。

ヒュラスが顔を向けても、ピラは目を合わせようとしなかった。「やけどのあとなんだ」タラクレアの火山で起きたことを語って聞かせるうち、硫黄《いおう》まじりの煙《けむり》のにおいがよみがえってきた。〈火の女神《めがみ》〉の燃える影《かげ》や、真っ黒な煙のなかでまばゆく輝《かがや》いていた髪《かみ》、そしてこめかみにふれた指の焼けつくような熱さも……。「そのせいなんでしょうか。女神の指でさわられたから？」

「おまえさんはどう思う？」デウカリオがききかえした。

「ぼ、ぼくには、さっぱりわからなくて。どういう意味でしょう？」

デウカリオは燃えあがる火の粉をじっと見つめた。「わしは占い師《うらなし》でもなんでもない。だが、人はだれでも、心のなかにこの世と霊界《れいかい》を結ぶ出入り口を持ってる。たいていは、死ぬときまでその出入り口は垂れ布《たぬの》でおおわれとるんだ。おまえさんの場合、その布が焼き切れちまったってことだろうな、女神さまにさわられて。全部じゃなく、一部が。だからときどき幽霊が見えるってわけだ。布の切《き》れ端《はし》が目の前でちらつくせいで」

「とにかく、もううんざりだ」ヒュラスはつぶやいた。

デウカリオはおかしそうに口元をゆがめた。「なんと言おうと、神々《かみがみ》は気にしちゃくれんだろうな。それに、今夜はおかげでみんなが助かったんだ、だろ？　だから、不都合なことばかりじゃない、いいこともあるさ」

「なんだか占い師みたいだ」ヒュラスは言った。

デウカリオはクックッと笑うと、ヒュラスの肩《かた》をたたいた。「さて、もう休むとしよう！」

*

しばらくしてピラが目をさますと、デウカリオとテセオはいびきをかいていたが、ヒュラスはいなくなっていた。

寝《ね》ているふたりを踏《ふ》んづけないようにしながら、こっそりと洞穴《ほらあな》を出た。山の上に比《くら》べれば寒くないというものの、夜風は刺《さ》すように冷たい。ピラはうす汚《よご》れたキツネの毛皮のマントをかきよせた。たき火の炎《ほのお》は小さくなっているが、おき火がうっすらとした赤い光を放っている。「ヒュラス？」ピラはそっと呼《よ》んだ。

答えはない。

「エコー？　エコー、いらっしゃい……」

エコーが舞《ま》いおりてきて、肩《かた》に止まった。テセオがしとめてくれたネズミを腰《こし》のベルトからはずしてあたえると、ハヤブサはむさぼるようにそれに食いつき、ズタズタにした。

ウロコにおおわれたエコーの足をなでながら、ピラの気持ちは沈《しず》んだ。エコーといっしょにいると、ユセレフのことを思わずにはいられなかった。どうしているだろう。さまよい歩いているエジプト人を見かけたといううわさは聞いていない、とデウカリオは言っていた。だったら、どこにいるのだろう？　ディクティ山の上でこごえていたり、カラス族につかまったりしてはいないだろうか。

暗がりからヒュラスがぬっとあらわれ、ピラに気づいて立ちどまった。「ハボックをさがしに行ってたんだ」

「見つかった？」

「向こうが見つけてくれた。しばらくのあいだ、はなれておかなきゃならないのがわかってるみたいな気がする。そうならいいけど」ヒュラスはかかとで地面を蹴《け》った。「ピラ、きみには話すつもりだったんだ。ぼくに……ぼくになにが見えてるか」

「気にしてないわ」

ヒュラスはしゃがみこみ、棒《ぼう》で土をほじくりだした。

「見えてるときは、こわい？」

「うん」ヒュラスは顔をふせたまま答えた。「山の上にいたときは、たいしてひどくなかったんだ。でも、下にはうようよしてる。みんなとほうに暮《く》れてて、怒《おこ》ってるみたいだけど、ぼくにはどうしようもない。おまけに、どんどんはっきり見えるようになってきてるんだ」

ピラの心臓《しんぞう》がきゅっとした。女神《めがみ》の館《やかた》にもきっと幽霊《ゆうれい》がいるだろう。墓《はか》に葬《ほうむ》られた母のヤササラも、棺《ひつぎ》から起きあがって、館のようすをうかがっているかもしれない。

ピラを見ていたヒュラスが静かに言った。「もどるのがこわいんだろ」

ピラはうなずいた。

「でも、なかは空っぽなんだよな。出ようと思えばいつでも出てこられる」

ピラはためらった。「なかに人がいないかって意味なら、たしかにそうよ」

ネズミをたいらげたエコーが、ピラのマントでくちばしをぬぐってから、さっと飛びたち、音もなく夜の闇《やみ》に消えた。

「ずっとはなれないようにして、さっさと出てこよう」

ピラは答えなかった。

ヒュラスはまた地面をほじくった。「ほかにもなにか心配事があるのか？」

「なんでそんなことをきくの？」

「デウカリオとケフティウ語で話してたときのきみの顔が、気になってたんだ。いまも同じ顔をしてる。お母さんのことかい」

ピラはまじまじとヒュラスを見つめた。「ときどき、そんなふうになにもかもお見通しじゃなきゃいいのにって思うわ、ヒュラス」

ヒュラスはおかしそうにくちびるをゆがめた。「おあいにくさま。ほら、さっさと話しちゃえよ」

ピラはまたためらった。「前に話した儀式《ぎしき》のこと……母が死ぬ前にしようとしてた秘術《ひじゅつ》のことだけど。デウカリオは、かわりにわたしがやるべきだと思ってるの」

「で……やれるのか？」

「そんなわけないでしょ！　生《い》け贄《にえ》かなにか捧《ささ》げればすむってもんじゃないんだから。大巫女《おおみこ》の母だって、成功させられるかわからなかったくらいなのに。わたしがやるなんて言ったら、まっさきに反対してたはずよ」

ヒュラスは棒《ぼう》を投げすて、立ちあがった。「さっきも言ったけど、どのみち長居《ながい》はしない。さっさと入って、短剣《たんけん》を見つけだして、出てくるだけさ」

やけにかんたんそうに言う。ヒュラスは女神《めがみ》の館《やかた》に行ったことがないから、あそこがどんなところか知らないのだ。秘術《ひじゅつ》というのがどういうものかも。知っていたら、とんでもないと言うにちがいない。どうしようかと迷《まよ》うのさえばかばかしい、と。

もしもデウカリオの言うとおり、自分にはできるとしたら？　そう考えると、ぞっとした。できるはずがないわ、とピラはそれを打ち消した。そんな勇気なんかない。とても無理だ。

＊

角笛《つのぶえ》の音がひびき、ヒュラスははっと目をさました。セトヤ山に偵察《ていさつ》に出たふたりからの警告《けいこく》の合図だ。デウカリオが上からのぞきこんでいる。

「カラス族だ」声が張《は》りつめている。「丘《おか》の反対側にいる。すぐに逃《に》げるんだ！」

四人はあわててたき火の跡《あと》を消し、闇《やみ》のなかを歩きだした。ヒュラスは疲《つか》れのあまり吐《は》きそうだった。となりのピラも、むっつりとだまりこんでいる。

道の上にパラパラと小石が落ちてきたかと思うと、黒っぽい人影《ひとかげ》がふたつ、目の前の斜面《しゃめん》をすべりおりてきた。ルクロが声をひそめてケフティウ語で父親になにやら告げ、メタもつづけてなにか言うと、ピラが抗議《こうぎ》の声をあげた。

デウカリオは三人をだまらせ、ヒュラスのほうに向きなおった。「あそこにある渓谷《けいこく》が見えるか？あの川をたどっていけば、クニスにたどりつける」

「どのくらいかかりますか」ヒュラスはきいた。

「急げば、半日かそこらだ」

「あなたたちはどうするの」ピラが言った。

「連中をセトヤのほうへ引きつけて、山の向こうでまいてやる。メタとマントを交換《こうかん》するんだ。うまくすれば、メタをおまえさんだと思いこませられる」

「そんなの、危険《きけん》すぎるわ！」ピラが小声で言った。「メタが矢でねらわれるかもしれないじゃない！」

「こっちは山を知りつくしとる。やつらとちがってな。さあ、急ぐんだ！　それしか方法はない！」

# 22

# 女《め》神《がみ》の館《やかた》

「捕《ほ》虜《りょ》の話では、これがセトヤ山の頂上《ちょうじょう》への道だということです」とイラルコスが言った。

「ほこらへ通じているということだな」クレオンが肩《かた》で息をしながらきいた。

イラルコスがそれをケフティウ語に訳《やく》すと、捕虜はおずおずとうなずいた。

「では、行くとしよう」クレオンはオオカミの毛皮のマントを肩からはぎとり、奴隷《どれい》に向かってほうった。

テラモンはためらった。夜明け前の暗い空の下、〈地を揺《ゆ》るがす者〉の山が黒々《くろぐろ》とそびえている。闇《やみ》を照らすのは弱々《よわよわ》しいたいまつの明かりだけで、おまけに角笛《つのぶえ》の音がしきりにひびいている。いったい、山上でなにが待ちかまえているのだろう。

「聞こえんのか、行くぞ！」クレオンが怒鳴《どな》った。

坂をのぼりだすと、風が顔に灰《はい》を吹《ふ》きつけ、マントを足にまとわりつかせた。どうもいやな予感がする。ヒュラスとピラがほこらをめざしているなら、なぜ角笛を吹いたりするんだろう。

眼下《がんか》には、くねくねと曲がりながら北へつづく川がぼんやりと見えている。その先には女神《めがみ》の館《やかた》がある。と、ある考えが浮《う》かび、テラモンはクレオンにかけよった。おつきの者たちに聞かれないように、小声で話しかける。「なんだか妙《みょう》です」

「どこもかしこも妙だろうが、このいまいましい国ときたら」クレオンが声を荒《あら》らげた。

「でも、もしこれがわなだったら？」

「なんだと」

「もしもふたりがこの山にいなかったら？」

「なら、ふたりがほこらにいたらどうする？　一族の短剣《たんけん》をこわそうと、いまにも神々《かみがみ》に祈《いの》りを捧《ささ》げようとしていたら。まんまとやつらにしてやられましたと父上に報告《ほうこく》する気か」

テラモンはつばを飲みこんだ。「でも、もしかんちがいだったら――」

「おまえもあの娘《むすめ》を見ただろう」

「遠くから少女の姿《すがた》を見ただけです、それに暗かった。ピラかどうか、はっきりしませんでした！」

「で、もしそうだったら？」

テラモンはくちびるを嚙《か》んだ。「ふた手に別れるというのはどうです？　おじさんが半分の兵を連れて山をのぼって、ぼくがもう半分を連れて女神の館へ――」

「おまえが行ったところでなにができる」クレオンはせせら笑った。「もしも無人でなければどうするのだ。二十人ばかりの手勢《てぜい》で屈服《くっぷく》させられるのか。一人前の戦士でさえないおまえに！」

テラモンは顔を赤らめた。「でも、ぼくの読みどおり、短剣がそっちにあったら――」

「なるほど、そういう魂胆《こんたん》か」クレオンがさえぎった。「自分の手で父上に短剣をさしだそうというつもりだな。わたしの手柄《てがら》を横取りする気か。だがまあいい、念のためだ、ふた手に別れるとしよう。イラルコスに兵の半分をまかせて、山頂《さんちょう》に向かわせることにする――残りを率《ひき》いて、わたしが女神の館へ向かうのだ！」

テラモンは返事をしようと口を開きかけたが、ちょうどそのとき夜が明けて、灰《はい》におおわれた空から ひと筋《すじ》の光がさしこみ、遠くでかすかに輝《かがや》きを放つ奇妙《きみょう》な丘《おか》を照らしだした。

クレオンがはっと息をのんだ。ケフティウ人の捕虜《ほりょ》は、ひざまずいて「クニス」と小さくつぶやいた。

「あ、あれが女神《めがみ》の館《やかた》だそうです」イラルコスの声もうわずっている。

はるか昔からケフティウの力の源《みなもと》だった場所を目にして、一瞬《いっしゅん》テラモンはたじろいだ。だが、すぐに川の先で自分をあざ笑っているヒュラスとピラが目に浮《う》かび、気持ちを引きしめた。そして女神の館を雄々《おお》しく征服《せいふく》する自分の姿《すがた》を思い描《えが》いた。コロノス一族の短剣《たんけん》をふりかざし、自分こそがケフティウの支配者《しはいしゃ》だと告げるところを。ヒュラスは死に、ピラはうやうやしく目の前にひざまずくだろう……。

クレオンの怒鳴《どな》り声で、テラモンははっとわれに返った。「テラモン！ ちゃんと聞いていたのか」

「こっちじゃない」テラモンは答えた。「イラルコスを山頂《さんちょう》のほこらに行かせるなら、どうぞご自由に。でも、わなに決まっています。短剣の行き先は女神の館なんだから」

＊

あとどのくらいだ？ ヒュラスは落ち着きなく考えた。

となりではピラがこぶしをにぎって走り、後ろからハボックもついてきている。野営地《やえいち》をあとにしてすぐ、ハボックはいかにもライオンらしくすっとあらわれ、ふたりに加わった。いまはじゃれあっている場合ではないことも、ちゃんとわかっているみたいだ。

デウカリオからもらった灯心草《とうしんそう》ろうそくは用心のために使わなかったので、しばらくのあいだは川をさかのぼりながら、つまずいてばかりだった。やがて夜が明けると、丘の斜面《しゃめん》が見わたせるようになった。家々《いえいえ》や大麦の畑、オリーブ園やブドウ園が広がっている。人影《ひとかげ》はなく、どこもかしこも灰をかぶっている。そろそろ昼になるころで、後ろにそびえるセトヤ山がずいぶん遠くなってきた。追っ手の音は聞こえない。デウカリオがうまく引きつけてくれたのだろうか。

だんだん暖《あたた》かくなってきた。光のささないうす暗がりのなかで、ハエがブンブンと飛びまわり、スズメがさえずっている。ヒュラスは胴着《どうぎ》をぬぎ、腰《こし》に巻《ま》きつけた。右側には、洞穴《ほらあな》だらけの黒々《くろぐろ》とした丘が、のしかかるようにそびえている。なんだか、いやな予感がする。

ハボックが鼻をひくつかせ、奇妙なうなり声をあげた。なにか強いにおいをかぎとったようだ。

「町のにおいに気づいたんだわ」ピラが張《は》りつめた声で言った。

「え、町なんてあるのか？」

「クニスの三方をかこんでいるの。川は東側を流れてる。でも、きっとだれもいないわ。急ぎましょ。もうすぐよ」

ヒュラスは丘に目をやった。「カラス族があそこにのぼったら、かんたんにねらい撃《う》ちされてしまう。樽《たる》のなかの魚を銛《もり》でつくみたいに」

「あんなところにのぼったりはしないわよ」ピラの口調はなんだか妙だった。

「なんでだ？」

答えはなかった。

ハボックも丘のほうを見つめている。ヒュラスには見えないものを目で追っているみたいだ。と、洞穴がどれも岩でふさがれているのに気づき、ヒュラスははっとした。こめかみに痛《いた》みが走り、疫《えき》病《びょう》の黒い渦巻《うずま》きと、ぼんやりとした影《かげ》が目の端《はし》に入った。怒《いか》りと当惑《とうわく》が伝わってくる。「あれはみんな、墓《はか》なんだな。何百もある！」

「ええ。西側と北側の丘《おか》にもあるわ。クニスを取りかこんでいるの。死者の町よ」

ヒュラスはちらりとピラを見た。「きみのお母さんも……あそこに……」

「そうよ。死者の丘のてっぺんに埋葬《まいそう》されてるわ。そこからこっちを見おろしてるのよ」

ヒュラスが返事をするより先に、ピラはかけだした。やがて、周囲の木々《きぎ》がまばらになり、ひらけた場所に出たとたん、ヒュラスは息をのんだ。

目の前には、灰《はい》をかぶった無数の家々《いえいえ》がひしめきあうようにならんでいる。信じられないほど広大な集落が、うっすらと光を放つ丘を取りかこんでいる。いや、それは丘ではなく、要砦《ようさい》だった。想像《そうぞう》したこともないほど巨大《きょだい》でりっぱな要砦だ。壁《かべ》は灰におおわれもせず、不気味なほどなめらかなままで、てっぺんには石でできたばかでかい雄牛《おうし》の角《つの》がずらりとならんでいる。日の当たらないうす暗がりのなかでも、みずから光を放っているかのように、ふしぎな輝《かがや》きをたたえている。

「クニス」ピラが苦々《にがにが》しさと誇《ほこ》らしさの入りまじった複雑《ふくざつ》な声で言った。「女神《めがみ》の館《やかた》よ」

＊

そのとき、遠くで角笛《つのぶえ》が鳴りひびき、ハボックがおびえたように森のなかへ飛びこんだ。

「ハボック、もどってこい！」呼《よ》びかけたものの、そのまま姿《すがた》を消してしまった。

ピラがヒュラスの手首をつかんだ。「行きましょ、あと少しよ！」

「でも、ハボックが……町のなかまではついてこられない！」

「さがしに行ってるひまはないわ！　ほら、いいから、早くすませてしまわなきゃ！」

たしかにそうだ。それでも最後にもう一度だけふりかえってから、ヒュラスはピラのあとについて、えたいの知れない迷路《めいろ》のような町のなかへ足を踏《ふ》み入れた。

家々の高い壁と真っ暗な戸口がぼんやりと目に入る。ほとんどの戸口には〈膿《うみ》食らい〉が置かれている。やがて、つるつるした青い石がしきつめられた道が見つかり、足を取られそうになりながらそこをのぼりはじめた。左右には四角い緑の岩が積まれた壁がそびえている。神々《かみがみ》がのこぎりで切ったみたいな、巨大な岩のかたまりだ。前方に門が見えてきた。門扉《もんぴ》には、海の生き物たちをかたどった金の飾《かざ》りがほどこされている。タコに、空飛ぶ魚、イルカ。両脇《りょうわき》には蜜《みつ》ろうでつくられた等身大の人形《ひとがた》が立ち、疫病《えきびょう》を示《しめ》す手形がべたべたとつけられている。

巨大な門扉は閉《と》じられているように見えたが、ピラがおすと、ギィーっと音を立てて開いた。お香《こう》と硫黄《いおう》のにおいがあふれだす。

ピラがヒュラスの手をにぎった。指は冷えきり、青白い顔は張《は》りつめている。「そばをはなれないで。館のつくりを知ってないと、迷子《まいご》になるから」

*

これまでヒュラスが入ったことがあるのは、農民の小屋ばかりで、あとはクレオンの要砦に一度足を踏み入れたことがあるだけだった。こんなところは初めてだ。

走りながらうす暗い廊下《ろうか》の壁に目をやると、そこには目のまわりそうな青い渦巻《うずま》き模様《もよう》が描《えが》かれていた。床《ゆか》は不自然なほどつるつるで、赤と黄の波模様がはてしなくつづいている。屋根の垂木《たるき》のすきまからわずかな光がさしこみ、ピラの姿が見えたりかくれたりしている。

「ろうそくをつけなきゃ」ピラが小声で言った。

火打ち石を使って二本の灯心草《とうしんそう》ろうそくに火をつけると、信じられないような世界が目に飛びこんできた。黒いツバメたちが真っ赤な空を飛びかい、その下には青々《あおあお》としたアシと純白《じゅんぱく》のユリが風にそよいでいる。緑のライオンが黄色い翼《つばさ》を広げ、音もなく咆哮《ほうこう》している。

「ただの絵よ、ヒュラス。ついてきて、短剣《たんけん》はわたしの部屋《へや》にかくしてあるの。館《やかた》の反対側よ。足元に気をつけて」

注意深くあたりを見まわしながら、ピラはヒュラスの先に立って入り組んだ廊下《ろうか》を進みはじめた。排水路《はいすいろ》だというみぞをまたぎ、つきあたりを曲がり、垂直《すいちょく》に床《ゆか》が落ちこんだ場所をよけて歩く。絵のなかの世界があらわれては消えていく。ヒュラスは場ちがいなところにいるように思えてきた。ここは野蛮《やばん》なアカイア人のヤギ飼《か》いが来るようなところじゃない。

なにもかも、とまどうことばかりだった。貝殻《かいがら》のようにみがきあげられた冷たい石の白壁《しらかべ》を伝って歩いていたはずが、数歩も進むと、今度は木の衝立《ついたて》が手にふれ、それがぐらりと揺《ゆ》れた。部屋の出入り口のなかには、三人が横にならんで通れるほど広いものもある。かと思うと、幅《はば》はせまいものの、上端《じょうたん》に飾《かざ》りがついた赤い柱が左右にそびえ、番兵に守られているように見えるものもある。ふれてしまわないように、ヒュラスは体を横にしてそこを通りぬけた。

ピラが部屋のひとつに飛びこんだ。扉《とびら》だと思ったものは、氷の雨のような透明《とうめい》な玉飾りでできた間仕切りだった。あとにつづくと、つるつるした紫色《むらさきいろ》のものがクモの巣のように顔にまとわりつき、ヒュラスはまごついた。それは絹《きぬ》よ、カイコの繭《まゆ》からできてるのとピラが言った。窓《まど》のないうす暗い部屋の奥《おく》にはいくつものかごが置かれ、とぐろを巻《ま》いたヘビたちがなかで眠《ねむ》っていた。「儀式《ぎしき》に使うのよ。あとでえさが足りてるかたしかめるわ」

ふたりは広々《ひろびろ》とした広間に出た。そこは、たったいままで人々《ひとびと》がいたかのように見えた。ヒュラスはかぎ爪《づめ》のような足がついた金張《きんば》りの長椅子《ながいす》にすねをぶつけ、卵《たまご》の殻《から》みたいにうすい陶器《とうき》の杯《さかずき》がのった卓《たく》をひっくりかえしそうになった。炉《ろ》が見あたらないので、どうやって暖《だん》をとるのかとピラにきいた。

「炉はないの。火鉢《ひばち》を使うから」

へえ、ここでは部屋で使う火まで持ち運ぶんだな、とヒュラスは驚《おどろ》いた。

ピラがでこぼこのない平らな石でできた段《だん》をのぼりはじめた。「階段に気をつけて」

なるほど、そういう名前なのか。

「――それと、内側の壁《かべ》のそばをのぼるようにしてね」外側の端《はし》は垂直に落ちこんでいて、つかまるものがなにもない。

両側に部屋がならんだ廊下にさしかかった。どの扉もひもで閉《と》じられ、結び目は粘土《ねんど》で封《ふう》がされている。「ここは貯蔵庫《ちょぞうこ》よ。短剣を取ってきてから、食べ物を取りにもどりましょ」

幽霊《ゆうれい》の気配はどこにもないが、あちこちから生き物たちの立てる音がかすかに聞こえてくる。スズメやツバメが頭上を飛びかい、梁《はり》にはハチが巣をつくり、排水路を逃《に》げていくヘビの尻尾《しっぽ》も見える。一度は、遠くのほうでひづめが地面を引っかく音も聞こえた。人間たちが逃げだしたあと、野の生き物たちが住みついたのだろう。

ハボックが心配だった。ここまで追ってはこられないだろうし、ヒュラスがなぜ待っていてくれなかったのかもわからずにいるだろう。また置きざりにされたと思うにちがいない。

廊下を進むと、さらにいくつもの部屋があらわれた。「工房《こうぼう》よ」

「どういう人がはたらいてるんだい」

「そうね、機織《はたお》りとか、陶器職人《しょくにん》とか、印章職人とか、彫金《ちょうきん》職人とか……」

「こんなややこしいところ、よく迷《まよ》わずに歩けるな」

ピラは苦笑いを浮《う》かべた。「生まれてからずっとここで暮《く》らしてきたのよ。館《やかた》のつくりをおぼえるくらいしか、することもなしに」

工房《こうぼう》をのぞくと、異様《いよう》な光景が次々《つぎつぎ》に目に飛びこんできた。天井《てんじょう》には、丸々《まるまる》とした黒い果物のように見えるコウモリたちがびっしりとへばりついて眠《ねむ》っている。床《ゆか》には、子どもの頭ほどもある巨大《きょだい》な卵《たまご》や、人間の背丈《せたけ》ぐらいの長さの牙《きば》らしきものが積みあげられている。

「あれは鳥の卵よ。ダチョウとかいう名前の。牙はエジプトから来たの。象牙《ぞうげ》っていって、怪物《かいぶつ》かなにかのものみたい。金色の髪《かみ》の、象牙でできた神さまもいるのよ、〈ささやきの間〉に……」

ささやきの間に、ささやきの間に、と壁《かべ》がこだまを返した。

「中央の中庭をつっ切りましょ」ピラが扉《とびら》のひとつをおし開き、屋外に出た。

そこはだだっ広い広場で、黄色い石の床には青いツタの葉の目まいがするような模様《もよう》があしらわれていた。周囲の壁は二階分の高さがあり、金張《きんば》りの扉や背《せ》の高い窓《まど》、そして番兵のような赤い柱がここにもならんでいる。壁に描《えが》かれた人々《ひとびと》がじっとこちらを見つめている。

どちらを向いても、堂々《どうどう》とした男たちや、見とれてしまうほど美しい色白の女たちが目に入る。女たちの黒いアーモンド形の瞳《ひとみ》はピラによく似《に》ている。あまりにも本物の人間そっくりで、なんだかヒュラスが立ち去るのを待ちかまえているように思えてきた。あんなよそ者がなにをしに来たのかと、いまにもうわさ話をはじめそうだ。

中庭の中央には、金張りの大鉢《おおばち》に入ったオリーブの木が置かれている。北側のはずれには、紫色《むらさきいろ》の石の台にのせられた、ばかでかい青銅《せいどう》の両刃《りょうば》の斧《おの》がにぶい光を放っていて、その奥《おく》には暗闇《くらやみ》がぽっかりと口を開けている。

「あそこは地下への降《お》り口よ」とピラが言った。

「てことは……この下にもっとなにかあるのか？」

また苦笑いが浮かぶ。「もちろんよ。あそこの上にもね」ピラは西側の壁の上に張《は》りだした場所を指さした。「あそこは母が立つバルコニーよ。いえ……立っていた、ね」

ヒュラスはくちびるをなめた。「ここはなにをする場所なんだい」

「牛飛びの儀式《ぎしき》とか。踊《おど》りとか。生《い》け贄《にえ》の儀式とか。母が留守《るす》にすると、ときどきユセレフが戦車に乗せてくれて……」ピラは顔をしかめた。「行きましょ。すぐそこよ」

次にあらわれた廊下《ろうか》には、等身大のシカが描かれていた。一頭の雄《お》ジカがハエを追いはらうように耳をよじり、大麦の穂先《ほさき》にはヤマネがしがみつき、尻尾《しっぽ》を茎《くき》にからみつけている。

角を曲がったピラの姿《すがた》が見えなくなった。走って追いかけると――いきなり雄牛《おうし》が飛びだしてきた。

「ピラ、気をつけろ！」ヒュラスは叫《さけ》び、斧をぬいた。

「だいじょうぶ、本物じゃないから！」

雄牛は山すそで出くわしたものよりも大きく、いまにも突進《とっしん》してきそうに頭を低くしている。張りつめた肩《かた》の筋肉《きんにく》に、だらりとたれたぶあつい舌《した》。壁からぬけだそうとするところを、なにかの神の力で石に変えられたみたいだ。

「本物そっくりだ」ヒュラスはつぶやいた。自分の早とちりが恥《は》ずかしかった。

「わたしも小さいころ、夜になったら動きだすんだって思ってたわ」

ほんとにそうかもしれない。雄牛の血走った目を見ないように横をすりぬけながら、ヒュラスは思った。

それから、窓のない暗い部屋の前にたどりついた。ここも上端《じょうたん》に飾《かざ》りがついた柱に守られている。

灯心草《とうしんそう》ろうそくで照らすと、壁《かべ》の魚の絵が浮《う》かびあがった。かぎ爪《づめ》形の足がついた金張《きんば》りのりっぱな長椅子《ながいす》、青いツバメの刺繍《ししゅう》が入った赤い上がけ、紫《むらさき》がかった大理石でできた背《せ》の高いランプ、そして象牙《ぞうげ》がはめこまれたスギ材のたんすもある。

ヒュラスは息をのんだ。「ここは女神《めがみ》の住む部屋《へや》かい？」

ピラは噴《ふ》きだした。「ちがうわ。わたしの部屋よ」

ピラの部屋だって？　ヒュラスは肝《きも》をつぶした。ピラが裕福《ゆうふく》なのは知っていた。でも、まさかこれほどとは。

「短剣《たんけん》はここの壁板の後ろにかくしたの。ちょっとこのろうそくを持ってて――」そこで言葉がとぎれた。

「どうしたんだ？」

うす暗がりのなか、壁の下のほうに穴《あな》があいているのが見えた。そばの床《ゆか》の上には、白く光る四角い石の壁板が置かれている。その横には杖《つえ》が一本寝《ね》かされ、くしゃくしゃになったヤギ皮が落ちている。

「ないわ」ピラがぼうぜんと言った。「短剣がなくなってる」

# 23

# ユセレフ

「ユセレフが持っていったんだわ。生きてるってことよ、ああよかった！」ピラは言った。

「ほかのだれかじゃなくて？」

「ちがうわ、かくし場所を知ってるのはユセレフだけだもの。見て、これが証拠《しょうこ》よ。わたし、短剣をこのヤギ皮にくるんでおいたの。でもエジプト人はヤギをけがれたものだと思ってるから、ユセレフは皮にさわりたくなくて、この杖で短剣を取りだしたのよ。ああ、ユセレフ」体から力がぬけ、ピラは寝台《しんだい》にへたりこんだ。「まっすぐここに来たのね。館《やかた》の場所はよく知ってるから、だれよりも先にたどりつけたのよ」

「じゃあ、ユセレフはきみが死んだと思いこんでるんだな。どこに行ったと思う？」

ピラは首をふった。「安全なところにかくしておいて、こわしてしまうようにたのんだの。まだこの館にいて、かくれてるかもしれないわ」

「それはないさ、どこもかしこも見てまわったんだから」

「ヒュラス、あんなの見たうちに入らないわよ！　クニスはとんでもなく広いの。工房《こうぼう》とか、奥《おく》のほうの寝室《しんしつ》とか、地下とか、どこにいたっておかしくないわ——」

「でも、もしカラス族がデウカリオのわなに引っかからずに、こっちに向かっていたら、いつやつらがあらわれてもおかしくない。それをたしかめもしないで、ここにとどまってるわけにはいかない」

ピラはヒュラスの目をまっすぐに見た。「いくつか、外を見わたせる場所があるわ」

「よし。そこからのぞいてまわりながら、ユセレフをさがすんだ」

刻一刻《こくいっこく》と時はすぎていく。ふたりは大急ぎで窓《まど》やバルコニーをたしかめてまわった。ピラは走りながらヒュラスに館《やかた》のつくりを説明した。「中央にあるのがさっきの中庭よ。わたしの部屋《へや》は東側で、上の階が母の部屋。工房《こうぼう》は西側ね。貯蔵庫《ちょぞうこ》は北側で、下には地下室があって……」ヒュラスは頭がこんがらがってしまったような顔をしている。

どの場所からも、カラス族は見あたらなかった――そして、ユセレフも。一度、ヒュラスが口を開いてユセレフの名前を呼《よ》ぼうとしたが、ピラはそれをあわててさえぎり、声をひそめて言った。「館を守るために、神官たちがなにかしかけをしてるかもしれない。大きな音を立てないほうがいいわ」

ヒュラスはくちびるをなめた。「じきに暗くなる。きみの部屋にかくれて、夜が明けたらまたさがそう」

それはもっともだが、ピラは胸騒《むなさわ》ぎがした。短剣《たんけん》を見つけてすぐに出ていくつもりだったのに、クニスがはなしてくれないような気がする。

さっきの門のほかにも入り口はあるのかとたずねられ、ピラがあると答えると、ヒュラスは真っ青になった。「そこが開いてたら大変だ」

さいわい、北側と南側の門もしっかりと閉《と》じられていた。ついでに、入ってきたときにそのままにしてあった西側の門にもかんぬきをかけた。

「さっきはなんで開いてたんだろう」ヒュラスがピラの心を読んだように言った。

「ユセレフがそうしたのよ」ピラはそう言ったが、ユセレフが来たときにはすでに開いていたような気がした。ヤササラが開けておくように命じたのだろう――娘《むすめ》がもどってくることを予想して。

最後に東側のバルコニーから外をのぞいたときには、あたりは暗くなっていた。眼下《がんか》には木々《きぎ》がしげり、川が流れている。たいまつの光は見あたらない。カラス族の気配もない。

「だからって、そこまで来ていないとはかぎらない」ヒュラスがつぶやいた。

ピラはだまっていた。南東の方角には、ぎょっとするほどすぐ近くに、死者の丘《おか》が広がっている。母の墓《はか》は見まちがいようがない。白い石膏《せっこう》でおおわれていて、大きな冷たい目のようにピラを見おろしている。

「……明日もユセレフが見つからなかったら、ここを出ていこう。な、ピラ？」

「え？　ええ、そうね」

けれど、自分の部屋へともどりながら、ピラはすべてが母の思いどおりに運んでいるように思えてしかたがなかった。

こうしてもどってきた女神《めがみ》の館《やかた》から、二度と出ていけないのではないかと。

＊

子ライオンは、なかへ入ることができずに困《こま》っていた。

少年と少女は大きな角《つの》がついた山の前まで行くと、ぽっかりと開いたその口のなかにかけこんでいった。でも、子ライオンはおじけづいてしまい、そこを逃《に》げだした。いまは、さらさらと流れる水のそばに生えたアシのしげみにうずくまって、ふるえているところだった。

あんな山は初めて見た。白くて、つるつるで、がらんとしていて、おまけに人間のにおいがぷんぷんする。まわりには人間のねぐらがたくさんならび、どこも空っぽなのに、恐《おそ》ろしいにおいだけは残っている。とても入っていけそうにない。少年のためだとしても。

〈闇《やみ》〉がやってくると、水を飲みに来た獲物《えもの》のにおいがしはじめた。雌《め》ジカが子ライオンには気づきもしないで目の前を通りすぎ、アナグマがねぐらからぴょんと飛びだしてきた。子ライオンはどちらもほうっておいた。ハヤブサがばかにしたような顔で目の前を横切っても、やはりほうっておいた。

少年になにかあったらどうしよう。二度と出てきてくれなかったりしたら。

子ライオンはアシのしげみを出ると、角《つの》のある山のそばまで引きかえして、上を見あげた。ぽっかりと開いた口はやっぱり恐ろしい──でも、もう少しこわくない入り口があるかもしれない。

山の腹《はら》はかたくつるつるしていて、かぎ爪《づめ》を立ててみても、足跡《あしあと》が残るだけで、すべり落ちてばかりだった。

すぐそばにマツが生えている。枝《えだ》が一本、山のほうにのびている。ずいぶん高いところにあるけれど、あそこからなかに飛びこめるかもしれない……。

でこぼこしたマツの皮に足をかけ、せいいっぱい高いところまでのぼると、子ライオンは木のまたに身をあずけ、次はどうしようかと考えた。

のぼろうとしている枝は幹《みき》の裏側《うらがわ》にある。ぎこちなく前足をのばし、その枝にかぎ爪を引っかけた。もう一方の前足もかけようとして──しくじった。宙《ちゅう》ぶらりんのまま必死にもがきながら、ようやく後ろ足をふりあげて、やっとのことで枝によじのぼれた。そのまま四本の足のかぎ爪と尻尾《しっぽ》まで使ってそこにしがみつき、しばらくじっとしていた。

ハヤブサが同じ枝に舞《ま》いおり、じろじろと見つめてくる。

あっちへ行ってと子ライオンがうなると、ハヤブサは飛びたち、山のてっぺんにある角のひとつに止まって、見物をはじめた。

思っていたより枝は高く、下で見ていたときより、ずいぶん山からはなれていた。ジャンプしても、とどきそうにない。

ハヤブサはまた舞いあがってマツのまわりをのんびりと旋回《せんかい》してから、白くそびえる角のあいだを通って、なかに消えた――ほら、こんなのかんたんよ、というように。

もう、しゃくにさわる。子ライオンは後ろを向こうとしたが、枝が細すぎた。木のまたまでもどって下におりるには、後ずさりをしないといけない。でも、こんな高い場所でやったことは、一度もない。

いなくなったハヤブサが帰ってきてくれたらいいのにと子ライオンは思った。つんとすましていて、頭にくるけれど、ひとりぼっちよりはましだ。

一陣《いちじん》の風が毛皮をそよがせ、マツがささやきかけた――さあ、どうする?

# 24

## 秘術《ひじゅつ》

今夜ひと晩泊《ばんと》まるだけ、とピラはしきりに自分に言い聞かせていた。秘術のことなんて忘《わす》れてしまおう。汚《よご》れほうだいの格好《かっこう》でびくついているのは、もううんざり。

ヒュラスを部屋《へや》に残して、ピラはとなりの浴室にかけこみ、冷たい水ですばやく体を洗《あら》い、くしで髪《かみ》をとかして、たんすから出したきれいなチュニックを着た。それがすむと、ヒュラスに浴室のすみにある穴《あな》のあいた便座《べんざ》を見せて、用を足したら桶《おけ》の水で流すようにと伝えた。瓶《かめ》の水を浴《よく》槽《そう》に注いで、体を洗い終わったら木の栓《せん》をぬくことも教えた。

ヒュラスはうさんくさげに浴槽をながめた。「これ、棺《ひつぎ》だろ」

「ちがうわよ」

「そうだって。墓《はか》のなかで同じものを見たんだ」

「これはお風呂《ふろ》なの！　いいから入って。わたしは必要なものを取ってくる。すぐにもどるわ」

布類《ぬのるい》の収納庫《しゅうのうこ》は粘土《ねんど》の封《ふう》がされていたので、ピラはそれをナイフでこじ開けた。奴隷《どれい》が飛んできて小言を言いそうな気がする。灯心草《とうしんそう》ろうそくの光が、亜麻布《あまぬの》や羊毛の束を照らしだした。ほこりとローズマリーが入りまじったにおいが鼻をつく。後ろめたい思いをおしやりながら、上等な青い羊毛でつくられたそでなしの胴着《どうぎ》を引っぱりだした。ヒュラスにぴったり合いそうだ。ついでに、すそにふさ飾《かざ》りのついた、やわらかなシカ革《がわ》の男物のキルトと、幅広《はばびろ》の赤い子牛革のベルト、サンダル、そして短剣《たんけん》を入れるための革製《かわせい》のさやも。めずらしい深緑色のマントでそれをまとめてくるみ、次は食料庫に向かった。

ひと足先に、だれかがそこへおし入ったようだ。ひどく気がとがめたらしく、盗《ぬす》んだものがきちんと書きつけられたろう版《ばん》が、扉《とびら》のところに立てかけてある。平たいパンが四つに、ワインの袋《ふくろ》がひとつ、塩漬《しおづ》けのカモの脚肉《あしにく》がひと袋。

ろう版には、スカラベの印章がおしてある。まちがいない、心ならずも食料を盗んでいったのは、ユセレフだ。「ユセレフ?」ピラは声をひそめて呼《よ》びかけた。

答えはない。

ピラは胸元《むなもと》にさげた目玉のお守りに手をやった。ユセレフが物陰《ものかげ》から出てきて、お説教してくれたらいいのに。〝ピラさま、なんということです! 髪はぼさぼさ……それに、その足も! ワニの背《せ》中《なか》みたいにざらざらではありませんか!〟

「ユセレフ、どこにいるの?」ピラはかすれた声で言った。けれど、返ってくるのは、スズメの羽音と、梁《はり》を走りまわるネズミの足音ばかりだった。

神官たちがクニスを無防備《むぼうび》なままにしていったはずはない。なにかがここを守っているのはまちがいない——ただし、人間ではないだろうけど。そう思うと、急にまわりの暗闇《くらやみ》が気になりはじめた。チラチラと揺《ゆ》れるろうそくの火に照らされ、見なれたはずのものがやけに恐《おそ》ろしげに思える。人の背《せ》丈《たけ》ほどもある穀物《こくもつ》の瓶に描《えが》かれたタコが、ぎろりとにらみつけてくる。

ふとエコーのことを思いだした。ピラがどこにいるか、わかっているだろうか。クニスのなかまでさがしに来てくれるだろうか。

「まずは食べ物よ」ピラは気持ちを引きしめた。「ぐずぐずしてるひまはないわ、ピラ」

廊下《ろうか》をせかせかと歩きまわりながら、ピラは持てるだけの食料をかき集め、市にやってきたロバのように山ほど荷をかかえて、どうにか自分の部屋《へや》までもどった。

ヒュラスはまだ浴室にいて、水浴びの真っ最中だった。ピラはヒュラスの着がえをドサッと置くと、たんすの上に食料をならべていった。

「ユセレフは見つかったかい」ヒュラスの声がした。

「いいえ。でも、ここに来たのはたしかよ」ピラは少し後ろへさがり、戦利品をながめた。油漬《あぶらづ》けのカタツムリに、塩漬《しおづ》けのタコ。シカ肉の燻製《くんせい》に、メカジキの干物《ひもの》、タマネギとクリを加えた血入りの腸詰《ちょうづめ》、塩漬けのブドウの葉でつつんだウイキョウとヒヨコマメ、干《ほ》しイチジク、バラの花びらのシロップに漬《つ》けた大きなクロイチゴ、そしてピラの大好物、カリカリのアーモンドをまぶしたハチミツのケーキ。飲み物は、干しブドウでつくった質《しつ》のいいワインをひと袋《ふくろ》。まぜて飲むための大麦とヤギのチーズも持ってきた。それに銀の杯《さかずき》もふたつ。これなら陶器《とうき》よりも軽いし、割《わ》れたりもしない。

ピラがいないあいだ、ヒュラスはつぶしたオリーブの種をいくつか見つけて、火鉢《ひばち》に火をおこしていた。ヒュラスの入浴が終わるのを待ちながら、ピラは捧《ささ》げ物《もの》をし、炎《ほのお》にワインをふりかけて、カラス族が来ませんようにと女神《めがみ》に祈《いの》った。

どうかお願いです、とピラは心のなかでつけくわえた。秘術《ひじゅつ》を行うべきかどうか、教えてください。なにかお告げをください。ここに引きとどめられているのは、そのためなのでしょうか。それとも、ただの偶然《ぐうぜん》なのでしょうか。

最後のところはつい口に出してしまったのか、後ろで声がした。「偶然ってなにが?」

ヒュラスは新しい胴着《どうぎ》とキルトを身につけて、部屋の入り口に立っていた。一瞬《いっしゅん》、それがヒュラスではなく、〈ささやきの間〉にいる長い足をした神さまに見えた。幅《はば》の広い肩《かた》も、くびれた腰《こし》も、ナイフでそいだようなするどい顔立ちも、水晶《すいしょう》のように輝《かがや》く目も、みんなそっくりだ。

「偶然ってなにが？」ヒュラスはくりかえした。

「別に」ピラは小さく答えた。「捧げ物をしてただけ」

ヒュラスはうなずいた。「なにかお告げがあったかい」

「まだよ」

ヒュラスはたんすの上の食べ物に目をやり、またピラに向きなおった。「見ちがえたよ」

ピラはほおをおさえた。自分がひどくみにくく思え、傷《きず》あとが気になってたまらなかった。「汚《よご》れを落としただけよ」小さくそうつぶやいた。

ヒュラスは胴着の首元にライオンのかぎ爪《づめ》のお守りをおしこむと、両眉《りょうまゆ》をあげてみせた。「ケフティウ人に見えるかい？」

ピラはほおを赤らめた。「いいえ。でも、すてきよ」

＊

いくつものランプに火をつけ、ヒツジの毛皮を取ってきてから、ピラはヒュラスといっしょに床《ゆか》の上にすわりこんで食事をはじめた。ワインを立てつづけに二杯《はい》飲みほすと、心地《ここち》よく酔《よ》いがまわり、心配がすうっと消えていった。秘術のことは忘《わす》れた。傷あとのことも忘れた。体が温まり、さっぱりしたせいで、すっかり気分がよくなった。

火鉢の火をたきつけているヒュラスの姿《すがた》を、ピラはぼんやりとながめていた。あごのまわりに生えた金色のうぶ毛が炎《ほのお》に照らされている。ケフティウの男はひげをのばさないので、ピラはそれを野蛮《やばん》なものだと思っていた。でも、ヒュラスだったら、ひげをのばしてもいやじゃないかもしれない。

床《ゆか》にすわりなおしたヒュラスは、手に持った杯《さかずき》を揺《ゆ》らしながら、壁《かべ》の絵を見あげた。ピラほどワインを飲んでいないし、意外なことに、新しい服を着たせいできゅうくつそうにしている。サンダルには目もくれなかったし、ナイフのさやも、使い古したものがあるからいらないと言った。いったい、どうしたのだろう。

「あれはなんのためなんだい」

「なにが?」

「ケフティウの子どものことさ、あそこの絵にもあるだろ。髪《かみ》をひとふさだけ残して、あとはそりあげてる」

「暑さをしのぐためよ。それに清潔《せいけつ》だし。こめかみのところだけ残すのは、そこに魂《たましい》が宿ってるからよ」

ヒュラスがまじまじと見つめる。「きみも、ああしてたのか?」

「十一歳《さい》まではね」ピラはにっこりした。ヒュラスから笑《え》みは返ってこない。

きっとクニスがあんまりすごくて、気後れしてるんだ、とピラは気づいた。だから、気を楽にさせようと、別の壁に描《えが》かれたイルカのことを口にした。二度前の夏、ふたりが友だちになったイルカのスピリットのことを思いだすかと。

「くちばしの形がまちがってる。あれじゃカモだ」

「そうよね」ピラはうなずいた。「ひれもちがうわ。スピリットも、きっと気に入らないわね」

ヒュラスはちらりと笑みを浮《う》かべたが、すぐに引っこめてしまった。

「ヒュラス、どうしたの」

「別に」

「うそよ」

ヒュラスはためらった。「ただ……ここがこんなにすごいところだなんて、思ってなかったんだ。だって、体を洗《あら》うための棺《ひつぎ》まであるんだから！」

「あれはお風呂《ふろ》だってば」ピラは笑いそうになるのをこらえた。

「おまけに、色とりどりの服やら、宝石《ほうせき》やら……銀の杯まで！」

「そのかわり、地面はないし、森も自由もないのよ」ピラは顔をしかめた。

ヒュラスが納得《なっとく》できないという顔をする。

「初めて生きた魚を見たとき、あんまりすばしこくて、びっくりしちゃった。それまでは絵のなか、お皿の上でしか見たことがなかったから」ピラはそこで言葉を切った。「一度も部屋《へや》から出たことのない奴隷《どれい》のおばあさんがいたの。それまでずっと、機織《はたお》りの部屋にこもりきりではたらいてきたから。それがある日、中央の中庭まで出てきて、空を見たのよ。そしたら、それが落ちてくるんじゃないかっておびえて、頭がおかしくなっちゃった。わたしもそうなるんじゃないかって、ずっと不安だったの。窓《まど》のない部屋のなかで、トカゲだけを相手に、ぶつぶつひとりごとを言いながら暮《く》らすようになるんじゃないかって」

ヒュラスの目に同情《どうじょう》の色が浮かんだ。「そんなこと、あるもんか。明日の朝ユセレフが見つからなかったら、すぐにここを出ていくんだ」

ピラはうなずいた。それを信じたかった。心から。

「どうしたんだよ、ピラ。秘術《ひじゅつ》のことをまだ気にしてるのか？　それ……危険《きけん》なのかい」

ピラはぱっと立ちあがり、瓶《かめ》の油をランプにつぎたしはじめた。ヒュラスの勘《かん》のよさには、ときどきまいってしまう。

「どういうものだか知らないけど」ヒュラスは静かにつづけた。「ぼくが手伝う」

「無理よ。手伝うことはできないし、どんなものかも言えない」

「なんでだ？」

「それは……秘密《ひみつ》だからよ。だからこそ、秘術《ひじゅつ》なの。言えるのはこれだけ。女神《めがみ》さまに、姿《すがた》を見せてくださいとお祈《いの》りするの。この場所にあらわれてくださいって……そうしたら、ひょっとすると、太陽を呼《よ》びもどしてもらえるかもしれない」ピラはさらにワインをあおったが、やってきたのは心地《ここち》よいぬくもりではなく、胸《むね》のむかつきだけだった。

自分にかけられた期待の重みがのしかかるのを感じた。母……デウカリオ……洞窟《どうくつ》のなかで汚《きたな》い口バのおもちゃを持っていた少女……そして、同じようなたくさんの子どもたち……。

ヒュラスにはなにも言えなかった。止めようとするに決まっている。それに、勇気をふるいおこして秘術を行ったとしたら、二度とヒュラスには会えなくなる。

太陽を取りもどすには、命を捧《ささ》げなければならないのだから。

# 25

# 夢《ゆめ》と恐怖《きょうふ》と

このままあの子が見つからなかったらどうしよう、とハヤブサは不安だった。さびしくてたまらなかった。それに、少女が困《こま》っているのも感じていた。

そこは奇妙《きみょう》なぐあいに音が反響《はんきょう》する山のなかで、せまいトンネルや、枝《えだ》も葉もないまっすぐな幹《みき》をしたへんてこな木がたくさんあった。木にはいろんな色がついていて、少女をさがしながら、そのあいだを縫《ぬ》って飛ぶ練習をするのは楽しかった。

そしていまは、飛べない獣《けもの》たちのにおいがぷんぷんする、がらんとした洞穴《ほらあな》のなかを飛んでいた。闇《やみ》のなかに、なにか大きなものが動いているのがちらっと見えた。外に出ると、また木の幹がたくさんならんでいたので、そのあいだを縫って飛びはじめた。と、キラキラ光る大きなクモの巣のなかにつっこみそうになり――それをよけたせいで、翼《つばさ》の先をなにかかたいものにぶつけてしまった。ジャラジャラと大きな音がした。

こわくなったハヤブサは、岩棚《いわだな》の上に止まった。もう楽しくない。ここには地面もなければ風もないし、さっきのクモの巣にはあぶなくつかまってしまうところだった。

自分でも意外なことに、子ライオンがいないのがさびしかった。愛想はないし、ひと眠《ねむ》りしたいときにかぎってしのびよってくるのがしゃくだけれど、頭のなかで考えていることはかんたんにわかる。そう思うと、なぜか心がなぐさめられた。

頭を上下にふりながら、ハヤブサはもう一度飛びはじめた。せまいトンネルや葉のない木々《きぎ》がある場所にまた出てきたが、今度はそこで飛ぶ練習をする気にもなれなかった。スズメがちりぢりに飛んで逃《に》げ、トカゲが割《わ》れ目《め》にもぐりこむ。おなかがすいているものの、ハヤブサは目もくれなかった。

少女はどこにいるんだろう?

＊

夜がふけていった。

ピラは寝台《しんだい》にすわって、じっと火を見つめていた。秘術《ひじゅつ》のことを考えてるんだなとヒュラスは思った。大巫女《おおみこ》の娘《むすめ》としてのつとめのことを。それはきっと、リュコニアのヤギ飼《か》いには想像《そうぞう》もつかないようなことなのだろう。

ワインでほおを染《そ》めたピラは、やけにきれいに見えた。夜の川のように背中《せなか》で波打つ髪《かみ》、中央の中庭に描《えが》かれた女たちによく似《に》た黒い瞳《ひとみ》。あまりに高貴《こうき》で、手がとどかない存在《そんざい》に思えてくる。

もうずっと、おたがいのちがいのことは意識《いしき》していなかったが、そのとき急に、ふたりのあいだに大きなへだたりが生まれたような気がした。

着ているものががらりと変わったのに、ピラがきゅうくつそうにしていないせいで、ヒュラスのその思いはさらに強くなった。ピラのチュニックは上等の赤い羊毛でできていて、ビーズとかいうキラキラした小さな玉飾《かざ》りで青いユリの模様《もよう》があしらわれている。さりげなく腰《こし》に巻《ま》かれた優美《ゆうび》な金色のトカゲ革《がわ》のベルトには、銀のふさ飾りがふたつたらされている。体を動かすたび、くらりとするようなジャスミンの香《かお》りがただよってくる。

なんてばかだったんだろう。ピラが自分やイシャやハボックといっしょにリュカス山で暮《く》らせると思うなんて。こんな生活をしてきた女の子が、山で生きられるはずがない。

「ワインのおかわりは?」ピラがだしぬけにきいた。

「いや」

なにを考えているのかわからない目でピラが見る。そして立ちあがり、赤い上がけをていねいに寝台に広げ、もう一度ヒュラスを見た。

ぼくを緊張《きんちょう》させまいとしてるんだとヒュラスは思い、いらだった。ぼくが、坑道《こうどう》を這《は》いずったひざのあざがついたままの、元奴隷《どれい》だから。よそ者のしるしを消すために、耳たぶの端《はし》を切り落としているから。

ぱっと立ちあがると、杯《さかずき》が音を立ててひっくりかえった。「少し寝《ね》たほうがいい」ヒュラスはつっけんどんに言った。

「わかったわ」

「ぼくは廊下《ろうか》で寝る」

「わかったわ」ピラはほおの傷《きず》あとをおさえながら、そうくりかえした。「でも、そんなことしなくていいのに。その」——と顔をいっそう赤らめて——「となりの部屋にも寝台があるから」

ヒュラスはフンと笑った。「寝台で寝たことなんて一度もないし、今夜だってごめんだ」

ピラはため息をついた。「羊皮の敷物《しきもの》を持ってくるわ」

そんなものを使ったこともなかったが、そう告げる気にもなれず、ヒュラスは見たこともないほど清潔《せいけつ》なヒツジの毛皮をかかえてピラがもどってくるのをだまって見ていた。小さくてやわらかい布《ぬの》のかたまりもある。「それ、なんだ？」

「枕《まくら》よ。頭をのせるの」

「へえ」また知らないものだ。

「ゆっくり休んでね」ピラは小さな声で言った。瞳《ひとみ》はうるんでいて、泣きだしそうに見える。ひょっとすると、自分の誤解《ごかい》だったんだろうか。ふとそう思い、声をかけようとしたが、ピラはふたりのあいだにある垂《た》れ布《ぬの》をおろしてしまった。

「きみもな」ヒュラスはつぶやいた。

返事はなかった。ピラはまだ垂れ布の向こうに立っている。やがて、かすかなはだしの足音が部屋《へや》の奥《おく》へ遠ざかっていき、寝台《しんだい》がきしんだ。

後ろめたさをおぼえながら、ヒュラスは敷物《しきもの》を足で廊下《ろうか》に広げた。びっくりするほどやわらかく、かすかにジャスミンの香《かお》りがする。そこに横になると、まるで小さな雲をひとりじめしているような気がした。目を閉《と》じたとたん、眠《ねむ》りのふちに引きずりこまれた。

夢《ゆめ》のなかで、ヒュラスは〈地を揺《ゆ》るがす者〉の山のふもとに立ち、いただきを見あげていた。いただきは巨大《きょだい》な雄牛《おうし》に変わり、猛然《もうぜん》とおどりかかってきた。次の瞬間《しゅんかん》、今度は女神《めがみ》の館《やかた》にいて、どこまでもつづく廊下を走りながら、ピラをさがしていた。中庭に出ると、恐《おそ》ろしいことに、そこにいるピラは壁画《へきが》の女のひとりに変わっていて、ヒュラスをあざ笑っていた——よそ者なんかが、ここでなにしてるの？

はっと目がさめた。ほてった体にヒツジの毛皮がまとわりついている。夢で聞いたピラの嘲笑《ちょうしょう》がまだ耳に残っている。

クニスなんて大きらいだとヒュラスは思った。土のかわりに不自然なほどつるつるの石がしきつめられた床《ゆか》も大きらいだし、ごてごてと絵が描《えが》かれた、風や空をさえぎってしまう壁《かべ》も大きらいだ。

床の上に身を起こした。どうせもう眠れやしない。

ピラは赤い上がけの下で丸くなり、黒髪《くろかみ》をみだして、枕に顔をうずめている。灯心草《とうしんそう》ろうそくをつけるために火鉢《ひばち》のそばまで行っても、ぴくりとも動かなかった。見晴らしのいいバルコニーにのぼって——たしか、東側にあったはずだ——カラス族が来ていないかたしかめてこよう、とヒュラスは思いついた。それなら自分にもできる。

夜の女神の館は、野の生き物たちがうごめく音でにぎやかだった。階段《かいだん》はすぐに見つかり、バルコニーへの出口にたどりついたとき、そこにあった空っぽの火鉢にろうそくを置いた。もしもあたりにだれかいたら、明かりを見られるのはまずい。

ほっとしたことに、川ぞいの木立は真っ暗だった。たいまつやたき火の赤い炎《ほのお》はどこにも見あたらない。ふと、マツの香りがした。そう遠くないところに一本ぽつんと立っている。森が恋《こい》しかった。

のぼったときよりも長いなと感じながら、ヒュラスは階段をおりた。どこからかカチカチという奇《き》妙《みょう》な音が聞こえてくる。下までおりると、絹《きぬ》の垂れ布にぶつかった。来るときにはなかったから、帰り道をまちがえたのだ。山ではめったに道に迷《まよ》ったりしないのに、ここではどこもかしこも同じに見える。

カチカチという音が大きくなった。うす暗い広間に出ると、壁ぎわに大きな機織《はたお》り機が立てかけられていた。下のほうに粘土《ねんど》でできたおもりが一列にならんでぶらさがり、ぶつかりあっている。

頭の皮がぞわりとした。風もないのに揺れている。だれが——なにが——ここを通ったんだ?

ろうそくをあちこちにかざすと、壁に描かれた女神がにらみつけてきた。

女神は、青いひだが波のように重なったスカートと、胸元《むなもと》がえぐれた赤いぴっちりとした胴着《どうぎ》を着ていた。白い顔と、激《はげ》しさをたたえた黒い瞳《ひとみ》は、ピラの母親の大巫女《おおみこ》によく似《に》ている。

ふと、死者の丘《おか》にいる幽霊《ゆうれい》たちのことが頭をよぎった。ひょっとして、夜になるとそこからやってきて、静まりかえったクニスの広間を歩きまわったりするのだろうか。

まさか、ヤササラもここに？

ヒュラスは逃《に》げだした。

さらに階段《かいだん》をおり、廊下《ろうか》を走る。戸口を見つけ、中央の中庭に飛びだした。どちらを向いても、絵のなかの人間たちが音もなくあざけり笑っている。耳のハエを追いはらっている雄《お》ジカが見つかり、大麦の穂先《ほさき》にしがみついたヤマネが見えた。あと何歩か進めば、壁《かべ》から飛びだしかけている雄牛《おうし》の石像《せきぞう》があるはずだ――

雄牛はいなくなっていた。

目を疑《うたが》いながら、ヒュラスは雄牛の像があるはずの冷たい石の壁に手を這《は》わせた。ここだったのはまちがいない。

恐怖《きょうふ》に胸《むね》をつかれながら、ピラが言っていたことを思いだした。小さいころ、夜になるとその雄牛が動きだすと思っていたと……。

廊下の奥《おく》で、ひづめの音がした。荒々《あらあら》しい獣《けもの》の鼻息も。

ろうそくの火がふっと弱まる。

明かりが消える直前、廊下のつきあたりに、角《つの》の生えたばかでかい影《かげ》が見えた。

# 26

# 館《やかた》の守り手

角を曲がって廊下の奥にあらわれたのは、雄牛だった。ヒュラスは恐《おそ》ろしさに立ちすくんだ。どんな大男よりも大きな黒々《くろぐろ》としたかたまりが、目の前にせまってくる。むっとする悪臭《あくしゅう》が鼻をつく。思わず一歩しりぞいた。

雄牛が足を止める。

ヒュラスはもう一歩さがった。天井《てんじょう》の梁《はり》には手がとどかないし、飛びつこうとしても、その前に踏《ふ》みつぶされてしまうだろう。

と、そのとき、雄牛の背後《はいご》にちらりと光が見えた。「動いちゃだめ」暗がりのなかからピラの声がした。すぐに姿《すがた》も見えた。片手《かたて》に灯心草《とうしんそう》ろうそくを持ち、もう片方の手には黄色い絹《きぬ》の布《ぬの》をかかげている。

その声に雄牛はぱっとふりかえった。角がけずった壁のしっくいがぼろぼろとこぼれ落ちる。ピラがその鼻先で布をふってみせ、もと来たほうへと引っこんだ。雄牛は頭をぐっと下げると、猛然《もうぜん》とそちらへ走りだした。

「逃げて！」ピラの叫《さけ》び声《ごえ》がひびく。

でも、ピラひとりに怪物《かいぶつ》と戦わせるわけにはいかない。ヒュラスもあとを追った。角を曲がり、傾斜路《けいしゃろ》をくだると、青銅《せいどう》の飾《かざ》り鋲《びょう》がついた大きな両開きの扉《とびら》があらわれた。開けはなたれた扉のあいだをかけぬけると、広々《ひろびろ》としたうす暗い広間に出た。

最初に目に入ったのは、天井《てんじょう》を支《ささ》えている二列にならんだ背《せ》の高い赤い柱だった。つきあたりには、巨大《きょだい》な金細工の両刃《りょうば》の斧《おの》が置かれ、その前にランプがともされている。床《ゆか》は雄牛《おうし》の糞《ふん》だらけで、そのにおいがあたりに立ちこめている。そのとき、柱の陰《かげ》にかくれて布《ぬの》をひらつかせているピラが見えた。怒《いか》りくるった雄牛が突進《とっしん》していく。

ヒュラスは飛びだしていって、腕《うで》をふりながら大声をあげた。「おい！　こっちだ！」だが、雄牛は目もくれない。ピラは布をほうりだし、となりの柱のほうへ逃《に》げた。雄牛が布を踏《ふ》みつけ、あとを追う。ピラは柱にたどりついて、その陰にかくれた。ものすごい勢《いきお》いで頭がつきだされ、まさに間一髪《かんいっぱつ》、角《つの》の先はピラの太ももをそれた。

「こっちだ！　こっちだ！」ヒュラスがまた叫《さけ》んでみても、雄牛はしつこくピラをねらい、柱の後ろに追いつめている。

ヒュラスは口に手を当てて、オオカミをまねて遠吠《とおぼ》えをした。

雄牛はそれを聞きつけ、くるりとふりかえると、ひづめで床をかいた。いまいましい人間がふたり、どっちを先にやっつけてやろうか――それに、オオカミはどこだ？

ヒュラスはまた吠《ほ》えた。雄牛は頭をかかげ、すさまじいうなり声をあげた。地面が揺《ゆ》れ、百頭もの牛がいるかのように、大広間に咆哮《ほうこう》がひびきわたる。

そのすきをついてピラがかけだした。うす暗い階段《かいだん》めがけて広間をつっ切っていく。階段は雄牛が通るにはせますぎるから、そこをのぼれば安全だ。

が、雄牛はそれに気づいた。ピラは間に合いそうにない。

そのとき、暗がりのなかから黒い稲妻《いなずま》が飛びだしてきた。エコーだ。雄牛の背中《せなか》をかすめて飛び去るや、ぱっと向きを変えて、ふたたびやってくる。雄牛は新たなじゃま者をしきりに目で追いながら、ますますいきりたっている。エコーは床すれすれのところを飛んでくると、ぶつかる直前に翼《つばさ》をたたみ、雄牛の股《また》のあいだを通りぬけた。そのまま悠然《ゆうぜん》と遠ざかり、巨大な金の斧の刃《は》に止まって、キィーッ、キィーッと声高く鳴いた。

一瞬《いっしゅん》、ピラが凍《こお》りついたように斧の上のハヤブサを見つめ、それからヒュラスのほうを見た。雄牛はふたりのあいだにいるから、ヒュラスは階段へは近づけない。

「逃げるんだ！　ぼくはなんとかする！」

ピラが階段をかけのぼり、ヒュラスは全速力で扉のほうへ引きかえした。だが、雄牛も猛烈《もうれつ》な勢いで追ってくる。

「ヒュラス！」背後《はいご》でピラの声がした。「廊下《ろうか》に木の棒《ぼう》があるわ！」

木の棒？　だからなんだ？　雄牛がぐんぐんせまってくるのが、荒《あら》い息づかいでわかる。

廊下に棒……そうか。広間を飛びだすと、ヒュラスは青銅の飾り鋲のついた扉に手をかけ、音を立ててそれを閉《と》じた。それから、壁《かべ》に立てかけられた棒を手さぐりで見つけて、それでかんぬきをかけた。次の瞬間《しゅんかん》、雄牛が扉に激突《げきとつ》した。

女神《めがみ》の館《やかた》のがんじょうな扉はぶるぶるとふるえたが、もちこたえた。

ヒュラスが肩《かた》で息をしながら壁にもたれると、広間から興奮《こうふん》したうなり声がひびいてきた。やがて、ひづめの音が遠ざかり、雄牛が引きかえしていくのがわかった。最後にフンという満足げな鼻息が聞こえた。怒りはおさまったらしい。

じゃま者は消えた。雄牛《おうし》はなわばりを守ったのだ。

*

「あんなところでなにしてたのよ?」〈ささやきの間〉の外にしゃがみこんだヒュラスを見つけ、ピラは叫《さけ》んだ。

「迷《まよ》ったんだ」ヒュラスは息をはずませている。「それに、あんな大牛がいるなんて思わないだろ! あれ……壁《かべ》からぬけだしてきたのか?」

「そんなはずないでしょ! 神官たちがクニスを守るために残していったのよ」

「なんで言っといてくれないんだよ!」ヒュラスが怒鳴《どな》った。

「番人かなにかを残していくはずだってことしかわからなかったのよ、まさか牛だなんて! そっちこそ、なんで夜中に地下をうろついたりしたの! 目がさめてあなたがいなかったから、そこらじゅうさがしまわったのよ!」

「言ったろ、迷ったんだ」

ろうそくは広間に落としてきてしまったが、暗がりのなかでも、ヒュラスがふるえているのがわかった。ピラも同じだ。こわい思いをさせたヒュラスに腹《はら》が立つし、エコーがいきなり広間にあらわれたことも、気になってしかたなかった。聖《せい》なる両刃《りょうば》の斧《おの》に止まったハヤブサの姿《すがた》が目に焼きついている。エコーがあそこに止まったのは偶然《ぐうぜん》じゃない。女神《めがみ》さまのお告げだ。

「でも、ありがとう」ヒュラスがぼそっと言った。「来てくれなかったら、一巻《いっかん》の終わりだったよ」

ピラは心のたかぶりをおさえた。「今度どこかへ行くときは、ぜったい起こしてよ。じゃないと、子どものときユセレフにされてたみたいに、寝台《しんだい》の柱と手首を糸で結んじゃうから。迷子《まいご》にならないように」

ヒュラスはぷっと噴《ふ》きだした。「でも、これでわかったよな。ユセレフはここにいない。ぼくらの叫び声を聞きつけたら、飛んできたはずだ。じきに夜が明けるから、そしたらさっさとここを出よう。真っ暗だけど、部屋《へや》までもどれるか？」

「ヒュラス、わたしは生まれてからずっとここで暮《く》らしてきたのよ、目かくししたってもどれるわ」

中央の中庭に出ると、空が白みかけていた。母がいつもそこで生《い》け贄《にえ》の儀式《ぎしき》をしていたことを思いだし、ピラはそわそわと足を速めた。

雄牛はどうするのかとヒュラスがきいた。「あそこに置きざりにするわけにはいかないだろ」

ヒュラスらしいわ、とピラの胸《むね》は熱くなった。牛の心配をしてあげるなんて。「神官たちが水と干《ほ》し草を置いていってるはずよ。そのうちもどってきて、外に出してやるでしょうし」

そのとき、ふっと空気が揺《ゆ》らぎ、エコーがそばに来たのがわかった。次の瞬間《しゅんかん》、ハヤブサがピラの肩《かた》に止まった。

大きな黒い目で見つめられたとたん、ピラはその意味をさとってはっとした。「わかったわ」静かに、そう声をかけた。

エコーはバサッと翼《つばさ》をはためかせると、くちばしでピラの髪《かみ》をひとふさつまみ、そっと引っぱった。

「そいつ、どうかしてるよ」とヒュラスが言った。「牛の股《また》のあいだをくぐりぬけたのを見たか？」

「あれは……あれは、飛ぶ練習をしてただけよ」ピラは口ごもりながら答えた。

その口調が気になったのか、ヒュラスがさぐるような目を投げかけてきた。「さっきの広間に火のついたランプがあったろ、斧の真ん前に。きみがつけたのか？」

「ええ。あなたをさがしてたときに」

「なんのために？」

「それは……知りたいことがあって、お告げをもらいに行ったのよ」

「もらえたのか？」

「ええ」

東側の階段《かいだん》まで来ると、ヒュラスがピラの肩《かた》に手をふれた。「この上のバルコニーから川を見わたせるんだったよな。のぼっていって、カラス族がまだ来ていないかたしかめよう」

「ひとりで行って。わたしはここで待ってる」死者の丘《おか》を見る気にはとてもなれない。母の墓《はか》にきざまれた石の目も。

「だいじょうぶか？」

「だいじょうぶ。今度は迷《まよ》ったりしないでよ」

ヒュラスが一段《いちだん》飛ばしで階段をのぼっていくと、ピラはいちばん下の段にすわりこみ、ふるえるひざをかかえこんだ。

もう逃《に》げることはできない。ピラの問いかけに答えて、女神《めがみ》さまはなによりもはっきりとしたお告げをくださった。あのときエコーが止まった両刃《りょうば》の斧《おの》は、クニスのなかでもっとも聖《せい》なるもののひとつだった。

自分がどうすべきなのかはわかった。問題は、その勇気があるかどうかだ。

頭上で足音が聞こえ、ヒュラスが階段をかけおりてきた。「やつらが川のところにいる」小声でそう言い、ピラの手首をつかんで立ちあがらせる。「ここを出ないと！」

ピラの部屋《へや》にかけもどると、ヒュラスはあわただしく荷物をまとめた。つっ立ったままのピラは、

「早く！」とせかされた。

「あなたは行って。わたしは残らなきゃ」

ヒュラスがまじまじと見つめる。「なんだって?!」

「わたしは行けないの、ヒュラス。ここに残るわ」

「でも、カラス族が――」

「わかってる。でも、秘術《ひじゅつ》を行わなきゃならないの。わたしにしかできないのよ」

# 27

## 神々《かみがみ》への供物《くもつ》

「だめだ」ヒュラスが言った。「カラス族がすぐにおし入ってくるぞ」

「だからこそ、やらなきゃならないの。いましかチャンスはないから」

「そんなひまはないんだ、ピラ！」

「でも、太陽を取りもどせなかったら、じきにみんな飢《う》え死によ！」

ヒュラスはじっとピラを見つめた。「ほんとにやる気なんだな」

「そう、それにこれは、ひとりでやらなきゃならないの、ヒュラス。あなたは逃《に》げられるうちに逃げて」

「なんだって、きみを置きざりにしろっていうのか？」

「わたしはクニスのことをよく知ってる。カラス族とちがって。だから、しばらくかくれてようすを見て……ヒュラス、お願いだから。わたしのために逃げて」心を決めたからには、ヒュラスにはなんとしても逃げてもらわないといけない。ここにいればいるほど、逃げのびるチャンスは小さくなる。

ヒュラスは手に持った投石器を見やり、またピラに目をもどした。「なんできみがやらなきゃならないんだ。神官たちがやれば——」

「男にはできないの。巫女《みこ》じゃないとだめなのよ——」

「きみは巫女じゃないだろ！」

「ええ、でも、わたしはヤササラの娘《むすめ》だし、どうすればいいかは知ってる。説明してるひまはないけど、ここでわかるの」——とこぶしを胸《むね》におしあて——「母が無事だったらしていたはずのことを、かわりにやらなきゃならないって。わたしのためを思うなら、ここから逃げて！」

ヒュラスはさぐるような目でじっとピラを見つめた。それから、心を決めたようにぎゅっと口を結んだ。「だめだ。山で言ったろ。二度とはなれたりしないって」

ピラは深く息を吸《す》いこんだ。「いまは事情《じじょう》がちがうの」

「なんでだ？」

それは言えない。ヒュラスが知ったら、止めようとするに決まっている。

「だめだ」ヒュラスがくりかえした。「きみを置いては行かない。やることが片《かた》づくまで、ぼくがカラス族を食いとめる。それからここを出るんだ。ふたりで」

＊

大巫女が暮《く》らしていた奥《おく》の間へと向かい、両開きの扉《とびら》の前まで来ると、ピラは立ちどまった。心臓《しんぞう》が激《はげ》しく高鳴り、ろうそくをにぎりしめた手はふるえている。

扉をおすと、ギィーッと音を立てて開いた。館《やかた》の外ではうす暗い灰色《はいいろ》の朝が明けはじめたが、部屋《へや》のなかは真っ暗だ。ここに入ったことは一度もない。ヤササラの幽霊《ゆうれい》に追いかえされそうでこわかった。

ヒュラスのことは考えちゃだめ。扉を閉《し》めながら、ピラは自分に言い聞かせた。でも、無理だった。カラス族を食いとめるために、わなをしかけるとヒュラスは言っていた。ピラのほうは館《やかた》のつくりを手短に説明し、ふたりは階段《かいだん》の下で別れた。あまりにもあっけなく。さよならさえ言えなかった。

ヒュラスのことは考えちゃだめ——ハボックやエコーのことも。みんなとは別れたのだ。もう会うこともない。

一度、母が秘術《ひじゅつ》を行うところを見たことはあるものの、それはずっとかんたんなものだった。これから取りかかるのは、ほかのどんなまじないともちがう。牛飛びの儀式《ぎしき》も、雄牛《おうし》や雄《お》ヒツジの生《い》け贄《にえ》もなく、見物人たちもいない。神々《かみがみ》への供物《くもつ》として人の命が捧《ささ》げられていた、太古の昔から行われてきたものだ。

火鉢《ひばち》が見つかり、そこにろうそくの火を近づけた。炎《ほのお》があがったとたん、ピラははっとした。秘術に必要なものがすべてならべられている。ピラを待っていたかのように。

緑のガラス鉢《ばち》に入った乳香《にゅうこう》、数枚《すうまい》の象牙《ぞうげ》の皿に入った細かな石の粉、水晶《すいしょう》の瓶《びん》に入った聖油《せいゆ》……。館の反対側の西のバルコニーにも火鉢が用意され、女神《めがみ》に呼《よ》びかけるための雪花石膏《せっかせっこう》のほら貝が置かれているはずだ。

ケフティウ独特《どくとく》の紫色《むらさきいろ》をした豪奢《ごうしゃ》な衣服が目にとまり、ピラはぞっとした。母親の体の形がまだ服に残っている。病《やまい》に倒《たお》れる直前まで、ヤササラは儀式を行おうとしていたのだろう。それとも、娘《むすめ》がこうしてやってくることを見ぬいていたのだろうか。

反抗心《はんこうしん》がむくむくと頭をもたげた。こんなこと、する必要なんてないわ！　できるかどうかもわからないのに！　むだになるかもしれないのに、なんで命をさしださなきゃならないの？　こんなことやめて、ヒュラスを見つけて逃《に》げればいい……。

それでどうなるの、ともうひとつの心の声が言った。どこかにかくれて、ケフティウが力つきてほろびるのを、ただ見ているつもり？

洞窟《どうくつ》で会った少女がまた目に浮《う》かんだ。飢《う》えや絶望《ぜつぼう》と闘《たたか》いながら、残り少ない日々《ひび》を必死に生きようとしている姿《すがた》が。

ピラは歯を食いしばり、斑岩《はんがん》でできた鉢《はち》に瓶《かめ》の海水を注ぐと、急いで服をぬいで体を洗《あら》った。それから、ガタガタと歯を鳴らしながら、純金《じゅんきん》の針金《はりがね》で髪《かみ》をたばねて頭に巻《ま》きつけ、七本のふさをたらした。

象牙の皿にはそれぞれ色あいがちがう石の粉が入れられていて、ピラはそこにヒヤシンスと没薬《もつやく》の聖油をまぜ、それを全身に塗《ぬ》りたくった。白い石膏は顔と体に、赤土はてのひらと足の裏《うら》に。できた。これは、ケフティウの大地に捧げるためのお化粧《けしょう》だ。

次は海に捧げるために、ヤササラが着ていた紫色の重たいスカートと、乳房《ちぶさ》があらわになったきつい胴着《どうぎ》を身につけた。腰《こし》には聖なる海の絹《きぬ》でつくった帯を結ぶ。赤みがかった金色をした大きな二枚《にまい》貝《がい》の糸状《いとじょう》の繊維《せんい》を紡《つむ》いだものだ。ユリの聖油を服にふりかけながら、ピラは胴着の胸元《むなもと》がえぐれているわけを考えないようにした。ナイフをそこに刺《さ》すためだということを。

空への捧げ物は、聖なる鳥がきざまれた足輪と耳飾《みみかざ》りと腕輪《うでわ》。それから、母のものだったりっぱな太陽の首輪もふるえる手ではめた。ずっしりとした重みと、冷たさが伝わってきた。

顔に塗った石膏がかわきはじめ、ほおにさわっても、傷《きず》あとがどこにあるか、もうわからない。ケフティウの土によって傷はおおいかくされ、ピラは完ぺきな姿になった。女神《めがみ》さまが宿る依《よ》り代《しろ》としてふさわしいように。

下の階からくぐもった鳴き声が聞こえた。エコーだ。怒《おこ》ったようなヒュラスの声もする。ピラは目をつぶった。考えちゃだめ。エコーの面倒《めんどう》はきっとヒュラスが見てくれる。狩《か》りのしかたも教えてやってくれる。

母の青銅《せいどう》の鏡の前で、自分と目を合わせないようにしながら、リスの尾《お》の先でつくった刷毛《はけ》を使って、まぶたにヘンナとケシの汁《しる》で目を描《えが》いた。これで女神《めがみ》さまの目になれる。さらに、女神さまの耳と口になってその言葉を告げられるよう、耳たぶとくちびるも赤く塗《ぬ》った。

そこでピラはためらった。残るはあとひとつ。

開いた黒檀《こくたん》の箱に、ナイフが入っている。銀製《ぎんせい》で、刃《は》のところには、黒い波間をはねる青いイルカの姿《すがた》があしらわれている。さわりたくはなかった。それにさわってしまうと、準備《じゅんび》が整ったことになる。まずは、〈ささやきの間〉におりていって、聖《せい》なるヘビを腕《うで》に巻《ま》きつけ、地の底の神々《かみがみ》を目ざめさせなくてはならない……。

それから、中央の中庭を横切って〈天の間〉にあがり、大空の神々のために乳香《にゅうこう》をたいて……。最後に、雪花石膏《せっかせっこう》のほら貝を吹《ふ》き鳴らし、太陽をお返しくださいと女神さまに祈《いの》りを捧《ささ》げてから、ナイフをかまえ、秘術《ひじゅつ》を完成させる……。

ヒュラスが階段《かいだん》をかけあがる音がこだました。

ピラはナイフを取りあげ、腰《こし》にさげた金張《きんば》りのさやにおさめた。このままヒュラスが通りすぎるのを待とう。姿を見たら、決心がくじけてしまうから。

扉《とびら》の向こうで足音が止まった。ギィーッと音がして、扉がおし開かれる。

「ヒュラス、だめよ――」ピラはふりかえって言った。

ヒュラスではない。

それはテラモンだった。

# 28

# 聖《せい》なる部屋《へや》

一瞬《いっしゅん》、テラモンは女神のひとりが壁画《へきが》からぬけだしてきたのかと思った。

すぐにピラだと気づいたが――それはいつものピラとはまるでちがっていた。胸《むね》があらわになったきつい胴着《どうぎ》と、ブドウのしぼり汁のような色の波打つスカートを身につけ、見なれない巫女《みこ》の姿をしている。髪《かみ》には金のヘビが渦《うず》を巻き、肌《はだ》は不気味に白く光っている。黒い瞳《ひとみ》は、恐《おそ》れるふうもなくこちらを見すえている。テラモンは近づくのをためらった。ピラにもまちがいなくそれが伝わっている。

「ここはあなたの来るところじゃないわ」ピラが平然と言った。「手遅《ておく》れになる前に、出ていきなさい」

力強いその声に、肌がぞくりとした。「盗《ぬす》まれたものを取りもどしに来たんだ」声をしぼりだす。「短剣《たんけん》をわたすんだ」

ピラが両手を広げると、スカートからくらりとするような芳香《ほうこう》が立ちのぼった。「持ってないわ」

「信じるもんか」

「好きにすれば。いまのうちに出ていきなさい、カラス族のぼうや」

テラモンはあごをぐっとあげた。「ぼくはコロノスの孫だ。血筋《ちすじ》のよさなら負けない」

ピラがあざけるように真っ赤なくちびるをゆがめるのを見て、テラモンは顔を赤らめた。「アカイア人のくせに。あなたたちが洞窟《どうくつ》に住んでたころから、ケフティウのわたしたちは、中央の中庭で神々《かみがみ》にお酒を捧《ささ》げていたのよ」

「ヒュラスだってアカイア人だ」

「そう、おかしいわよね。ヒュラスはヤギ飼《か》いで、あなたは族長の息子《むすこ》。なのに、彼《かれ》のほうが最高のアカイア人で、あなたは最低だなんて」ピラの目がテラモンの手首に向けられた。テラモン自身の印章のとなりに、ピラのものもぶらさげられている。と、視線《しせん》がベルトについた四角い金の飾《かざ》りにうつされた。それもピラが身につけていたものだ。「カラス族って、ものを切りきざむのは得意だけど、作りあげることはできないのね」

「征服《せいふく》するのも得意だぞ」テラモンはそう切りかえした。「ケフティウ人は、自分の身さえ守れないじゃないか！　たったふたりで、壁《かべ》にのぼって門を開けたんだぞ！」

内心ひるんだとしても、ピラはそれを顔に出さなかった。「気の毒なテラモン」とあざ笑うように言う。「戦士なんかの力で、この国を征服できると思ってるの？　クニスは、はるか昔からここにあるのよ！　自分を守る手立てなら、ほかにいくつもあるわ。それを思い知らされる前に、出ていきなさい」

テラモンはためらった。女神《めがみ》の館《やかた》におし入るのは、拍子《ひょうし》ぬけするほどかんたんだった。ところがなかに入ってみると、廊下《ろうか》がややこしく入り組み、壁のように見える衝立《ついたて》の向こうには垂直《すいちょく》に落ちこんだ虚空《こくう》が待っていたりと、とまどうことばかりだった。おまけに、地下には怪物《かいぶつ》がいるらしく、恐《おそ》ろしげなうなり声がひびいていた。

「入ってこられるのを防《ふせ》ぐ必要はないというわけか」とさっきクレオンはいまいましげに言っていた。「問題は入ったあとだ……」そのあとすぐ、テラモンは一行とはぐれてしまった。問題は入ったあとだ……。

遠くのほうで叫《さけ》び声《ごえ》があがり、剣《けん》と剣がぶつかりあう音がひびいて、やがて静寂《せいじゃく》がおとずれた。ピラが息をのんだ。すぐに平静を取りもどしたが、先ほどまでの威厳《いげん》は消えている。

こいつは巫女《みこ》なんかじゃない。テラモンはかっとなった。ただのおびえた少女だ。「はったりは通用しないぞ！　短剣《たんけん》とヒュラスをさしだすんだ、いますぐに！」

「いやよ」そう言いながらも、ピラは身をこわばらせ、首筋《くびすじ》の血管をひくひくと脈打たせている。

「なんであいつをかばうんだ。あいつなんかのどこがいい？」ピラの肩《かた》をつかんで、揺《ゆ》さぶってやりたかった。ぼくのほうがあいつよりすごいのがわからないのか？　ぼくのほうが強くて、見てくれもよくて、裕福《ゆうふく》じゃないか！　なのに、ぼくよりあいつを選ぶなんて！「あきらめるんだ、ピラ。ぼくの勝ちだ。家来たちが館じゅうをさがして、あいつを見つけだす。短剣をわたせば、きみに手荒《てあら》なまねはしない。でも、ヒュラスのことは忘《わす》れろ。助けようとしたってむだだ」

＊

ピラは必死でテラモンの視線を受けとめた。やがて、そろそろと後ろを向いた。見られていることを意識《いしき》しながら、火鉢《ひばち》のなかで燃《も》えるアシを一本取りあげ、緑のガラス鉢《ばち》に入った乳香《にゅうこう》に近づける。時間かせぎをしていることを、テラモンにさとられてしまうだろうか。頭をしぼって逃《に》げだす方法を考えながら、ヒュラスが逃げのびたかどうか、しきりに耳をすましていることを。

「短剣《たんけん》をわたすんだ」テラモンがまた言った。

乳香《にゅうこう》に火がついたとたん、ぱっとひらめいた。ひどく危険《きけん》だけれど、ほかに道はない。鉢《はち》を両手で捧《ささ》げ持つと、ピラはテラモンに向きなおった。「もし断《ことわ》ったら？」

テラモンの目がけわしくなる。マントをまとい、短剣をにぎったその姿《すがた》は、恐怖《きょうふ》をおぼえるほど強そうに見える。走って逃《に》げても追いつかれてしまうだろうし、自分の腰《こし》に差した銀のナイフをぬくひまもなさそうだ。相手の動揺《どうよう》につけこむしかない。

緑のガラス鉢《ばち》のなかでは、透明《とうめい》がかった聖《せい》なる樹脂《じゅし》のかたまりから炎《ほのお》があがり、つんとする黒い煙《けむり》が幾筋《いくすじ》も立ちのぼっている。炎を吹《ふ》き消すと、煙はたちまち白い色に変わり、ピラのねらいどおり、部屋《へや》じゅうに乳香のかぐわしい香《かお》りが立ちこめた。「もし断ったら？」ピラは静かにくりかえした。

テラモンは短剣をにぎりなおした。顔は赤らみ、鼻の下には汗《あせ》の粒《つぶ》がにじんでいる。

鉢を目の前にかざし、芳香《ほうこう》のする煙で身をかくすようにしながら、ピラは部屋の奥《おく》へとしりぞいた。

テラモンがつめよる。「おい、逃げようなんて思うなよ」

「思わないわ。ここは大巫女《おおみこ》しか入れない聖なる部屋なんだから。逃げるのはあなたのほうよ」

火鉢《ひばち》の火が弱まり、テラモンが壁《かべ》の絵に目をやるのがわかった。そこには、生《い》け贄《にえ》を捧げられ、タカやライオンを意のままにあやつる女神《めがみ》の姿が描《えが》かれている。ピラはさらに一歩下がった。背後《はいご》には出口が三つある。どれも、毒々《どくどく》しい緑色と派手《はで》な黄色の刺繍《ししゅう》がほどこされた垂《た》れ布《ぬの》にかくされている。その向こうには暗い通路があり、胸壁《きょうへき》にあけられたすきまから、二階下にあるうす暗い小さな中庭がのぞいている。

テラモンは警戒《けいかい》するように、三つの出口をしきりに見比《みくら》べている。

「奥になにがあると思う？」ピラは低い声で言った。「ここはケフティウよ。どんなまじないがじゃま者を待ちかまえていると思う？」

「こわがらせようとしたってむだだぞ」

ピラは笑《え》みを浮《う》かべてみせた。「でも、こわがってるじゃない。ここにはだれも入れないのよ」煙をあげる鉢を顔の前につきつけると、テラモンははっとしたように後ずさりをした。「わたしたちが、なんの備《そな》えもなくクニスをはなれるとでも思ったの？　女神さまはあなたをお許《ゆる》しにならないわよ！」

テラモンはあごをあげた。「それがどうした。女神はケフティウを見捨《みす》てたんだ。それに、ぼくには〈怒《いか》れる者たち〉がついてる」

「へえ、なら、どこにいるわけ？　ケフティウじゅうが灰《はい》だらけなのに、〈怒れる者たち〉なんてどこにも見あたらないじゃない。母が追いはらったからよ！　母の魔力《まりょく》は、あなたたちの精霊《せいれい》なんかよりずっと強力なんだから！」

「ヤササラは死んだんだ」テラモンがくぐもった声で言った。

「でも、呪文《じゅもん》はまだ生きてるのよ」もう一度乳香の煙を浴びせ、テラモンが後ずさりをしたすきに、ピラはかけだした——真んなかの出口の外に待つ暗がりへと。

ねらいどおり、テラモンは叫《さけ》び声《ごえ》をあげてあとを追ってきた。ピラがぱっと横へ飛びすさると、テラモンは勢《いきお》いあまって前へつっこみ、胸壁のすきまから空中へと飛びだした。

叫び声は聞こえなかったが、地面にたたきつけられた音がズシンとひびいた。胸壁の上に鉢を置いて、ピラは身を乗りだした。

テラモンは石の床《ゆか》の上に倒《たお》れていた。ぴくりとも動かない。けがをしただろうか、それとも死んだのだろうか。乳香《にゅうこう》の香《かお》りをかいでいるせいか、頭がまひしたようで、後ろめたさも後悔《こうかい》も感じなかった。「警告《けいこく》したはずよ」

鉢《はち》を取りあげると、ピラは部屋《へや》のなかへもどった。鉢を卓上《たくじょう》に置いて、神官たちが母のために用意した銀の水差しを持ち、黒曜石の杯《さかずき》にケシの汁《しる》とザクロのワインを注ぐ。

それを飲んだ。もうピラではない。〈光り輝《かがや》く者〉の依《よ》り代《しろ》だ。

そして新しいろうそくに火をつけると、両開きの扉《とびら》を開け、〈ささやきの間〉へと歩きだした。秘《ひ》術《じゅつ》を行うために。

# 29

# クモの巣

角《つの》の生えた大きな山が、少年と少女と、それにしゃくにさわるハヤブサまでのみこんでしまい——子ライオンだけがなかに入れずにいた。

木から落っこちたせいでしょんぼりしながら、子ライオンはとぼとぼと山のまわりをうろついた。奥《おく》からはいまいましいあの鳥の鳴き声が聞こえてくる。なにか困《こま》っているみたいだ。ふん、いい気味だ。飛べるからって、自分だけあの子たちのそばに行ってしまうなんてずるい。

山の腹《はら》にあいた黒々《くろぐろ》とした穴《あな》のところまで来ると、子ライオンは立ちどまった。少年と少女をのみこんだおっかない口の前までもどってきたのだ。困ったことに、そこからは黒いぺらぺらの毛皮を生やした恐《おそ》ろしい人間たちのにおいまでしている。父さんたちを殺したやつらのにおいだ。

子ライオンは耳をぺたんと倒《たお》し、しゃがみこんで考えた。だめ、とてもなかには入れない。

でも、恐ろしい人間たちは、少年をつかまえようとしている。

恐怖《きょうふ》にふるえながら、子ライオンはかぎ爪《づめ》を出してはまた引っこめた。入っていくなんて無理だ。

たとえ少年のためでも。

でも、あの子のそばにいてあげなくちゃ。

子ライオンは尻尾《しっぽ》をくねらせ、後ろ足に力をこめた。そして、歯を食いしばると、勇気をふりしぼってなかへかけこんだ。

＊

ハヤブサはくたびれ、おびえ、怒《おこ》っていた。自分のへまのせいで、身動きできなくなってしまったのだ。

少女を雄牛《おうし》から助けたあと、洞穴《ほらあな》のひとつの奥《おく》に、暗くて居心地《いごこち》のいい止まり木を見つけた。しばらくして目がさめたとき、また少女が困《こま》っているのがわかった。なぜかはわからないが、翼《つばさ》の付け根のところで、はっきりとそれが感じられた。

それで、せまくるしい洞穴がごちゃごちゃとならんだ場所を、また飛びまわりはじめた。ところが、洞穴と洞穴の境目《さかいめ》にかかった大きなクモの巣のことをすっかり忘《わす》れていて、気づいたときには、そのなかへつっこんでいた。

クモの巣は見た目よりもじょうぶで、くちばしでつついても、かぎ爪《づめ》で引っかいても、ぬけだすことができなかった。もがけばもがくほど、いっそうがんじがらめになってしまう。いまはもう翼も広げられず、かぎ爪一本さえ動かせない。もう一度卵《たまご》のなかに閉《と》じこめられたみたいで、恐《おそ》ろしくてたまらなかった。

＊

山のなかは恐ろしくてたまらなかった。

足元の地面は危険《きけん》なほどつるつるだし、両脇《りょうわき》にはまっすぐな幹《みき》をしたへんてこな木が脅《おど》かすようにならんでいて、子ライオンは引っかいてみる気にもなれなかった。

洞穴の入り口には大きなクモの巣が張《は》っていて、ときどきそこにつっこんでしまった。鼻先にまとわりつくのが気持ち悪いので、両足でそれをかき分けないといけなかった。

なによりもいやなのは、そこらじゅうから悪い人間たちのにおいがしてくることだった。洞穴のなかは音がこだまするので、どこから聞こえてくるのかはわからないけれど、叫《さけ》び声《ごえ》や、ピカピカ光る長いかぎ爪がぶつかりあう音もひびいていた。

ようやく少年のにおいをかぎあて、それをたどると、ヒツジの死骸《しがい》のところに行きついた。少年はその上で横になって、いつものように長いこと眠《ねむ》っていたらしい。それがわかると、少し元気が出た。

ヒツジに鼻を近づけると、驚《おどろ》いたことに、それは毛皮だけで、肉がちっとも残っていなかった。いちばん小さくて丸々《まるまる》としたヒツジを牙《きば》で引きさいてみると、なんとそのなかには羽がぎっしりつまっていた。ヒツジのなかに、はらわたじゃなく羽がつまっているなんて、どういうことだろう？

せきこみ、くしゃみをしながら、子ライオンは空っぽのヒツジをほうりだし、となりの洞穴へ入っていった。そこには少年と少女のにおいがはっきりと残っている。姿《すがた》は見あたらないけれど、肉を残しておいてくれたので、すわりこんで食べはじめた。そのあいだも、こわい人間たちの音がしないかと、しきりに耳をそばだてていた。

それほど遠くないところで、またハヤブサの声がした。鳴かせておけばいい。おなかのへった子ライオンは、また肉にかぶりついた。

＊

どんなにもがいても、クモの巣はハヤブサをはなしてくれなかった。おまけに、地の底からなにかの怪物《かいぶつ》が近づいてくる。

自分をスズメのようにちっぽけに感じながら、ハヤブサはくちばしを開いたまま、ぐったりとしていた。心臓《しんぞう》が早鐘《はやがね》を打っている。ばかでかい影《かげ》がせまってくるのが見えた。荒々《あらあら》しい息づかいも聞こえてくる。

乱暴《らんぼう》に胸《むね》におしつけられた大きな黒い鼻が――ハヤブサのにおいをかいだ。

＊

子ライオンはハヤブサのにおいをかいでから、片足《かたあし》でちょいとつついた。

ハヤブサは怒《おこ》ったように鳴くだけで、身動きができずにいる。大きなクモの巣につかまってしまっているのだ。翼《つばさ》を広げられずにいるせいで、ひどくちっぽけに見える。食べてやろうかと思ったが、羽ばかりで、ひと口分にもなりそうにない。いまはおなかがいっぱいだし、羽はくしゃみが出るからごめんだ。

もう一度前足でつつくと、ハヤブサはクモの巣ごとぶらんぶらんと揺《ゆ》れながら、にらみつけてきた。またつつくと、今度は糸がかぎ爪《づめ》にからみついたので、子ライオンは勢《いきお》いよくそれを引きさいた。と、ハヤブサがドスンと地面に落っこちた。

子ライオンは、おもしろ半分でハヤブサを前足のあいだにはさみ、ちょいちょいとこづいた。ハヤブサは金切り声をあげ、片足を蹴《け》りだした。肉球に痛《いた》みが走り、引っかき傷《きず》ができた。

子ライオンはうなり声をあげた。ハヤブサもキーッとやりかえす。

と、そのとき、ぎょっとするほど近くで人間たちの声がした。

ハヤブサはぱっと飛びたった。子ライオンも一目散に逃《に》げだした。あちこちからこだまがひびき、人間たちが前にいるのか後ろにいるのかもわからない。ハヤブサについていけばよかった、と子ライオンはくやんだ――少なくとも、ひとりぼっちにはならずにすんだのに。

悪い人間たちはどこだろう。

それに、少年は？

# 30

# わな

エコーがすぐそばを横切ったので、ヒュラスははしごから転がり落ちそうになった。スズメバチたちが腹《はら》を立て、頭の上でブンブンと飛びまわる。耳と親指をちくりとやられた。ヒュラスは歯を食いしばりながらハチの巣にひもをくくりつけ、はしごをすべりおりると、ひもの端《はし》を廊下《ろうか》の両脇《りょうわき》の柱にまわして、足首の高さで固定してから、かけだした。よし。またひとつわながてきた。

カラス族の姿《すがた》はまだ見あたらないが、じきにやってくるのはまちがいない。さっき窓《まど》からのぞいたとき、北門のところに黒い人だかりが見えた。総勢《そうぜい》二十二人、テラモンとクレオンもいた。向こうは二十二人、こちらはひとり。そのことは考えないようにした。

いまいるのが野山なら、岩につっかい棒《ぼう》をして落としわなをしかけられるし、とがらせた若木《わかぎ》を使ってばねじかけのわなだってこしらえられる。でもここでできるのは、敵《てき》を脅《おど》かして追いはらうことぐらいだ。ヒュラスはずんぐりした蜜《みつ》ろうの人形《ひとがた》をふたつ工房《こうぼう》から持ちだし、石灰《せっかい》の粉に水をまぜてどろどろの絵の具をつくった。そして大急ぎで走りまわりながら、〈膿《うみ》食らい〉の人形をできるだけ恐《おそ》ろしげに見える場所に置き、あちこちの扉《とびら》に疫病《えきびょう》のしるしの手形をつけていった。

それが役に立たず、面と向かって戦うことになったら、ヒュラスに勝ち目はない。手元にあるのは斧《おの》とナイフと投石器だけで、玉も足りない。ピラの首飾《くびかざ》りに使われていた大きな紅玉髄《こうぎょくずい》のビーズがひと袋《ふくろ》あるきりだ。

置いてきたピラのことが気がかりで、走りながら胸《むね》がズキンと痛《いた》んだ。ピラは館《やかた》の東側、ヒュラスのほうは西側にいて、ふたりのあいだは中央の中庭でへだてられている。かくれる場所なら、ピラはだれよりもよく知っているはずだが、いったんカラス族につかまってしまったら、悲鳴を聞きつけることもできそうにない。

角を曲がり、左右に工房がならんだうす暗い廊下を進む。扉に手形はついていない。ここにはわなをしかけていないということだ。と、火鉢《ひばち》にガタンとぶつかり、縄《なわ》の束につまずいた。この縄は使えそうだ。ヒュラスはそれを肩《かた》にかけた。

廊下のつきあたりに、たいまつの火が見えた。ヒュラスは火鉢の陰《かげ》に身をひそめた。カラス族はすぐにも角を曲がってやってくるだろう。

ところが、反対側のつきあたりにもたいまつの光があらわれた。戦士たちが廊下の両側から近づいてくる。

ヒュラスはとっさにいちばん近くの工房に飛びこんだ。どうか、どうか、袋《ふくろ》のネズミになりませんように。

不安は的中した。うす暗い工房には、窓もなければ、天窓《てんまど》もなく、もぐりこめそうな排水路《はいすいろ》さえ見あたらない。道具がごちゃごちゃとつめこまれているだけだ。

「部屋《へや》という部屋を片《かた》っ端《ぱし》からさがせ！」廊下の一方から男の叫《さけ》び声《ごえ》がした。ガシャンと陶器《とうき》が割《わ》れる音。カラス族は両側から近づいてきながら、工房をひとつずつたしかめはじめた。ヒュラスがかくれている部屋《へや》はちょうど真んなかにある。見つかるのは時間の問題だ。

ヒュラスは必死にあたりを見まわした。作業台の上には、見なれない大きな卵《たまご》が三個《こ》置いてある。なんの役にも立ちそうにない。

物音がだんだん近づいてくる。

大あわてで縄《なわ》の端《はし》に輪っかをつくり、それを山と積まれた象牙《ぞうげ》の一本に引っかけた。それから、敵《てき》の目を引きつけるために、大きな卵をひとつ床《ゆか》の上に置くと、作業台の陰《かげ》に飛びこみ、縄の反対側の端を両手でにぎった。

一瞬《いっしゅん》ののち、部屋のなかはすえたような汗《あせ》のにおいと、生皮の鎧《よろい》のきしむ音でいっぱいになった。床に投げかけられたたいまつの火影《ほかげ》がヒュラスのほうへ近づいてくる。

「言ったろ、ここにはだれもいやしない」ぞっとするほどすぐそばで、怒《おこ》ったような男の声が聞こえた。「疫病《えきびょう》がうつる前にさっさと出ようぜ」

「この手形はまだ新しいだろ、このまぬけ！」もうひとりが言いかえした。「だれのしわざだと思う？」

「知るもんか！　こんな呪《のろ》われた館《やかた》なんか、もうたくさんだ！」

同意の声がいくつもあがったが、手形の新しさに気づいた男は引きさがらなかった。「命令を忘《わす》れたのか。すみからすみまでさがすんだ！」

たいまつの火影が足元まで近づいてくる。ヒュラスは後ずさりしそうになるのをこらえた。ちょっとでも動いたら命取りだ。

「なんだ、あれは」

ヒュラスは凍《こお》りついた。

「どうやら……でかい卵らしい」

「さわるんじゃない、呪われてるぜ」

「あそこにあるのはなんだ」

火がさらに近くなる。〈野の生き物の母〉に必死で祈《いの》りを捧《ささ》げながら、ヒュラスは力いっぱい縄を引いた。象牙の山はぐらつき、ガラガラとくずれ落ちた。

たいまつが投げだされ、男たちは暗闇《くらやみ》のなかで悲鳴をあげ、悪態《あくたい》をついた。そのすきをついて、ヒュラスは横をかけぬけ、外へ飛びだした。

が、戦士たちはすぐにわれに返った。廊下《ろうか》をかけだしたヒュラスの背後《はいご》で、叫《さけ》び声《ごえ》があがった。

「あそこにいるぞ！」

全速力で角を曲がると、ヒュラスは敷物《しきもの》で足をすべらせ、転びそうになりながら、入り口の両脇《りょうわき》に翼《つばさ》のあるライオンが描《えが》かれた部屋の前をとおりすぎた。たしか、さっきこの近くにわなをしかけたはずだ。

今度は、わざと自分の姿《すがた》を追っ手に見せるようにした。

「あそこだ！」と声があがる。

ヒュラスをつかまえようとやっきになった男たちは、足元の縄に気づかなかった。先頭の数人が武《ぶ》器《き》を持ったまま倒《たお》れるや、スズメバチに直撃《ちょくげき》されて、怒《いか》りと痛《いた》みでうめき声をあげるのが聞こえた。

怒りくるったハチたちの攻撃《こうげき》も、たいした時間かせぎにはならなかった。ヒュラスは見おぼえのある階段《かいだん》に気づき、そこをかけあがった。いちばん下の段に置いておいた〈膿《うみ》食らい〉が、紅玉髄《こうぎょくずい》の目をぎょろりと光らせた。

階段をのぼりきって暗がりにかけこんだとたん、戦士たちが下までやってきた。〈膿食らい〉に気づき、あわてて足を止める。

「言ったただろ、ここは呪《のろ》われてるって」ひとりが息をはずませながら言った。

「なんだか知らないが、人間じゃないものがいるのはたしかだ」別の男もつづける。「こんなところ、もうごめんだ！」

今度は、だれも反対しなかった。

ほっとして胸《むね》をなでおろしながら、ヒュラスは遠ざかる足音を聞いていた。二階の回廊《かいろう》の窓《まど》から、いっせいに門を出ていく男たちが見えた。九人いる。思った以上にうまくいった。これで十三人対ひとりだ。

暑くなってきた。ヒュラスは胴着《どうぎ》を頭から引きぬいて火鉢《ひばち》の裏《うら》におしこみ、またかけだした。階段《かいだん》をおりると、先ほどとはちがう長い廊下《ろうか》に出た。片側《かたがわ》には工房《こうぼう》がならび、部屋《へや》と部屋のあいだには陶器《とうき》の瓶《かめ》が番人のようにずらりと立っている。ひとつをのぞいて、残りすべての扉《とびら》に白い手形をつけてある。

たいまつの火と鎧《よろい》のきしむ音がまた近づいてくる。ヒュラスは手形のない部屋に飛びこんだ。今回は、疫病《えきびょう》のしるしがついた工房の前はすどおりさせ、自分がかくれている部屋に敵《てき》をおびきよせるのがねらいだった。これが最後のわなだ。失敗したら、ここが死に場所になってしまう。

工房のなかは暗く、目にしみるような悪臭《あくしゅう》が立ちこめている。糞《ふん》のかたまりが足の下でぐしゃりとつぶれ、ヒュラスは吐《は》き気をこらえながら、入り口近くの柱の陰《かげ》にかくれ、台座《だいざ》の上にのぼって、梁《はり》に顔を近づけた。そこにはコウモリがびっしりとぶらさがり、ぴくりともせずに眠《ねむ》っている。部屋の奥《おく》にぼんやりと見えている四角いものはもうひとつの入り口で、細く開けた扉の上に、かごをのせてある。

「ここに入っていくのが見えたぞ」しわがれた戦士の声がした。

工房内が光で照らされたが、コウモリは眠りつづけている。かくれている柱のすぐ前を戦士たちが通りすぎるのを、ヒュラスは恐怖《きょうふ》にすくみながら見つめていた。マツやにを塗《ぬ》ったたいまつがパチッとはぜる。男たちのたくましい腕《うで》には汗《あせ》の粒《つぶ》が浮《う》き、するどい槍《やり》がギラリと光る。見つかったら、カワカマスのように串刺《くしざ》しにされてしまうだろう。

やるならいましかない。コウモリたちを起こすのにいちばん確実《かくじつ》な方法は、天敵《てんてき》の声をまねすることだ。目の前にいる群《む》れに口を近づけ、ヒュラスはシューッと声をあげた。

ヘビの襲撃《しゅうげき》だ。真っ暗な夢《ゆめ》の世界から引きずりだされたコウモリたちは、パニックになってバタバタと飛びたった。悲鳴をあげ、コウモリを追いはらおうとしながら、戦士たちが奥の扉へとおしよせる。はずみでかごが落ち、ムチヘビがうじゃうじゃと這《は》いだした。男たちはたいまつをほうりだし、叫《さけ》び声《ごえ》をあげながらぶつかりあった。

「だから、ここは呪われてると言ったんだ！　こんなところ、もうまっぴらだ！」

「命令は命令だ。逃《に》げだすわけにはいかんぞ、臆病者《おくびょうもの》め！」

ののしり合いがつづき――やがて、青銅《せいどう》と青銅のぶつかりあう音がひびいて、男たちは味方同士で戦いはじめた。チラチラと揺《ゆ》れる光のなかで、男が腹《はら》をおさえて倒《たお》れるのが見えた。さらにもうひとりが血を吐いてくずれ落ちる。口のなかに金気が広がり、引きさかれたはらわたのにおいが鼻をつく。コウモリとヘビはとっくに逃げだしてしまった。ヒュラスもそれにならい、こっそりと廊下へ出た。うまくいけば、カラス族はたがいに殺しあい、生き残った者は逃げだしてくれるだろう。

だが、まだ数人はどこかにいるはずだ。クレオンとテラモンも。どうにかしてピラと別れた階段のところまでもどらないと。

ところが、いまかけぬけている廊下《ろうか》には、まるで見おぼえがなかった。そこは目もさめるような黄色に塗《ぬ》られ、床《ゆか》にはでこぼこした赤い玉砂利《たまじゃり》がしきつめられていて、はだしの足の裏《うら》が痛《いた》かった。

よろめくようにたどりついたのは、やはり見おぼえのない大広間だった。壁《かべ》には黒いツタが描《えが》かれ、暗赤色《あんせきしょく》の垂《た》れ布《ぬの》が風にそよいでいる。長椅子《ながいす》や三脚台《さんきゃくだい》が、色あせたイグサの敷物《しきもの》の上にひっくりかえして置かれている。なんだか、いまのいままで、幽霊《ゆうれい》たちの集会でも行われていたみたいだ。

ヒュラスはあたりを見まわした。どっちへ行けばいい？　どのアーチも、どの出入り口も同じに見える。

ヒュンと音を立てて矢が耳のそばをかすめた。とっさに飛びすさったものの、次の矢がふくらはぎをかすり、悲鳴をあげた。

ヒュラスは長椅子を持ちあげ、体の前にかざして盾《たて》にした。頭上のバルコニーにいる黒っぽい人影《ひとかげ》がしゃがみ、さらに矢をつがえようとするのが見えた。

# 31

# ヒュラスをさがして

子ライオンは少年の悲鳴を聞きつけ、足を速めた。そばに行ってあげないといけないのに、せまくて曲がりくねった洞穴《ほらあな》がどこまでもつづいていて、おまけににおいもうまくかぎ分けられず、なかなか少年を見つけられない。

洞穴がふた手に分かれたところまで来ると、子ライオンは足を止めた。どっちへ行ったらいい？

鼻をひくつかせてにおいをたしかめていると、ハヤブサが飛んできて、平らな岩棚《いわだな》の上に止まった。ぎろりとにらみつけても、平気な顔だ。

バサリと翼《つばさ》を広げてまた飛びたつと、ハヤブサは角の向こうに消えた。そうか。あっちかもしれない。子ライオンは足音をしのばせてあとを追った。

背中《せなか》の毛がさかだった。二、三度ジャンプすればとどくあたりで、悪い人間が岩棚の陰《かげ》にかくれ、低いところにある洞穴に向かって、長い牙《きば》を飛ばしていた。血に飢《う》えたにおいがする。少年の痛みと恐《おそ》れが洞穴から伝わってくる。子ライオンは飛びかかろうと静かに身がまえた。

悪い人間は洞穴のほうを見すえたまま、飛ぶ牙をもう一本取ろうと背中に手をのばした。こちらには気づいていない。

子ライオンはおどりかかった。悪い人間はわっと声をあげると、飛ぶ牙《きば》の束を落っことした。牙がバラバラと岩棚《いわだな》の下へ落ちていく。力は弱いくせに、人間は思ったよりも激《はげ》しくもがいた。のどに嚙《か》みつこうとしたけれど、肩《かた》までしかとどかない。そこはびっくりするほどかたくて、牛の皮の味がした。前足で鼻先を引っかかれ、おなかをひざで蹴《け》られる。一瞬《いっしゅん》、前足から力がぬけた。人間は体をよじって子ライオンの下から這《は》いだすと、ピカピカ光る大きなかぎ爪《づめ》をつきだした。なんとかよけたものの、すぐにもう一撃《いちげき》がやってきて、あやうく目に刺《さ》さりそうになった。

ウウッとうなって、子ライオンは後ずさりをした。悪い人間もうなり、よろよろと立ちあがった。と、とつぜん悪い人間がもうふたり加勢《かせい》にかけつけた。子ライオンは尻尾《しっぽ》を巻《ま》いて逃《に》げだした。

走りながら洞穴《ほらあな》を見おろすと、少年が見えた。足を引きずっているけれど、生きている。よかった。どうにか、あの長い牙で少年が痛《いた》い思いをするのを止められた。

悪い人間たちの叫《さけ》び声《ごえ》が遠くなったので、走るのをやめて歩きだした。コウモリと血のにおいばかりで、少年のにおいはかぎとれなくなってしまった。

ハヤブサがすうっと追いこしていき、岩棚の上に止まった。追いつくのを待っているみたいだ。いったんはそれを無視《むし》したものの——思いなおして、片耳《かたみみ》をふって合図を送った。

ハヤブサはもう一度飛びたち、また子ライオンを待ちはじめた。そうやって長い洞穴の奥《おく》までたどりつくと、一羽と一頭は初めてにらみあうのではなく、目と目を見交《みか》わした。そしてまたそれぞれの道を進みはじめた——子ライオンは少年をさがしに、ハヤブサは少女を見つけに。

こういうのも悪くないかも、と子ライオンは思った。これならやっていける。あの鳥だって、役に立つことがありそうだし。

# 32

# 光り輝《かがや》く者

〈ささやきの間〉のピラは、お香《こう》の煙《けむり》につつまれ、ぐるぐると円を描《えが》いて歩きながら、呪文《じゅもん》をとなえつづけていた。口からこぼれるまじないの言葉が煙のようにたなびき、意識《いしき》がこの世から遠ざかっていく。

腰《こし》にさげた銀のナイフで、じきにピラの魂《たましい》は体から切りはなされることになる。目の前には聖《せい》なる二本の角《つの》がそびえ、その手前には黒い月のような黒曜石の鏡がかけられている。まもなく女神《めがみ》の顔がそこにあらわれるのだ。

お香と酒とケシ汁《じる》のせいで恐《おそ》れはもう感じないが、体の奥深くには、強い光を放つピラの心の種が残っていて、遠くでひびく戦いの音のなかにヒュラスの声が聞こえないかと、しきりに耳をすましていた。

呪文をとなえながら、ピラはかごのおおいを取り去り、両手に一匹《ぴき》ずつヘビをつかんだ。ずっしりと重たいものが腕《うで》にからみつく。小さなウロコが腕をしめつけ、黒くて細い舌《した》が肌《はだ》をちろちろとなめる。

さらに呪文をとなえながら、雄牛《おうし》の頭をかたどった緑色の蛇紋石《じゃもんせき》の献酒杯《けんしゅはい》を持ちあげた。金張《きんば》りの注ぎ口をかたむけ、大きくらせんを描《えが》くように床《ゆか》にワインを注いでいく。やがて、ピラを中心とした渦巻《うずま》きができあがった。

呪文《じゅもん》の最後のひとことを高らかに叫《さけ》びながら、ピラは雄牛《おうし》の頭の杯《さかずき》を石の床にたたきつけ、こなごなに割《わ》った。心はまだ自由を求めて必死にもがいている――けれど、黒々《くろぐろ》とした渦巻きの底に引きずりこまれ、やがて目もくらむような閃光《せんこう》につつまれて高々《たかだか》と持ちあげられたときには、恐《おそ》れも、疑《うたが》いも、人間らしい心も、すべて焼きつくされていた。黒曜石の鏡をのぞきこむと……

……女神《めがみ》が見返していた。

ピラという少女はもういない。鏡にうつっているのは〈光り輝《かがや》く者〉――〈力強き女〉の姿《すがた》だった。

杯のかけらが足を刺《さ》すが、不死なる者となった体に、痛《いた》みは感じない。これから地の底をおとずれ、弟の〈地を揺《ゆ》るがす者〉を解《と》きはなつ。そして天にのぼり、もうひとりの弟、〈空の王〉にも呼《よ》びかけ、ともに太陽を取りもどすのだ。それがすむと、銀の刃《やいば》をふるい、みずからの不滅《ふめつ》なる魂《たましい》をかぎりある肉体から切りはなす……。

下へ下へとおりていき、地の底の世界の扉《とびら》を開く。呼びかけに応《こた》えて、〈地を揺るがす者〉が巨大《きょだい》な頭《こうべ》をたれ、歩みよってきた。さしのべた手に、しめった熱い息が吹《ふ》きかけられる。もう一方の手で二本の角《つの》のあいだのもつれた毛にふれながら、お行きなさいと弟に告げた。ケフティウから邪悪《じゃあく》なるものを追いだしなさいと。

*

足を引きずりながら廊下《ろうか》を進むヒュラスの目の前を、コウモリが飛んでいった。矢がかすったふくらはぎがズキズキ痛むし、襲《おそ》われたときに斧《おの》も落としてしまい、ひどく無防備《むぼうび》な気持ちだった。

それに、ハボックのことが心配でたまらない。ハボックが射手《いて》に飛びかかってくれたおかげで、自分はこうして逃《に》げられた。でも、ハボックのほうは無事だろうか。いまどこにいるんだろう。

そしてピラは？　ついさっき、ピラが遠くで呪文をとなえる声がして、それから叫び声が聞こえ――そのあとはすっかり静かになった。あれが秘術《ひじゅつ》なんだろうか、それとも、なにかまずいことが起きたのか？

計算では、クニスに残っているカラス族はもう多くないはずだ。さっきの射手もその仲間も、ここには人を食らう怪物《かいぶつ》がいると思いこんで逃げていった。でも、まだテラモンとクレオンがいる。ピラがふたりに見つかったとしたら？　それに、自分がいる場所もわからないのに、どうやってピラをさがせばいい？

コウモリがまた一匹《ぴき》通りすぎ、ムチヘビがするりと排水路《はいすいろ》にもぐりこむ。角を曲がると、部屋《へや》がずらりとならんだ廊下があらわれた。ひとつをのぞいて、すべての扉に手形がつけられている。心がずんと沈《しず》んだ。ここはさっき、最後にしかけたわなのせいでカラス族が殺し合いをした場所だ。またもどってきてしまった。

よろよろと近づいてみると、血のにおいが立ちこめ、入り口のところに戦士たちのむくろが折りかさなっていた。血の気を失った手には血まみれの武器《ぶき》がにぎられたままで、てらてらと光るはらわたがのたくっているのも見える。

ヒュラスはやみくもにかけだした。目の端《はし》に、すわったまま息絶《た》えた戦士の姿が見えた。うつろな目がぽっかりと見ひらかれている。

角を曲がったとたん、勢《いきお》いあまって巨大な瓶《かめ》にぶつかり、倒《たお》れた瓶がガシャンとくだけた。

そのとき、不気味な足音がこだました。こちらに向かってくる。

衝立《ついたて》にぶつかり、絹《きぬ》の垂《た》れ布《ぬの》をかき分け、さらにもう一枚《まい》の間仕切りのあいだをつっ切ると、それはカラカラと骨《ほね》のぶつかるような音をあげた。

足音はなおも追ってくる。

ヒュラスはついに力つき、前かがみになって、むさぼるように息を吸《す》った。あいかわらずなにかがせまってくる——と、息づかいが聞こえた。近づいてくるのは幽霊《ゆうれい》じゃなく、生きた人間だ。戦士らしい力強い足取りで、ヒュラスをとらえようと追っているのだ。

とっさにすぐそばの扉《とびら》を肩《かた》でおし開けると、驚《おどろ》いたことに、そこは中央の中庭だった。真んなかには聖《せい》なるオリーブの木が立ち、北側のつきあたりには巨大《きょだい》な両刃《りょうば》の斧《おの》がすえられていて、地下へとつづく傾斜路《けいしゃろ》を守っている。周囲の壁《かべ》に描《えが》かれた人々《ひとびと》が、声もなくヒュラスをあざ笑っている。どの扉にもかんぬきがかけられている。ヒュラスはくずれ落ちそうになった。こんな丸見えの場所に閉《と》じこめられてしまうなんて。逃《に》げ場はどこにもない。

いま飛びだしてきた出口から、戦士があらわれた。急ぐようすもなく扉を閉じると、ヒュラスに向きなおる。

「見つけたぞ」とクレオンが言った。

# 33

# クレオン

灰《はい》色《いろ》の光がさす中庭に立ったカラス族の族長は、ばかでかく見えた。

どんな剣《けん》でもはじきかえしそうなイノシシの牙《きば》の兜《かぶと》に、ぶあつい生皮とがんじょうな青《せい》銅《どう》でできた鎧《よろい》。飾《かざ》り鋲《びょう》のついた牛革《ぎゅうがわ》の盾《たて》は人の背丈《せたけ》ほどもあるが、クレオンはそれをカバノキの樹皮《じゅひ》のように軽々《かるがる》と片手《かたて》で肩にかついでいる。獲物《えもの》にねらいをさだめた狩人《かりゅうど》のように、つかつかと近づいてくる。あちらは人を殺しなれた戦士で、剣と槍《やり》と短剣《たんけん》とむちまで持っている。ヒュラスのほうはといえば、わずか十三歳《さい》のひよっ子で、手元にあるのはナイフと投石器とピラの紅玉髄《こうぎょくずい》のビーズの袋《ふくろ》だけだ。

ヒュラスがナイフをぬくと、むちがヒュッと飛んできた。ナイフははじき飛ばされ、石の床《ゆか》の上をすべっていった。むちがまた放たれる。ヒュラスは飛びすさった。間に合わない。先端《せんたん》についた青銅のおもりが太ももに食いこみ、うめき声がもれた。

むちが飛んでくるたび、がらんとした中庭の中央へと追いやられていく。役に立ちそうな武器《ぶき》は北側にある巨大な両刃の斧くらいだが、その手前にクレオンがいるせいで、取りに行けそうにない。ヒュラスは必死で聖なる木の陰《かげ》にかくれた。

「むだだぞ」クレオンがせせら笑う。

ヒュラスは袋《ふくろ》に手をつっこみ、投石器で飛ばそうと、紅玉髄《こうぎょくずい》をひとつ取りだしたが、玉は手からこぼれ、床《ゆか》に落ちてはねた。もうひとつ取りだし、クレオンの顔めがけて放つ。が、盾《たて》にはじかれた。次の玉も、その次の玉も。

「もう終わりか」クレオンはにやりと笑い、木のまわりをぐるぐると逃《に》げるヒュラスを追いかけた。いくら玉を放っても、牛革《ぎゅうがわ》と青銅《せいどう》にはじかれてしまう。気づくと残りは三つになっていた。

そのうちのひとつ目は、クレオンのひざに当たった。相手はまばたきひとつしない。ふたつ目は手首の骨《ほね》にピシリと当たり、クレオンははっとして槍《やり》を取り落とした。それを拾おうとかがんだすきに、ヒュラスは残りのひとつを投石器にしかけ、ねらいをさだめた。最後に残しておいたハトの卵《たまご》ほどもある特大の玉が、相手ののどを直撃《ちょくげき》する。クレオンはグゥッとうなり声をあげたものの、すぐに息を整え、さらに向かってきた。

ヒュラスは投石器を投げすて、台にのった両刃《りょうば》の斧《おの》めがけてジグザグに走りだした。クレオンは大柄《おおがら》な体にしては驚《おどろ》くほど足が速かったが、ヒュラスのほうがすばしこかった。斧のところに先にたどりつくと柄《え》を両手でつかみ、ぐいっと引っぱった。が、台に深く食いこんでいてびくともしない。クレオンがすぐそこまで来ている。腹《はら》の底に力をこめ、もう一度思いきり引くと、ようやく斧がはずれた。あまりの重さによろけながら、なんとかふりおろしたものの、打ちすえたのはクレオンではなく、石の床だった。クレオンが剣《けん》をつきだす。ヒュラスは飛びすさり、ふたたび斧をふりあげて、クレオンの盾にたたきつけた。

クレオンは顔色も変えずにこわれた盾を捨《す》て、剣とむちを両側からふるいながら、さらにせまってくる。斧の重さに苦しみながら、ヒュラスはじりじりとしりぞいた。背後《はいご》には地下へとつづく傾斜路《けいしゃろ》が黒々《くろぐろ》と口を開けている。逃げ道はそこしかない。

だが、そう気づいたとたん、クレオンもそれをさとり、後ろへまわりこんで退路《たいろ》をさえぎった。むちで追いたてられ、ヒュラスはかくれるところひとつない中庭の真んなかへと逆《ぎゃく》もどりさせられた。もうくたくただった。青い葉の模様《もよう》が入った黄色い石の床が目の前でまわりだし、斧が重くてたまらない。まぢかで戦うには、この重みは圧倒《あっとう》的に不利だ。クレオンは息ひとつみだれていない。腕《うで》のいい狩人《かりゅうど》のように、獲物《えもの》をたくみに走りまわらせている。

とどめを刺《さ》そうと近づいてきながら、クレオンはヒュラスをしげしげとながめ、でっぷりとした顔をゆがめてあざ笑った。「コロノス一族の脅威《きょうい》となるよそ者が、こんな小僧《こぞう》だとは信じられんな」

「お告げがあったはずだ」ヒュラスは肩《かた》で息をしながら答えた。

「お告げがどうした！　短剣《たんけん》をよこすんだ、小僧。そうすれば楽に死なせてやる」

「持ってない」

「そのようだな。ありかまで連れていけ、そうしたらひと思いに殺してやる」

「いやだ」

ひげに塗《ぬ》ったつんとする油のにおいがわかるほど、クレオンはすぐそこにいる。黄ばんだ歯と歯のあいだにつばが糸を引くのまで見える。「いいか、よそ者の小僧。おまえはどのみち死ぬ。問題は、どうやって死ぬかだ。短剣をわたせば、苦しまずにすむ。断《ことわ》れば、一日かけて殺してやる」

ヒュラスはふらついた。

「死なせてほしいと願うことになるぞ。早く苦しみを終わらせてくださいと、泣いてすがらせてやる……」

クレオンは楽しんでいる。目は血走り、瞳《ひとみ》には明るさのかけらも見えない。この男が強欲《ごうよく》に青銅を求めたせいで、タラクレアの鉱山《こうざん》では大勢《おおぜい》の大人や子どもが命を落とした。その強欲《ごうよく》が神々《かみがみ》の怒《いか》りを呼び、ケフティウに死と破壊《はかい》をもたらした。そして妹は、死んでしまったか、でないとしてもメッセニアの荒野《こうや》で生きのびるためにつらい思いをしている。カラス族がよそ者を獣《けもの》のように狩《か》りたてたせいで。

「ぼくはよそ者なんて名前じゃない。ヒュラスだ。なにがあっても短剣《たんけん》はわたさない」

クレオンはヒュラスを見つめた。そしてうなずいた。「それが答えか、よそ者」

むちが飛んできたときにはすでにヒュラスも斧《おの》をふるっていた。が、真っすぐにふりおろせず、ななめになった刃《は》はクレオンの頭をそれて右手に当たった。骨《ほね》がしびれるほどの衝撃《しょうげき》が走る。クレオンはうなり、剣《けん》を取り落としたが、ヘビのようにすばしこく痛《いた》めた手にむちを持ちかえ、腰《こし》の短剣をぬいて左手にかまえた。

ヒュラスは斧を投げすて、聖《せい》なる木のほうへ走った。追いつかれる寸前《すんぜん》にたどりつくと、鉢《はち》の土をつかみ、クレオンの顔に投げつけた。そして相手が一瞬《いっしゅん》ひるんだすきに、安全な地下へとかけだした。

途中《とちゅう》にクレオンの槍《やり》が落ちているのに気づき、ヒュラスはそちらに向きを変えた。失敗だった。むちが足首に巻《ま》きつき、引きたおされた。

一瞬、肺《はい》がぺしゃんこになり、動けなくなった。槍には手がとどかない。クレオンがとどめを刺《さ》そうとせまってくる。

ひざをついて起きあがろうとしたとき、傾斜路《けいしゃろ》に動くものが見えた。やがて、耳をつんざくような咆哮《ほうこう》がひびき、ひづめが石を打つ音がして……

……地下から飛びだしてきたのは、クニスを守る雄牛《おうし》だった。

# 34

# 守り手と女神《めがみ》

雄牛はすさまじい勢《いきお》いで中庭にかけこんでくると、石の床《ゆか》をひづめでかきながら、どちらの人間を先に襲《おそ》おうかと思案するように首をふった。

ヒュラスもクレオンも驚《おどろ》いて立ちつくしていた。やがて、ふたり同時に槍に手をのばした。勝ったのはヒュラスだったが、雄牛はそれを見て突進《とっしん》してきた。

槍をにぎったままヒュラスはかけだした。クレオンがすかさず脇《わき》へ退《の》く。雄牛の息づかいが聞こえ、ばかでかい角《つの》がちらりと目に入った。逃《に》げきるのは無理だ。戦って勝てる相手でもない。ヒュラスはくるりと向きを変え、牛めがけて走りだした。

白いくまどりのある目が見えたと思った瞬間《しゅんかん》、ヒュラスは槍の柄《え》を床につき立て、牛の背《せ》を飛びこえた——つもりが、勢いが足りず、牛の骨ばった尻《しり》にドスンと乗っかると、そのまますべり落ちた。

雄牛はたけだけしいうなり声をあげ、こちらに向きなおって、また向かってきた。ヒュラスはよろよろと立ちあがった。逃げようとした方向に先まわりされ、あやうく角で太ももを刺されそうになる。庭を逃げまわっていると、牛めがけて飛んだときに落とした槍をクレオンが拾うのが見えた。これでは、怒《いか》りくるった雄牛《おうし》と、残忍《ざんにん》な戦士とのあいだではさみ撃《う》ちにされてしまう。じきに一巻《いっかん》の終わりだ。

と、轟音《ごうおん》が空気を切りさき、びっくりした雄牛は足を止めた。クレオンも槍《やり》を手にしたまま凍《こお》りついている。角笛《つのぶえ》の音のようだが、それよりも深く、海のように寄《よ》せては返すようにひびきつづけている。よく似《に》た音を前にも聞いたことがある。二度前の夏のことだ。神々《かみがみ》に呼《よ》びかけるために、どこかにいるピラが雪花石膏《せっかせっこう》のほら貝を吹《ふ》き鳴らしたのだろう。

別の牛の鳴き声とかんちがいしたのか、雄牛は鼻息を荒《あら》らげながらきょろきょろとあたりを見まわしている。クレオンのほうはいつまでも気を取られてはいなかった。牛をまわりこむようにして、こちらへ近づいてこようとする。

ヒュラスはよろよろと後ずさりをした。牛をはさんで立っていたほうがいい。そのとき、またこめかみに痛《いた》みを感じた。だめだ、いまはやめてくれ。だが、今回は幽霊《ゆうれい》は見えなかった。かわりに感覚が異様《いよう》にとぎすまされていく。雄牛の耳のなかでシラミが血を吸《す》う音や、聖《せい》なる木にクモが巣を張《は》る音が聞こえてくる。どこか遠くを飛ぶエコーの羽音まで。

そのとき、ピラが見えた。

はるか頭上の、西のバルコニーに立っている。別人のように変わったその姿《すがた》を見て、ヒュラスはぎょっとした。大巫女《おおみこ》と同じように、乳房《ちぶさ》がむきだしになった紫色《むらさきいろ》の衣《ころも》をまとい、生きたヘビを両《りょう》腕《うで》に巻《ま》きつかせている。結《ゆ》った黒髪《くろかみ》と胸元《むなもと》には黄金が輝《かがや》き、体ははっとするほどまばゆい光につつまれている。顔も異様なほどの輝きにみち、両腕をかかげると、巨大《きょだい》な影《かげ》が壁《かべ》にのびて、千もの火に照らしだされたかのように激《はげ》しく揺《ゆ》らめいた。ピラが不死なる者の声で空に向かって呼びかけた。言葉の意味はわからないが、〈光り輝く者〉が太陽を呼びよせているのだとヒュラスはさとった。

次の瞬間《しゅんかん》、なにもかもが一度に起きた。ピラの手ににぎられた銀のナイフ。ヒュラスが叫《さけ》ぶ。「だめだ、ピラ、やめるんだ！」

ナイフが止まった。

はるか頭上で絹《きぬ》を裂《さ》くような音。エコーが矢のように舞《ま》いおり、かぎ爪《づめ》でピラの手からナイフをはたき落とした。

と同時に、槍がつきだされる音がして、ヒュラスはとっさに飛びのいた。ふたたびつきだされたが、今度は穂先《ほさき》が途中《とちゅう》で止まり、クレオンがグゥッと恐《おそ》ろしいうめき声をあげた。雄牛の角が背中《せなか》から胸《むね》をつらぬいたのだ。大牛がクレオンを高々《たかだか》とつきあげる。わめき声をあげ、血をまきちらしながら、クレオンはむごたらしい牛飛びの儀式《ぎしき》のように牛の背《せ》を飛びこえ、床《ゆか》にたたきつけられた。雄牛はくるりとふりかえるとさらに襲《おそ》いかかり、角でつき、足で踏《ふ》みしだいた。やがてそこには、見るも恐ろしい血まみれのかたまりだけが残った。コロノスの息子《むすこ》は、みずからが攻《せ》め入った国の守り手によって葬《ほうむ》り去られたのだ。

＊

まばゆい光を手でさえぎりながら、ヒュラスはバルコニーにいる少女の体から輝きが消えていくのを見守った。少女はピラにもどり、目ざめたばかりのようにまばたきをして、あたりを見まわしはじめた。

雄牛はフンと鼻を鳴らすと尻《しり》を向け、去っていた。あとには血の海のなかに横たわる無残なむくろだけが残された。

と、目の端《はし》に動くものが見えた。黒っぽい影があちこちの部屋《へや》から這《は》いだし、そのまわりに疫病《えきびょう》の黒いかたまりが渦《うず》を巻《ま》いている。幽霊《ゆうれい》たちは音もなくクレオンの死体にむらがり、指をひたしてその血をなめた。やがて、一陣《いちじん》の風が中庭に舞《ま》い、疫病《えきびょう》を吹《ふ》きはらった。幽霊たちも、いまは怒《おこ》ってもいなければ、とほうに暮《く》れてもいないようで、ため息をひとつつくと、風といっしょに去っていった。死者の丘《おか》で長い眠《ねむ》りにつくために。

ヒュラスは海岸で見た子どもたちの幽霊を思いだした。きっとあの子たちももう迷子《まいご》じゃなくなって、あの世で両親と会えただろう。これまで見かけたほかの幽霊たちも、先祖《せんぞ》の墓《はか》のなかで安らかな眠りについているかもしれない。太陽はまだもどらず、大雲がたれこめたままだが、それでも、神々《かみがみ》が疫病を追いはらってくれたのだから。

ところが、ふらつきながら立っていたヒュラスは、最後に残った幽霊が近づいてくるのに気づいた。ほかの幽霊たちとはちがって見える。背《せ》が高く髪《かみ》の長い女の人で、ケフティウ人ではなく、アカイア人のようだ。疫病のせいで亡《な》くなったのでもなさそうだ。なぜか無性《むしょう》に親しみを感じ、恋《こい》しさで胸《むね》がズキンとした。

相手がそばまで来ると、ヒュラスは目を閉《と》じた。冷んやりとした、ガの羽のように軽いてのひらがほおにふれる。耳元で霧《きり》のようなささやき声が聞こえる。ヒュラス……妹は生きているわ……見つけてあげて……わたしを許《ゆる》してね……父さんのことも……どうか許して……。

ヒュラスは大声をあげて母さんの手にさわろうとしたが、その手は空をつかんだだけだった。追いすがると、母さんはふりかえってにっこりした。と、風がさあっと吹きよせ、母さんの姿《すがた》はふっと消えてしまった。

胸《むね》にかたまりがつっかえた。苦しくてたまらず、思わずあえいで、ひざからくずれ落ち、涙《なみだ》をこらえた。

はっと気づいたときには、雄牛《おうし》が近づいてきていた。真っ赤な角《つの》や、いまにもおどりかかりそうに低く下げた頭を見ても、恐怖《きょうふ》は感じなかった。もう、くたびれはててしまった。

雄牛は十歩ほど手前で立ちどまり、床《ゆか》を引っかいた。

「も、もうおまえとは戦えない」

巨大《きょだい》な獣《けもの》の前にヒュラスがひざまずいたとき、金色のかたまりが目の前に飛びだしてきた——ハボックだ。雄牛に向かってうなり声をあげる。

雄牛のほうも、もうじゅうぶんだと見てとったのか、くるりと後ろを向くと、のしのしと傾斜路《けいしゃろ》をくだり、地下の静かな暗がりのなかへもどっていった。ハボックはぶるっと身をふるわせ、ヒュラスに飛びついて、ぺろりと顔をなめた。

心の糸がぷつんと切れた。子ライオンの首にかじりつくと、ヒュラスは悲しさとつらさのあまり、声をあげて泣きだした。顔も知らないまま死んでしまった母さんを思って。いつの日かイシと母さんといっしょに暮らすという夢《ゆめ》が、永遠《えいえん》に断《た》たれてしまったことを思って。

＊

風に顔をなでられ、ピラはわれに返った。ヘビたちが腕《うで》から這《は》いおりて、館《やかた》の見まわりに出かけていこうとしている。

いつのまにか、西側のバルコニーまで来て、中央の中庭を見おろしていた。精《せい》も根もつきはて、頭がズキズキと痛《いた》む。空は灰色《はいいろ》におおわれたままで、太陽はまだ顔を出していない。そういえば、手に持ったナイフをエコーにはたき落とされたような気がする。女神《めがみ》さまは、しもべに命じて、ピラが命をさしだすのを止められたのだ。でも、なぜ？　ピラにわかるのは、エコーが肩《かた》に止まっていることと、自分が生きていることだけだった。そしてヒュラスも。

ヒュラスは聖《せい》なる木にもたれてすわり、横にはハボックがいて、足元には両刃《りょうば》の斧《おの》が転がっていた。革《かわ》のキルトはほこりにまみれ、むきだしの胸《むね》は引っかき傷《きず》だらけで血もにじんでいる。金色の髪《かみ》が風になびき、一瞬《いっしゅん》、そこに〈ささやきの間〉の狩《か》りの神がいるみたいに見えた。やがて風がおさまると、その姿《すがた》は、ぼうぜんと前を見つめる少年にもどった。

しばらくして、ピラは中庭におりた。あたりには血のにおいが立ちこめている。床《ゆか》に残された恐《おそ》ろしいものには目をやらないようにした。

ハボックは聖なる木に舞《ま》いおりたエコーのことを気にしているが、ヒュラスはぼんやりと宙《ちゅう》を見つめたままだった。近づいてみると、そのほおが涙《なみだ》にぬれているのが見え、ピラははっとした。

ハボックがやってきて、太ももに顔をこすりつけた。毛皮のぬくもりにふれると、人心地《ひとごこち》がつくのを感じた。秘術《ひじゅつ》をやりとげることはできなかった。でも、やるだけのことはやったはず。母にもそれを伝えられればいいのにとピラは思った。

ヒュラスがピラに気づき、鼻をすすって、手の甲《こう》で顔をぬぐった。まつ毛はくっつき、黄褐色《おうかっしょく》の目はうるんでいる。

ハボックをやさしくおしやると、ピラはひざまずき、ヒュラスの肩《かた》に手を置いて、名前を呼《よ》んだ。

# 35

# さだめ

声はたしかにピラなのに、目の前にあるのは、不気味なほどつるりとした女神《めがみ》そのものの顔だった。頭がぼんやりしていて、ヒュラスはなにを話しかけられているかもわからなかった。

いまはピラに手を引かれて廊下《ろうか》を走っているところだった。ハボックも後ろからついてきている。

「疫病《えきびょう》は消えた」ヒュラスはくぐもった声で言った。「神々《かみがみ》が追いはらったんだ」

「でも、わたしは秘術をやりとげられなかった。太陽を取りもどせなかったのよ」

入り組んだ廊下をどこまでも進み、うす暗い小さな中庭にたどりついたところで、ピラが足を止めた。石の床についた血の跡《あと》をまじまじと見つめている。「いないわ。テラモンがいなくなってる」

「テラモンだって？」ヒュラスは叫《さけ》んだ。

「ここに落ちたのよ。死んだかと思ったけど、いなくなってる」

たちまちヒュラスの頭がはっきりした。「なら、いつやってくるかわからない。それに、武器《ぶき》は中央の中庭に置いてきたままだ。すぐにここを出よう！」

「だから、さっきからそう言ってるじゃない！」

ピラの部屋《へや》にもどると、食べ物が食い荒《あ》らされ、ヒツジの毛皮が嚙《か》みしだかれていたが、ヒュラスはそれに目もくれず、持ち物をまとめにかかった。ピラのほうは大急ぎで自分の服に着がえ、顔を洗《あら》った。それですっかり女神《めがみ》から少女にもどった。

「テラモンのことならよく知ってるでしょ」子牛革《がわ》の袋《ふくろ》に荷物をつめながら、ピラが言った。「どうすると思う？」

「クレオンの死体をあのままにはしないと思う。あの一族は先祖《せんぞ》をうやまってるから。そっちを片《かた》づけたら、ぼくらを追ってくるはずだ。どんなにひどいけがをしていても」

ピラは少しためらった。「わたしが短剣《たんけん》を持ってると思ってるのよ」

短剣。すっかり忘《わす》れていたが、ヒュラスはすぐにユセレフのことを思いだした。ケフティウは広大だ。どうやってさがしだせばいい？

強くなってきた風が屋根の上でうなり、廊下《ろうか》をヒュウヒュウと吹《ふ》きぬけている。と、突風《とっぷう》が部屋の入り口の垂《た》れ布《ぬの》をくしゃくしゃにした。ピラが目を見ひらく。「なんだか怒《おこ》ってるみたい」

ヒュラスはマントを肩《かた》にかけ、荷物を背負《せお》った。「行こう。じきに暗くなるし、嵐《あらし》が近づいてる」

＊

突風が天幕《てんまく》を揺《ゆ》らし、テラモンの頭に包帯を巻《ま》いていた奴隷《どれい》が、はっと首をすくめた。

「嵐が来るようです」イラルコスが言った。

テラモンは冷ややかな目で答えた。「それで、どういうことか説明してくれ。山の上にいる者をとらえろと言ったはずだ。兵を半分もあたえたのに、失敗したと？」

「暗がりにまぎれて逃《に》げられまして――」

「ならなぜ、すぐに女神《めがみ》の館《やかた》に加勢《かせい》に来なかった？」
「野営地《やえいち》にもどるのがやっとだったのです！」
「言いわけはたくさんだ！」テラモンは杯《さかずき》にワインを注ぐ奴隷に向かって怒鳴《どな》った。「農民たちが歩いているのを見かけました、若君《わかぎみ》。村にもどっているようです。神官たちが言うには、疫病《えきびょう》が去ったとのことで。疲《つか》れはてたようすのイラルコスは、それを飲みたそうに見つめた。

さまよい歩いている者のなかに、例の奴隷のエジプト人もいました。死人のように血の気のない恐《おそ》ろしい顔で、まるで幽霊《ゆうれい》の——」
「幽霊だって？」テラモンは鼻で笑った。杯をぐっと飲みほす。ワインで頭の痛《いた》みもましになるだろう。

あの恐ろしい館のうす暗い小さな中庭で意識《いしき》を取りもどしたときのことは、ぼんやりとおぼえている。よろめきながら出口をさがして上階をさまよううち、広々《ひろびろ》とした中庭に面した窓《まど》のところにたどりついた。ピラがバルコニーに立ち、白い両腕《りょううで》を女神のようにかかげていた。雄牛《おうし》がクレオンのなきがらを踏《ふ》みつぶし、そしてなんと、ライオンがヒュラスを助けようと飛びだしてきた。

テラモンは奥歯《おくば》を噛みしめた。ライオンは族長のしもべだ。ヤギ飼《か》いなんかのものじゃない。ミケーネにある祖父《そふ》の城塞《じょうさい》にも、門の上のところにライオンが描《えが》かれている。許《ゆる》せない。テラモンはかっとなった。なんでぼくじゃなく、ヒュラスなんだ？

マツのこずえで風がうなり、天幕を揺らした。家来たちは、主《あるじ》の無残な死にショックを受け、たき火のまわりで身を寄《よ》せあっている。そばに行って号令をかけないといけないが、はらわたが煮《に》えくりかえっていて、そんな気にはなれなかった。

「若君」とイラルコスが口を開いた。「どうしたらよろしいでしょう。ミケーネにもどりますか。ケフティウ人たちは戦いかたなど知りませんが、もしもかかってこられたら、数ではとてもかないません」

テラモンははっとした。イラルコスが自分に指示《しじ》をあおぐのは、これが初めてだ。怒《いか》りがすっと消えた。なるほど、そういうことか。上に立つ者になれるチャンスをくださいという祈《いの》りを、神々《かみがみ》が聞きとどけてくださったのだ。神々はクレオンの命をうばった——この自分、テラモンを族長にするために。自分こそが短剣《たんけん》をさがしだし、ミケーネに持ち帰る。それがさだめなのだ。

短剣を持っていないというピラの言葉は本当なのだろう。どこかに運ばせたにちがいない。

杯《さかずき》を投げすて、テラモンは立ちあがった。「ミケーネに船を出す。でも、すぐにじゃない」

「といいますと？」

「夜が明けたら、おじさんのなきがらを運んでこさせて、ていねいに火葬《かそう》にする。コロノスの息子《むすこ》にふさわしく。それからエジプト人を追うんだ。おまえが見たのは幽霊《ゆうれい》なんかじゃない。そいつは生きてて、短剣を持っているか、でなけりゃかくし場所を知ってるはずだ。どっちにしろ、そいつを見つけだすまでは、ケフティウをはなれるわけにはいかない」

＊

ユセレフは喪《も》に服すため、眉《まゆ》をそり落とし、石灰《せっかい》で顔を白く塗《ぬ》っていた。稲妻《いなずま》が走り、雨がたたきつけるなか、吹《ふ》きさらしの丘《おか》の斜面《しゃめん》にひざまずき、神々へ大声で祈りを捧《ささ》げているところだった。

「アセトよ、死者を守る女神《めがみ》よ、妹のように大事なあのかたを見守ってください！　ヘル、光の神よ、あのかたの魂《たましい》をハヤブサに変えてください。あのかたの清らかな心臓《しんぞう》は、真理の羽根と天秤《てんびん》にかければ、まさしくつりあうことでしょう！」

それがむだな祈りなのはわかっていた。エジプトの神々が聞きとどけてくださるはずがない、ピラさまは異教《いきょう》の民《たみ》なのだから。

そのとき、だれかに肩《かた》をつかまれ、無理やり立たされた。「おまえ、なにしてる」アカイア語の怒鳴《どな》り声。「カラス族に追われてるのがわからんのか」

見おぼえのないその男は力が強く、ユセレフを丘のふもとまで引きずっていくと、森の奥《おく》へ連れこんだ。やぶの陰《かげ》にだれもいない家が見つかり、男はその戸を蹴《け》りあけ、ユセレフをなかにおしこんで、戸をバタンと閉《と》じた。「いったい、どういうつもりだ。やつらに殺されたいのか」

ユセレフは大事な包みをにぎりしめ、後ずさりをした。「それでもかまわない！　あのかたを死なせてしまった報《むく》いだ！」

男は鼻で笑った。「なら、なんで靴底《くつぞこ》にカラスの絵なんて描《えが》いてる？　エジプトでは、そうやって敵《てき》に呪《のろ》いをかけるんだろうが！」

ユセレフははっとした。エジプトのしきたりを知っているなんて、この男は何者だ？

男は背《せ》が高く、がっしりとしていて、アカイア人らしく、黒い髪《かみ》を長くのばし、野蛮《やばん》なあごひげまで生やしている。身なりもみすぼらしいが、うす灰色《はいいろ》の瞳《ひとみ》には並々《なみなみ》ならぬ知性《ちせい》が宿っていて、ただの流れ者でないのは明らかだ。

警戒《けいかい》しながら見ていると、男は背中《せなか》の荷袋《にぶくろ》からワインの袋を取りだし、大きな青銅《せいどう》のナイフではこりまみれのチーズをひとかけ切りとった。「で、なんでやつらに追われてるんだ」口をもごもごさせながら、男がきいた。

「主《あるじ》が病気になって」ユセレフは慎重《しんちょう》に答えた。「ハナハッカをつみに行ったんです。もどってみると、館《やかた》が焼け落ちていた。そのあと、あの者たちの長《おさ》が主の印章を手首につけているのを見て……」

そこで言葉につまった。「あのかたは火事で亡《な》くなった。魂《たましい》に傷《きず》がついてしまったから、永遠《えいえん》の命をさずかることができないんだ！」

雷鳴《らいめい》が家を揺《ゆ》らし、ふたりは身をすくめた。

「だがな、ケフティウ人にもちゃんと神々《かみがみ》はいるだろうから、魂の面倒《めんどう》なら見てくれるだろ」男が言った。

そう信じられればどんなにいいかとユセレフは思った。だが、永遠の命をさずかる方法を知っているのはエジプト人だけなのだから、異教徒《いきょうと》はみなほうっておかれるのではないだろうか。たしかなのは、妹のようなあのかたが亡くなり、二度と会えなくなってしまったということだ。

「カラス族に追われている理由をまだ聞いてないが」と男が言った。

「ええ、そうですね」ユセレフはていねいに答えた。持っている袋《ふくろ》に手を差し入れ、ヘビ革《がわ》につつんだコロノス一族の短剣《たんけん》にふれる。「なぜわたしを助けたんです？」

男は肩《かた》をすくめた。「カラス族はおれの敵《てき》だからな。やつらがおまえさんを追ってるのを見かけたんだ。それに、おまえさんもおれも、故郷《こきょう》を遠くはなれた者同士だからかな……帰りたいだろう、大いなる川の国に」最後の言葉を、男はエジプト語で言った。

ユセレフの目がじんとした。ピラさま以外のだれかの口からその言葉を聞くのは、何年ぶりだろう。

そのとき、ユセレフははっとした。みすぼらしい身なりのアカイア人がとつぜんあらわれて、エジプト語を話しだすとは、いったいどういうことだろう。まさか、この男は神の化身なのだろうか。

「あ、あなたは何者です？　なにかご用でも？」

「いや、おまえさんに用はない。ただ、知り合いをさがしてるだけさ。おれと同じくらいカラス族を憎《にく》んでる者を。おまえさんはどうする？　これからどこへ行く気だ」

ユセレフはためらった。ピラさまには、神にこわしてもらう方法がわかるまで、短剣をかくし持っておくと誓《ちか》ってしまった。けれど、どうしてそんなことができるだろう。エジプト人の自分になど、ケフティウの神々が耳を貸《か》すはずがない。

この男が神ならば、短剣をこわしてもらえる。でも、ちがっていたら？　そんな大きな危険《きけん》をおかすわけにはいかない。「さあ、どこへ行けばいいでしょう」

神の化身かもしれない男は、ワインをぐっとあおった。「故郷へ帰るといい」

ユセレフはまじまじと相手を見つめた。「できません」

「なんでだ？　主《あるじ》は死んだんだろ。ケフティウにとどまる理由はない」

聖《せい》なるパピルス草がそよぐイテル川の岸辺。そしてはるか昔に別れた家族。その姿《すがた》を思い、ユセレフの胸《むね》ははずんだ。それに、エジプトでなら、ピラさまの最期《さいご》の願いをかなえられるはずだ。

男がまたエジプト語で言った。「どうするにしろ、友よ、生きのびて、また太陽をおがめるよう祈《いの》るよ。永遠のやすらぎが見つかるように」

男が本物の神だったときのために、ユセレフはふかぶかと頭《こうべ》をたれた。そしてしきたりにのっとり、祈りの言葉を返した。「あなたの名が永遠に生きつづけますように。お言葉にしたがいます」

# 36

# 母

びしょぬれのマントで顔の傷《きず》をかくしながら、ピラはハボックをさがすために先を行くヒュラスのあとを追っていた。吹《ふ》き荒《あ》れる嵐《あらし》のなか、もう二日も必死にユセレフをさがしているのに、どこにも見つからない。

曲がり角を曲がると、ヒュラスの前に数人の漁師《りょうし》が立ちはだかっているのが見えた。だれもが奇《き》妙《みょう》な紫色《むらさきいろ》の肌《はだ》をしていて、三《み》つ叉《また》の銛《もり》を手にしている。あばら屋の横につくられた囲いのなかに、ぬれそぼったヒツジたちが身を寄《よ》せあい、その群《む》れと囲いのあいだに、ハボックが閉《と》じこめられている。雨にぬれ、おびえきったようにうなり声をあげている。

「手を出すな！」ヒュラスが銛の柄《え》をつかんで叫《さけ》んだ。

「その子にさわらないで！」ピラも悲鳴をあげた。

「こいつが、おれたちのヒツジをねらったんだ！」漁師のひとりが叫びかえした。

全員がいっせいに怒《ど》鳴《な》りあいはじめた。そのすきにハボックは森のなかへ逃《に》げこんだ。「いったいなにごとだい」大声が飛んできた。

あばら屋の戸口に、でっぷりと太った年寄《としよ》りの女が立っている。体に巻《ま》きつけているのは、ぬれた革《かわ》の天幕《てんまく》のようだ。顔は紫色の海綿《かいめん》のようで、目はひとつしかない。その目がピラからヒュラスへとうつり、ピカッと光った。「あんた！」とガラガラ声が張《は》りあげられた。

＊

「これはだれだい？」ゴルゴはピラのほうへあごをしゃくった。

「ただの女の子です」ヒュラスは答えた。

ゴルゴはふーんとうなった。ピラの正体を見ぬいたようだが、気にするふうもない。

一同は家のなかにいた。ゴルゴが飼《か》っている老犬も、ヒツジたちもいっしょだ。息子《むすこ》たちはしきりに家じゅうをあさっている。あたりにはぬれた家畜《かちく》と、小便とくさった魚にまみれた染《そ》め屋《や》たちのににおいが立ちこめている。

「この人、知り合いなの？」となりのピラがひそひそ声できいた。

「ケフティウに着いてすぐに会ったんだ」ヒュラスも小声で返した。

「ここ、この人たちの農場？」

「いや。でも、そんなことはどうでもいい」ヒュラスはゴルゴに向きなおった。「ぼくらを自由にしてもらえませんか」

ゴルゴはそれを無視《むし》した。「二、三日前の晩《ばん》」ととがめるように話しだす。「カラス族がセトヤ山に向かったと聞いたんだ。そのあと、嵐が来て疫病《えきびょう》を洗《あら》い流してくれたもんだから、ここまでようすを見に来たのさ。そしたらなんと、いきなりライオンなんかがあらわれて、うちのヒツジを襲《おそ》おうとするじゃないか――で、最後はあんたさ！　さあ、どういうことだか、説明しておくれ！」

「ぼくらはカラス族からかくれてるんです」ヒュラスは答えた。「それに、さがしてるものが――」

「カラス族は行っちまったよ」ゴルゴは吐《は》きすてるように言った。「デウカリオって男が農民たちを大勢《おおぜい》集めてね、やつらに槍《やり》をつきつけて、釣《つ》り船に乗せて追いだしたってわけさ」とぶよぶよの体を揺《ゆ》すって笑う。「頭に包帯をした若《わか》いのがいて、〈怒《いか》れる者たち〉がどうのと叫《さけ》んでいたっけ。ま、当分はケフティウにもどっちゃこないだろうよ」

ぞっとするような考えがヒュラスの頭に浮《う》かんだ。カラス族はユセレフを見つけだしたかもしれない。短剣《たんけん》がテラモンの手にわたってしまったかもしれない。

ピラも同じことを考えたようだった。「わたしたちをはなして！　エジプト人をさがしてるの！　カラス族につかまっていないか、知らない？」

雷鳴《らいめい》があばら屋を揺らした。「こんな天気じゃ、どこにも行けやしないだろ」ゴルゴがどやしつけた。

＊

ピラは体を丸めて眠《ねむ》り、ゴルゴは火のそばにすわったまま、いびきをかいていた。足元には犬も寝《ね》ている。ヒュラスは屋根がきしむ音を聞きながら、いまごろメッセニアも嵐《あらし》だろうかと考えた。イシはどこかで雨風をしのぎながら、兄のことを思っているだろうか。

クニスを出てきてからずっと、母さんの死が石のように胸《むね》の底に沈《しず》んでいた。ピラが心配しているのはわかっているが、打ち明ける気にはなれなかった。

それに、ハボックのことも気がかりだった。ユセレフを見つけられたとしても、このままケフティウにいつづけることはできない。いや、ピラのほうはだれかに正体を気づかれて、クニスに連れもどされるかもしれないが——ハボックはどうしたらいい？

と、毛皮がこげるにおいがした。犬の尻《しり》に火がつきそうになっている。そっと尻をずらしてやると、犬は眠ったまま尻尾《しっぽ》をふった。

「ずいぶんとリュカス山から遠いところまで来たもんだね、あんた」ゴルゴのしゃがれ声がした。

ヒュラスは相手のにごった目を見つめた。「どこから来たか、話してないのに」

「聞かなくてもわかったさ。あんたの母親を知ってたからね」

ヒュラスははっとした。「母さんは死んだ。クニスの中庭で、母さんの幽霊《ゆうれい》にも会ったんだ。だから、知り合いのはずがない」

ゴルゴは紫色《むらさきいろ》の痰《たん》を吐きだした。「あの子は沼《ぬま》の民《たみ》だった。海のそばに住むよそ者さ。あたしたちメッセニアの人間とは仲良くやってたんだ。あたしのほうが年かさだったが、気が合ってね」ククッと笑いがもれる。「ふたりとも、よその土地から来たいい男にほれちまったんだよ。それであたしはここまで来ることになったのさ。あの子のほうは、北にある山へ、そうミケーネの近くへ――」

「ミケーネだって?!」

「相手の男は山の氏族だったね。でも、それくらい知ってるだろ、そうやって氏族の入《い》れ墨《ずみ》をしてるんだから」

ヒュラスは腕《うで》に入れられたしるしを見つめた。「でも……これはカラス族の入れ墨のはずだ。奴隷《どれい》にされたとき、やつらに入れられたもので、下のところに自分で引っかき傷《きず》をつくって、弓の形に変えたんです」

「でも、それは山の氏族のしるしだよ。顔だって父親にそっくりだ」紫色のしみだらけの手で、ゴルゴはあごを引っかいた。「ふたりはけんかをしたんだ。あんたの母親はカラス族が襲《おそ》ってくるのを知ってたが、父親のほうは信じようとしなかった。だから、母親はあんたとイシを連れて南へ逃《に》げたんだ。イシってのはね」ゴルゴは肩《かた》をすくめた。「あんたの母親の故郷《こきょう》の言葉で、カエルという意味さ。あの子、カエルが好きだったからね」

ヒュラスは頭がくらくらした。父さんは山の氏族だった。カラス族と戦うのをこばんだ一族の。父さんは卑怯者《ひきょうもの》だった。

「でも、メッセニアまでもどっては来られなかったんだよ」ゴルゴは声を落とした。「あんたたちが小さすぎたから」

「だからリュカス山に置きざりにしたんだ」ヒュラスはぽつりとつぶやいた。「クマの毛皮にくるんで」

「クマというのはね、あんたの父親の氏族にとって神聖《しんせい》なものなんだ。母親はあんたたちをそこに置いて、助けを求めに行ったんだよ」

ヒュラスは棒《ぼう》で火をかきたてた。「なら、なんで帰ってこなかったんだ?」

「病気になって、死んじまったからさ」ゴルゴはけわしい顔で言った。「あの子の父親があんたたちのことを聞いたときには、どこかの村人に連れていかれたあとだったんだ」

母さんの父親……ヒュラスはやせた年寄《としよ》りのよそ者のことを思いだした。野山で生きるすべを教えてくれた人だ。「あれがおじいさんだったんだ。でもそうは言ってくれなかった。なんでだまってたんだろう」

「さあね。あたしが知ったのも、ずっとあとになってからだしね。故郷の村から来た人間に聞いたのさ。じいさんは、あの子のことを話すのがつらすぎたのかもしれないね。死んじまったのは、あんたの父親のせいだと思っていたのかもしれない――」

「そのとおりだ、でしょ?」ヒュラスは思わずそう言った。「父さんさえいなければ、母さんは死なずにすんだし、ぼくらだって、薄情《はくじょう》な老いぼれの村長《むらおさ》に何年もこき使われずにすんだんだ！」

「いまさら、どうしようもないだろ！」ゴルゴがピシャリと言った。「みなし子はあんたひとりじゃないんだよ」

＊

夜明けの少し前、ヒュラスはピラを揺《ゆ》りおこした。「行こう、じきに夜が明ける。いつでも出発していいってさ」

「眠《ねむ》らなかったの？」あくびまじりにピラがきいた。

「ああ」ヒュラスはぶっきらぼうに答えた。

外はまだ暗く、嵐《あらし》も吹《ふ》き荒《あ》れつづけていた。雨粒《あまつぶ》をしたたらせる木立の下を歩きだしたとき、ゴルゴが戸口に出てきて、呼《よ》びかけた。

「気をつけて行くんだよ。えたいの知れない連中がうろついてるから。ちょっと前に、息子《むすこ》たちが妙《みょう》な男を見たってよ。顔に石灰《せっかい》を塗《ぬ》りたくって、喪《も》に服してるとか言ってたらしい。頭がおかしいか……でなけりゃ、エジプト人だろうね」

「どっちに向かってたって？」ピラが叫《さけ》んだ。

ゴルゴはあごをしゃくった。「トゥロニヤへ。海岸ぞいを東にお行き」

# 37

## エジプトへ

だいじょうぶ、とピラがきいた。

「さあな」ヒュラスは嵐《あらし》に負けじと声を張《は》りあげた。「ユセレフは見つからないし、そのうちだれかがきみに気づいてクニスに連れもどすかもしれない。おまけにハボックともはぐれたままだ。きっと、ぼくが見捨《みす》てたと思ってる」

ピラはぬれた髪《かみ》を顔からはらった。「いまははぐれちゃってるけど、そのうちもどってくるわよ」

「うん」ヒュラスは暗い声で答えた。

袋《ふくろ》を肩《かた》にかけ、ピラが丘《おか》をのぼりはじめた。「てっぺんから見わたしたら、見つかるかもしれないわ」

ヒュラスはあとを追わず、棒《ぼう》をにぎるとやぶをなぎはらった。両親のことをピラに話したくてたまらなかったが、できなかった。怒《いか》りと恥《は》ずかしさで頭のなかがぐちゃぐちゃだった。自分は卑怯者《ひきょうもの》の息子《むすこ》なのだ。戦いもせずにカラス族から逃《に》げた男の。

＊

子ライオンはイバラのやぶのなかをとぼとぼと歩いていた。少年は見つからず、嵐のなかでひとりぼっちなのが、こわくてたまらなかった。まわりの木が枝《えだ》でたたこうとするし、一度は倒《たお》れてきたマツの下じきになりかけた。ようやくやぶをぬけると、毛皮にはびっしりととげが刺《さ》さっていた。すっかりくたびれてしまい、腰《こし》をおろしてとげをぬこうと体をなめはじめた。

はるかな高みで、ハヤブサのするどい鳴き声がした。

子ライオンはなめるのをやめた。ハヤブサは少女に呼《よ》びかけている。少女の近くにはきっと少年もいるはずだ。よかった、これでまたいっしょになれる。

ぐんと元気が出てきて、子ライオンはハヤブサを見失わないようにしながら歩きだした。きっと少年のほうも、自分をさがしてくれているはず。それは、自分の足に斑点《はんてん》があるのと同じくらいまちがいのないことだった。二度と置いてきぼりになんてするはずがない。

＊

ハヤブサはあいかわらず獲物《えもの》をつかまえられずにいた。コウモリも、カラスも、カササギも、みんな逃げてしまう。くやしくてたまらなかった。

風の流れがめちゃくちゃで、何度も吹《ふ》き飛ばされそうになりながら、ようやく上向きの流れに乗ることができた。眼下《がんか》に見える少女の姿《すがた》も、とぼとぼとあわれに歩く子ライオンの姿も、点のように小さくなる。

あの子ライオンときたら。なんだって、少年に脇腹《わきばら》をかいてもらうとあんなにうれしそうにするんだろう？　自分は、翼《つばさ》を引っかかれるところを想像《そうぞう》しただけでぞっとするのに。

でも、あきらめずに少年をさがすところだけは感心だった。自分もあきらめずにいれば、いつかは獲物《えもの》をつかまえられるかもしれない。

はるか下に鳥の群《む》れがいるのに気づき、ハヤブサはよく見ようと翼《つばさ》をかたむけて旋回《せんかい》した。ハトだ。風上に向かって飛んでいる。

もう一度上向きの流れに乗り、今度は思いきり高いところまで上昇《じょうしょう》して、雲をつきぬけた。目もくらむようなまぶしさだ。そのとき、ずっと雲の上にあるのを感じていた大きくて強いものが、初めて目の前にあらわれた。ハヤブサはすぐに気づいた。これは太陽だ。

さらに上へとのぼっていくと、耳がワンワン鳴りだした。このまま、これまで行ったこともない高みまで飛んでいこう。

それから、急降下《きゅうこうか》しよう。

＊

丘《おか》のてっぺんまでのぼると、ピラは雨をよけようと目を細めた。はるか下では、にごった波が浜辺《はまべ》に打ちよせ、農民の一団《いちだん》が家をめざして必死に歩いている。嵐《あらし》はあいかわらずケフティウを罰《ばっ》しつづけ、太陽は二度ともどらない。自分はケフティウを裏切《うらぎ》り、母を裏切った。それに、ユセレフもどこかに消えてしまった。

空をあおぐと、灰色《はいいろ》のなかに黒っぽい点がちらっと見えた。エコーだ。気持ちが少し軽くなった。

ハトの群れが飛んでいく。エコーがそのあとを追う。その姿《すがた》を見ながら、ピラは自分もいっしょに狩《か》りをしているような気がした。自由自在《じゆうじざい》に空を飛ぶ興奮《こうふん》に身をまかせ……。

ピラはエコーになっていた。地上をはなれ、らせんを描《えが》きながら高みへとのぼりつめ、急降下にそなえる。それから両足を尾《お》の下にしまい、翼をたたんで、獲物めがけて一直線に飛びこんだ。

音を立てて風を切りながら、矢よりも速く降下《こうか》していく。この世のどんな生き物よりも速く。視線《しせん》は群れからはぐれた一羽のハトにすえられている。ハトが向きを変えた。ピラもそれに合わせて進路を変える。さらにそばまで近づきながら、両足を前に出し、かぎ爪《づめ》をかたくにぎって——ハトを蹴《け》りつけた。背骨《せぼね》を折られたハトは、まっさかさまに落ちていった。

はっとわれに返ったピラは、「やった！」と叫《さけ》びながら、ぴょんぴょんはねまわった。

エコーは獲物が地面に落ちる寸前《すんぜん》に片足《かたあし》でそれをつかみ、木の枝《えだ》に止まると、頭を食いちぎって、胸《むね》の羽をくちばしでむしりはじめた。

「よくやったわ」ピラはつぶやいた。息はあがり、胸がはずんでいる。まるで、自分も信じられないほどの速さで飛んでいたかのように。

そのとき、雨がやんでいるのに気づいた。強風もおさまり、やさしいそよ風に変わっている。イバラのやぶは、嵐で灰《はい》が洗《あら》い流され、すっかりきれいになっている。それに暑い。

ヒュラスが坂をのぼってくる。と、黄色いかたまりがやぶのなかから飛びだしてきて、一直線にこちらへ突進《とっしん》した。「ハボック！」ヒュラスが叫んだ。おし倒《たお》されたヒュラスは、子ライオンと抱《だ》きあったまま、雨に洗われたタイムのしげみのなかを転げまわった。

ピラははっとした。ヒュラスの髪《かみ》が黄金のようにきらめいている。やがて、ケフティウを苦しめつづけていた大雲の残りが、神々《かみがみ》の手で引きさかれた。顔をあげると、目もさめるような青空が広がり——ピラはまばゆい光を手でさえぎった。命の源《みなもと》である、永遠《えいえん》の太陽の光を。

＊

「やったな」とヒュラスは言った。

「でもわたし、秘術《ひじゅつ》をやりとげられなかったのに」

「ああ、でもそれは、女神がエコーをつかわして、きみを助けさせたからだろ。たぶん……たぶんきみはじゅうぶんにがんばったって、女神《めがみ》もみとめてくれたんだ」

ピラは答えなかった。ふたりは浜辺《はまべ》にいる農民たちがひざまずいて太陽に両手をかかげる姿《すがた》をながめていた。

雨でつややかな金色の毛皮にもどったハボックが、ヒュラスの太ももに額《ひたい》をこすりつけ、耳を引っかいた。それから西のほうへ首を曲げ、琥珀色《こはくいろ》の目で遠くにあるなにかを見つめた。視線《しせん》の先には、白く輝《かがや》くクニスがあった。ヒュラスはちくりとこめかみに痛《いた》みをおぼえた。そのとたん、死者の丘《おか》の上に、背《せ》の高い灰色《はいいろ》の人影《ひとかげ》が見えた。

「わかってもらえたかしら」ピラが自信なげに言った。

ヤササラの幽霊《ゆうれい》はこくりとうなずき、墓《はか》のなかへすっと消えていった。「うん、わかってもらえたさ」ヒュラスは答えた。

*

トゥロニヤに着いたときには、早くも春がおとずれていた。アーモンドとオリーブの木々《きぎ》が一気に花を咲《さ》かせている。大麦は緑の穂《ほ》をぐんぐんのばし、亜麻《あま》畑にはあざやかな青い花がそよいでいる。丘には真っ赤なケシと、黄色いエニシダと、白いツルボランの花が咲きみだれ、温かな風がヒヤシンスの香《かお》りを運んでくる。コオロギが鳴き、カエルがのどを鳴らし——海のなかでは、銀色をした小さな魚の群《む》れが浅瀬《あさせ》を泳ぎまわり、しきりにえさを食べている。ケフティウじゅうが動きだし、片《かた》づけや、修理《しゅうり》や、埋葬《まいそう》が進められていた。

「いちばんきれいな季節を見てもらえてよかったわ」とピラが言った。

ヒュラスはピラに目をやった。「出ていくのを後悔《こうかい》しないか？」

「ええ。いいえ。どうかしら」ピラは複雑《ふくざつ》な顔で笑った。いったんケフティウをはなれたら、二度ともどってはこられない。神官たちにつかまれば、クニスに連れていかれ、閉《と》じこめられてしまうだろう。でなければ、どこか遠い国の族長に花嫁《はなよめ》としてさしだされるか。大巫女《おおみこ》の娘《むすめ》はけっして自由には生きられない。

それでも、こうして太陽がもどったいま、ヒュラスの心は明るくなっていた。ゴルゴとヒュラスの話をピラは聞いていたのだそうだ。それでずいぶん気が楽になった。これでもう、母さんのことを打ち明けなくてもいい。それに、自分でえさをとれるようになったエコーがあいかわらずそばにいるので、ピラもうれしそうにしている。

けれど、ユセレフだけは見つけられなかった。

大きな集落だったトゥロニヤも、大波でとほうもない被害《ひがい》を受けたが、すっかり活気を取りもどしていた。男たちが家を建てなおし、女たちは捧《ささ》げ物《もの》や煮《に》炊《た》き用の鍋《なべ》をこしらえている。ピラはユセレフの消息を知ろうと、傷《きず》あとをかくして二度も出かけていったが、エジプト人がさまよっているという話を聞いた者はいなかった。そのかわり、神官たちが新しい大巫女を選ぶ準備《じゅんび》をしているらしいことがわかった。クニスでは秘術が行われた跡《あと》が見つかり、うわさが野火のように広まっているという――ヤササラの娘が太陽を呼《よ》びもどし、ハヤブサに姿を変えて飛び去ったのだと。

「きみのおかげだってことが知れわたってよかったよ。きみが消えたと思われてるのも。これでもう、さがされることもないだろ」

ピラは返事をしなかった。

ふたりは羽のような葉をしたギョリュウがしげる丘《おか》の上に立ち、西にあるクニスをながめていた。少しのあいだ日ざしが雲にさえぎられ、やがてまばゆい太陽が顔を出して、女神《めがみ》の館《やかた》は水晶《すいしょう》のようにきらめいた。

「この景色をおぼえておきたいわ」ピラが口を開いた。張《は》りつめたような表情《ひょうじょう》で、下におろしたこぶしをぎゅっとにぎりしめている。ヒュラスがその肩《かた》に腕《うで》をまわすと、ピラは一瞬《いっしゅん》だけ頭をもたせかけた。それから、エコーを呼《よ》びながらかけていった。

トゥロニヤを出てすぐ、ふたりは人目につかない入《い》り江《え》を見つけた。相談した結果、ヒュラスはそこでハボックと待ち、ピラがユセレフの消息をさぐるために、もう一度出かけていくことになった。

海をこわがるハボックを安心させようと、ヒュラスは波打ちぎわに足をつけてしゃがみこんだ。ハボックはおずおずと前に出てきて、前足で水にさわったが、波がおしよせてくると逃《に》げてしまった。と、エコーが舞《ま》いおりてきて、翼《つばさ》の先で水面にふれ、また舞いあがった。それを見てハボックも勇気づけられたらしい。じきに、ヒュラスが手に持った海草を追いかけて、大喜びで浅瀬《あさせ》をはねまわりはじめた。

ピラが深刻《しんこく》な顔でかけもどってくると、息を切らして言った。「ユセレフが行っちゃったの」

「なんだって？　どこへ？」

ピラがヒュラスをまっすぐ見て答えた。「エジプトよ」

「エジプトだって?!」ヒュラスは仰天《ぎょうてん》した。「たしかか？」

「二、三日前、船賃《ふなちん》をはらって船に乗ったって」

「でも……エジプトだって！　この世の果てじゃないか」

「気づくべきだったのに。わたしが死んだと思ってるのよ。もしそうなったら、短剣《たんけん》を安全なところにかくしておくと誓《ちか》わせてしまったから……」

ヒュラスは海に目をやった。「そして、こわそうとするってことか?」

「ええ、でもエジプト人だから、そういうめぐり合わせが来るまで、おとなしく待っているだけだと思う」

ヒュラスはうなずいた。「カラス族のほうは、じきに短剣のありかに気づいて、ユセレフを追うだろうな」

「それじゃ危険《きけん》すぎるわ。だから……わたしたちもエジプトへ行かなきゃ」

ヒュラスはだまりこんだ。イシをさがすために必死にアカイアへもどろうとしているのに、神々《かみがみ》はさらに遠いところへ自分を追いやろうとする。最初は背《せ》びれ族《ぞく》の島、次がタラクレア、それからケフティウ、そして今度は——「エジプトだって?」思わずそうつぶやいた。「そんなところ、どうやって行ったらいいんだ」

ピラが意味ありげな顔をした。「まあ、船賃の問題はないかもね」そして肩の袋《ふくろ》をおろすと、海草の上に宝石《ほうせき》をばらまいた。

ヒュラスはあっけに取られた。緋色《ひいろ》や若葉《わかば》色に輝《かがや》く石があしらわれたりっぱな金の首飾《くびかざ》りに、銀の足首飾り、長いひも状《じょう》につなげられた紫水晶《むらさきずいしょう》や瑠璃《るり》もある。

ピラは得意さをかくしきれずにいる。

「クニスから盗《ぬす》んできたんだな」ヒュラスはすっかり驚《おどろ》いて言った。

ピラはにっこりした。「もちろんよ。あなた、いつも言ってるじゃない、生き残るための第一の掟《おきて》は、その日の食料と水を確保《かくほ》することだって。それを応用《おうよう》したってわけ」

ヒュラスは頭をかいた。それから噴《ふ》きだした。「なんで思いつかなかったんだろう、信じられないよ」

「わたしだって」ピラは言って、ヒュラスの脇腹《わきばら》をつついた。

つつきかえすと、ピラはキャッと言って倒《たお》れこみ、海草をつかんで投げつけた。すぐに投げつけ合いがはじまり、ハボックも仲間入りしようと浅瀬《あさせ》から飛んできて、ぶるぶると身をふるわせ、ふたりをびしょぬれにした。

「でも、ひとつ問題があるわ」少しして、汚《よご》れた服をはたきながら、ピラが言った。

「なんだい」ヒュラスはハボックの冷たい鼻面《はなづら》を顔からおしやりながらきいた。

「どうやってハボックを船に乗せる？」

ヒュラスはきょとんとした。

自分が話題にされているのがわかっているように、ハボックがふたりの顔を見比《みくら》べる。

「ケフティウへ来るときも、すごくいやがってたわ。ずっと船酔《ふなよ》いしてて」

ヒュラスはハボックを見つめ、それから頭上を舞《ま》うエコーを見あげ、最後にピラに目をもどした。心がふっと軽くなった。みんなでいっしょにいるかぎり、なんだってできるし、どこへでも行ける。そう、エジプトへだって。

ヒュラスは小石を拾って海に投げ、水面を飛びはねさせた。それからピラに笑いかけた。「なんとかなるさ」


（第四巻《かん》につづく）

# 作者の言葉

この物語は、いまから三千五百年前の古代ギリシアを舞台《ぶたい》としています。有名な大理石の神殿《しんでん》が建てられたころよりはるか昔の、青銅器時代《せいどうきじだい》のお話です。当時はまだ、神々《かみがみ》にもゼウスやヘラやハデスといったはっきりとした名前はつけられていませんでした。

青銅器時代についてわかっていることは多くありません。そのころの人々《ひとびと》は文字をほとんど残していないからです。それでも、その当時に驚《おどろ》くべき文明が栄えていたことはわかっています。それがミケーネ文明とミノア文明です。そこは神々と戦士たちの世界で、いくつもの族長領《ぞくちょうりょう》が大きな山脈や森にへだてられて点在《てんざい》していたと考えられています。さらに、現在《げんざい》よりも雨が多く、緑も豊《ゆた》かだったとされ、陸にも海にもはるかに多くの野生動物が生息していたと言われています。

ヒュラスとピラの世界を生みだすにあたって、わたしは青銅器時代のギリシアの考古学を学びました。そのころの人がどんなことを考え、どんな信仰《しんこう》を持っていたのかについては、もっと最近の、いまも伝統的《でんとうてき》生活を送る人々の考えかたを参考にしました。以前にわたしが『クロニクル　千古の闇《やみ》』というシリーズ作品で石器時代を描《えが》いたときと同じです。ヒュラスの時代の人々の多くは農耕《のうこう》や漁で暮《く》らしを立てていましたが、昔の狩猟採集《しゅりょうさいしゅう》民の持っていた知識《ちしき》や信仰の多くは、まちがいなく青銅器時代にも引きつがれていたはずです。ヒュラスのように、貧《まず》しい生活を送る人々のあいだには、とくに色濃《いろこ》く残っていたことでしょう。

物語に登場する地名について、かんたんにふれておきたいと思います。アカイアはギリシア本土の昔の名前で、リュコニアは現在のラコニアをもじって、わたしがつけたものです。ミケーネという名前は、よく知られているので、そのまま使うことにしました。クレタ島の大文明は、ミノア文明と呼《よ》ばれていますが、この作品では〝ケフティウ〟という呼び名を使っています（当時の人々が自分たちのことをどう呼んでいたかは、さだかではありません。ある文献《ぶんけん》には、彼《かれ》らが〝ケフティウ人〟と名乗っていたらしいと書かれていますし、別のところでは、それは古代エジプト人が使っていた呼び名だとも書かれています）。また、〝エジプト人〟という言葉も、もともとはギリシアでの呼び名だったとされていますが、ここではそのまま使用しています。ミケーネと同じように、変えてしまうとどうにも不自然になってしまうからです。

〈神々と戦士たちの世界〉の地図には、ヒュラスとピラが生きている世界が描かれています。ですから、物語に関係がないためはぶいた島々《しまじま》もありますし、背《せ》びれ族《ぞく》の島やタラクレアのように、わたしがつくりだした島々もふくまれています。ケフティウの地図についても同じで、タカ・ジミ（モデルとなった遺跡《いせき》とは位置を変えてあります）など、物語に重要な場所だけをのせてあります。実際《じっさい》には、ミノア文明期のクレタ島にははるかに多くの集落や宮殿《きゅうでん》などがありましたが、ややこしくなってしまうため、地図では省略《しょうりゃく》しました。

ピラとヒュラスがいるケフティウのようすを知るために、わたしは何度かクレタ島をおとずれ、クノッソスやフェストス、グルニア、ペトラス、ザクロスなどの宮《きゅう》殿跡《でんあと》や、プシクロの洞窟《どうくつ》などといったミノア文明の遺跡《いせき》をたずねてみました。びっくりするほど風の強いユクタスの山頂聖所《さんちょうせいしょ》にものぼり、そこからセトヤ山のイメージをつかむことができました。島の最東端《さいとうたん》にある死者の谷も歩いてみました。そこにある洞穴《ほらあな》の多くには未発掘《みはっくつ》の墓《はか》が残され、おまけにその日、谷を歩くあいだに見かけた生き物といえば、ヤギを別にすると、カラスたちと騒々《そうぞう》しくけんかするハヤブサのつがいくらいで、なんだかうす気味悪く思えたものです。

タカ・ジミを思い描《えが》くために、ディクティ山の山腹《さんぷく》に残るカト・シミの聖所遺跡にも足を運んでみました。そこは驚《おどろ》くほどひっそりとした場所にあり、見つけるのに苦労したほどでした。霧《きり》の深いくもり空の日にたずねたので、岩山の上に雲が低くたれこめていて、そんな場所に閉《と》じこめられていたピラの気持ちをありありと想《そう》像《ぞう》することができました。

女神《めがみ》の館《やかた》――別名クニス――のモデルは、ミノア文明最大の〝宮殿〟（今日ではこう呼《よ》ばれていますが、どのような役割《やくわり》をはたしていたかは明らかではありません）であるクノッソスですが、物語に合わせて変更《へんこう》を加えてあります。建物の配置や部《へ》屋《や》のつくりも同じではありません。また、ミノア文明のほかの遺跡を参考にした点もあります。たとえば、トイレの描写《びょうしゃ》は、現在《げんざい》はサントリーニと呼ばれている島をたずねたときに見たアクロティリ遺跡のものにもとづいています。クノッソス宮殿には実際に幾度《いくど》も行きましたが、とりわけ、クレタ島でフィールドワーク中のトッド・ホワイトロー教授《きょうじゅ》に遺跡を案内していただいたことが、大変有益《ゆうえき》な経験《けいけん》となりました。小宮殿や〝未調査《みちょうさ》の邸宅《ていたく》〟と呼ばれる遺跡も見学し、最新の発掘物を目にすることもできました。多くの貴重《きちょう》な発見のなかでもとくに印象深かったのは、遺跡の周囲の丘《おか》に未発掘の墓がたくさん残っていることでした。それを見たことで、母が死者の丘から自分を見おろしていると感じたときのピラの気持ちをはっきりとイメージすることができました。

クニスのなかでヒュラスとピラが目にするものの多くは、イラクリオンやアテネ、アルハネスなどの博物館で見た本物のミノア文明の工芸品を参考にしています。壁《へき》画《が》や雄牛《おうし》の頭をかたどった献酒杯《けんしゅはい》、そして象牙製《ぞうげせい》の神の像《ぞう》もそうです。象牙の像は、シティアの考古学博物館にある〝パライカストロのクーロス〟からヒントを得たものです。このクーロス像は、金と水晶《すいしょう》と蛇紋石《じゃもんせき》とカバの牙《きば》でつくられたものです。三千五百年前にこわされ、焼けてしまったために、一部が欠けていますが、それでもミノア文明期の彫刻《ちょうこく》作品の一大傑作《けっさく》であることに変わりはありません。

ハボックの暮《く》らしがどんなものか知るために、わたしはペイントン動物園で四頭のインドライオンの子に会ってきました。上級飼育員《しいくいん》のヘレン・ネイバーは、巨大《きょだい》な体をした用心深い母ライオンが見ている前で、できるだけそばまで子ライオンに近づかせてくださり、彼《かれ》らの習性《しゅうせい》や特徴《とくちょう》についての質問《しつもん》にたくさん答えてくださいました。また、エコーの目から見た世界を理解《りかい》するために何度か鷹狩《たかが》りの実演《じつえん》を見学に行き、ハヤブサと鷹匠《たかじょう》のみなさんとふれあいながら、この鳥の習性や特徴《とくちょう》を学びました。おわかりのように、ピラがエコーを育てたやりかたは、今日の西洋で用いられている飼育法《しいくほう》とは少しちがっています。世界の他の地域《ちいき》で行われている方法も取り入れてありますし、物語に合わせて、少し単純《たんじゅん》にした部分もあります。

*

クレタ島とサントリーニ島をおとずれたとき、数えきれないほどたくさんの方々《かたがた》からアドバイスと手助けをいただきました。とくに、クレタ島でガイドと運転手の役を引きうけてくださったアイリーニ・クーラキと、マノリス・メリソールガキスに深く感謝《かんしゃ》します。現地《げんち》の情報《じょうほう》にくわしいおふたりの協力なしには、カト・シミにはたどりつけなかったことでしょう。また、イギリス鷹匠学校のサラ・ヘスフォードは、魅力的《みりょくてき》なハヤブサの姿《すがた》を目の前で見せてくださり、たくさんの質問《しつもん》に答えてくださいました。ペイントン動物園のヘレン・ネイバー上級飼育員は、こころよく時間をつくって、美しい子ライオンのそばに近よらせてくださいました。さらに、いつものとおり、ユニバーシティ・カレッジ・ロンドン考古学研究所でエーゲ海考古学を研究されているトッド・ホワイトロー教授《きょうじゅ》にも、深く感謝します。クノッソス宮殿《きゅうでん》を案内してくださり、先史時代のエーゲ海世界についての質問にいくつもお答えくださったうえに、クレタ島の遺跡《いせき》をおとずれるさいに、どこをたずね、なにを見るべきかなど、非常《ひじょう》に有益《ゆうえき》なアドバイスをくださいました。

最後になりましたが、いつも変わらず、根気よくわたしを支《ささ》えてくれるすばらしいエージェントのピーター・コックスにも感謝します。それから、大変有能《ゆうのう》なパフィン・ブックス編集者《へんしゅうしゃ》のベン・ホースレンは、このヒュラスとピラの物語に、生き生きとした独創的《どくそうてき》な感想を寄《よ》せてくれました。

ミシェル・ペイヴァー

二〇一四年

## 神々《かみがみ》と戦士たちの驚《おどろ》きにみちた世界を、さらにくわしく知るために

### ●ヒュラスのまねをして、野生動物が残したしるしをさがしてみよう。

物語のなかで、ヒュラスは野生動物が残した足跡《あしあと》などのしるしに気づきます。

◎家の庭や公園、近所の森で見つけてみましょう。

・植物の茎《くき》や新芽がギザギザに嚙《か》みちぎられている場合は、シカが食べたあとでしょう。シカの上あごには前歯がないからです。

・植物や草の茎がハサミを使ったようにきれいに切りとられている場合は、ウサギが食べたあとでしょう。ウサギは上下のあごに前歯があるからです。

・地面に小さなトンネルが見つかるかもしれません。それはウサギやキツネが掘《ほ》った〝ぬけ穴《あな》〟です。

◎糞《ふん》にもさまざまな種類があり、いろんなことがわかります。

・キツネの糞は犬のものよりもくねくねしていて、先がとがっています。

・ラグビーボールみたいな形の小さなかたまりがいくつもあったら、ノロジカのものかもしれません。

・川べりの石の上に、魚っぽいにおいがする糞があったら、たぶんカワウソのものでしょう。
・レーズンみたいな、小さくてころんとした黒い粒《つぶ》は、きっとウサギの糞です。

## ●自分のお守りをつくってみよう。

物語の登場人物たちは、幸運を招《まね》いたり、悪霊《あくりょう》を遠ざけたりするために、小さなお守りを持っています。自分のお守りをつくれば、いいことがありそうな気分になれますし、試験のときにも心強いですね。

◎いくつか例をあげてみましょう。

・小さな袋《ふくろ》を縫《ぬ》って、ペットの毛をひとふさとか、羽根を一本入れる。ペットを飼《か》っていなければ、自分にとって特別な場所から土や砂《すな》やかわいた葉を取ってきて、それを入れてもいいでしょう。
・お気に入りの場所で小石か貝殻《かいがら》を拾う。イニシャルや秘密《ひみつ》のしるしを書いてもいいでしょう。
・粘土《ねんど》や小麦粉を水で練ったものを使って、好きな動物のマスコットをつくる。かわいて固まったら、絵の具やニスを塗《ぬ》ることができます。

## 作者にきいてみました

**●秘術《ひじゅつ》を行うとき、ピラはとても印象的な衣装《いしょう》を着ます。あれはなにをもとにイメージしたものですか。**

ピラが生きているミノア文明期の服装《ふくそう》については、壁画《へきが》や装飾品《そうしょくひん》、印章、陶器《とうき》などでかなりくわしくわかっています。ピラのように裕福《ゆうふく》なミノアの少女が着ていた服は、あざやかな色彩《しきさい》をしていて、貴重《きちょう》な色がいくつも使われていたと考えられます。たとえば、黄色はサフランの雌《め》しべから、緋色《ひいろ》は地中海原産のナラの木に生息する小さな昆虫《こんちゅう》をつぶしたものからつくられていました。そして紫色《むらさきいろ》は、巻貝《まきがい》の一種のホネガイをくだいてつくられていたと考えられています。

ピラが身につけていたアクセサリーはまばゆく輝《かがや》き、美しい音をひびかせていたことでしょう。それに、すばらしい香《かお》りもまとっていたにちがいありません。ミノアの人々《ひとびと》は、バラやジャスミン、アヤメ、コリアンダー、セージなどのさまざまな香油《こうゆ》をつくっていたからです。強烈《きょうれつ》な地中海の暑さから肌《はだ》を守るために、保湿剤《ほしつざい》として体に塗《ぬ》っていたほか、動くたびにいい香りがするように、服にもふりかけていたかもしれません。お化粧《けしょう》もしていました。赤い色はヘンナ、白い色は石膏《せっこう》と鉛《なまり》の粉、黄色はサフラン、緑色はクジャク石の粉、青色は藍銅鉱《アズライト》や瑠璃《ラピスラズリ》からつくられたものです。美しくしあがった姿《すがた》は、どんなに見事なものだったことでしょう。

## ●牛飛びの儀式《ぎしき》は本当に行われていたのですか。

たしかなことはわかりませんが、そう考えられています。ミノア文明期の信仰《しんこう》のなかで、雄牛《おうし》は重要な存在《そんざい》でした。神聖《しんせい》な建物の屋根には石灰岩《せっかいがん》でできた牛の角《つの》を飾《かざ》り、雄牛の頭をかたどった豪奢《ごうしゃ》な杯《さかずき》もつくり、そこにワインや油や血を注いで神々《かみがみ》に捧《ささ》げていました。突進《とっしん》してくる雄牛の背中《せなか》を宙返《ちゅうがえ》りで飛びこす人々が描《えが》かれた壁画や象牙《ぞうげ》の像《ぞう》も残されています。なかでもわたしのお気に入りは、雄牛の頭や角に小さな人間が三人しがみついている陶器の像です。まいったな、どうすりゃいいんだ、といかにも困《こま》っているように見えるからです。

向かってくる牛をうまく飛びこすなんて無理だと思うかもしれませんが、そんなことはありません。いまでも同じことが行われているんですから！　スペインには、突進してくる牛をジャンプでかわしたり、棒《ぼう》を使って飛びこえたりする若者《わかもの》がいて、レコルタドレスと呼《よ》ばれています（インターネットで検索《けんさく》すれば、そのようすを見ることができます）。ただし、現代《げんだい》の牛飛びとはちがい、ミノア文明期の牛飛びに使われていた雄牛は、すでに絶滅《ぜつめつ》してしまったオーロックスと呼ばれる野牛で、体高が百八十センチメートル以上もありました。現代の牛の二倍近くです！

## ●第四巻《かん》では、ヒュラスとピラはどうなるのでしょう。

次の巻では、ヒュラスとピラ（それにエコーとハボックも）は、遠いエジプトの地をおとずれ、ユセレフとコロノス一族の短剣《たんけん》を一刻《いっこく》も早くさがしだそうと奮闘《ふんとう》します。灼熱《しゃくねつ》の砂漠《さばく》や、大いなる川に住むワニ、そして動物の頭を持った奇妙《きみょう》な神々《かみがみ》がその前に立ちはだかり、やがてふたりは、思いもかけないものを目にすることになるのです……。

# 訳者《やくしゃ》あとがき

『神々《かみがみ》と戦士たち』シリーズの第三巻、『ケフティウの呪文《じゅもん》』をおとどけします。

リュコニアの山奥《やまおく》で、よそ者としてさげすまれながら洞穴暮《ほらあなぐ》らしをしてきたヤギ飼《か》いの少年ヒュラス。ケフティウの大巫女《おおみこ》の娘《むすめ》として、女神《めがみ》の館《やかた》（クニス）のなかできゅうくつに生きてきたピラ。出会うことなどなかったはずのふたりの運命は、ヒュラスが手にしたふしぎな青銅《せいどう》の短剣《たんけん》に導《みちび》かれるように、小さな無人島で交差します。その短剣は、ふたりの共通の敵《てき》、コロノス一族——またの名をカラス族——の家宝《かほう》でした。それを手にしているかぎり、冷酷非道《れいこくひどう》な一族は強大な力を持ちつづけるのです。

一年後、火山の島タラクレアで再会《さいかい》したふたりは、一度は失った短剣をふたたび一族からうばいます。ところが山が大噴火《ふんか》を起こし、ヒュラスはピラと子ライオンのハボックを助けるために、無理やりケフティウ行きの船におしこんだのでした。

〝大っきらいよ、ヒュラス！　一生許《ゆる》さないから！〟

別れぎわのピラの言葉に胸《むね》をえぐられながら、それでも命だけは救ったのだと自分に言い聞かせてきたヒュラス。

ところが――

七か月後、漂流《ひょうりゅう》の末にたどりついたケフティウは、死の島と化していました。噴火が引きおこした津波《つなみ》が集落や人々《ひとびと》をのみこみ、空は噴煙《ふんえん》におおわれて光を失い、疫病《えきびょう》も蔓延《まんえん》しています。なにがあっても、ピラとハボックを助けださないと。そう心に誓《ちか》うヒュラスですが、なぜかとつぜん、島をさまよう幽霊《ゆうれい》たちの姿《すがた》が見えるようになってしまい……。

一方、荒《あ》れはてた故郷《こきょう》を前に、ピラも苦悩《くのう》します。自由を手にすることだけが望みなのに、大巫女の娘としての責任《せきにん》が肩《かた》に重くのしかかるのです。はたして、ケフティウはこのままほろびてしまうのでしょうか。タラクレアの族長クレオンと、おいのテラモンが率《ひき》いるカラス族の追跡《ついせき》をかわし、運命の短剣をこわすことはできるのでしょうか。ますます複雑《ふくざつ》に、ふしぎに、ドラマチックになっていくふたりの冒険《ぼうけん》から、いよいよ目がはなせません。

第二巻で登場したハボックに加えて、今回はハヤブサのエコーが仲間に加わりました。甘《あま》えん坊《ぼう》のハボックと、気位の高いエコー。とうぜん、そりが合うはずもありません。ヒュラスとピラの愛情《あいじょう》を独占《どくせん》しようと、けんかしたりすねたりする姿がひどくユーモラスで、思わず笑ってしまいます。

また、ハボックの視点《してん》で書かれた部分では、海が〈大きな灰色《はいいろ》の獣《けもの》〉、雪は〈まぶしくてやわらかくて冷たいもの〉と表現《ひょうげん》されています。女神の館のことは、ハボックもエコーもへんてこな山だととらえていて、柱は木の幹《みき》、部屋《へや》は洞穴《ほらあな》、その入り口にかけられた垂《た》れ布《ぬの》はクモの巣だと考えています。初めて目にするものを動物たちがどんなふうに理解《りかい》するのか、とても説得力豊《ゆた》かに、そして遊び心もたっぷりまじえて描《えが》かれていますね。

　同じように、この作品で印象的なのは、ファンタジー小説でありながら、古代の人々《ひとびと》が世界をどう理解していたかが、大変リアルに表現《ひょうげん》されている点です。〝当時の暮《く》らしは、だれにとっても不安の多いものでした。嵐《あらし》で船が沈《しず》みはしないか。地揺《じゆ》れで家がくずれないか。次になにが起きるか知ろうと、人々はつねに神々《かみがみ》から示《しめ》される兆《きざ》しをさがしていました。ですから、わたしが描くのは魔法使《まほうつか》いや魔法《まほう》の杖《つえ》ではなく、山の精霊《せいれい》や〈地を揺るがす者〉などといった、当時の人々が実際《じっさい》に信じていた神秘《しんぴ》の存在《そんざい》なのです〟と作者は語っています。

　今回の舞台《ぶたい》となっているケフティウ（クレタ島）は、紀元前二千年ごろから海上交易《こうえき》によって発展《はってん》したミノア文明の中心地です。ミノアという名称《めいしょう》は、ギリシア神話に登場するクレタ島の王、ミノスにちなんでつけられました。ミノス王が牛頭人身の怪物《かいぶつ》ミノタウロスを閉《と》じこめるために地下に迷宮《めいきゅう》をつくらせた場所が、女《め》神《がみ》の館《やかた》のモデルであるクノッソス宮殿《きゅうでん》だとする伝説も残されています。そういった逸話《いつわ》も頭に置きながら読んでいくと、女神の館でヒュラスとピラが繰《く》りひろげる大活躍《かつやく》を、よりいっそう楽しめるかもしれません。

　また、物語のなかでケフティウはタラクレアの噴火《ふんか》によって大きな被害《ひがい》を受けますが、現実《げんじつ》にも、紀元前千六百年ごろにサントリーニ島が大噴火を起こして、百キロメートル以上南にあるクレタ島にも津波《つなみ》がおしよせ、火山灰《かざんばい》が降《ふ》ったとされています。津波の高さや被害の規模《きぼ》については諸説《しょせつ》あるものの、経済《けいざい》的な打撃《だげき》をこうむったことはたしかだと考えられています。その後、紀元前千四百年ごろにミケーネ人が侵入《しんにゅう》し、ミノア文明は崩壊《ほうかい》することになります。

さて、第四巻《かん》の舞台はなんと、はるか遠いエジプトです。信仰《しんこう》する神々から生息する動物、風景、食べ物、衣服、習慣《しゅうかん》まで、なにもかもがギリシアとはちがう世界が待ちうけています。わたしもヒュラスたちといっしょに命がけでナイル川をさかのぼっているような気持ちで、どきどきはらはらしながら訳《やく》を進めているところです。次巻《じかん》をおとどけできる日を、とても楽しみにしています。

中谷友紀子

二〇一六年十月

# 神々と戦士たち
# III
## ケフティウの呪文

2016年11月30日 初版発行
2018年12月25日 2刷発行

著者
ミシェル・ペイヴァー

訳者
中谷友紀子

ブックデザイン
鈴木成一デザイン室
(協力=遠藤律子)

イラストレーション
玉垣美幸

発行人
山浦真一

発行所
あすなろ書房
〒162-0041 東京都新宿区早稲田鶴巻町551-4
電話03-3203-3350(代表)

印刷所
佐久印刷所

製本所
ナショナル製本

 ISBN978-4-7515-2864-8 NDC933 Printed in Japan